옮긴이
김선영

학창 시절 가족과 함께 러시아 블라디보스토크에서 생활했다. 러시아
극동국립기술대학교에서 '언어학과 문화 간 커뮤니케이션'을 전공했
다. 러시아·중앙아시아 관련 회사에서 해외영업·수출 등의 업무를
담당하다가 현재는 러시아어 번역가로 활동 중이다. 안톤 체호프 단편
선『개를 데리고 다니는 부인』, 톨스토이 단편선『사람은 무엇으로 사
는가』, 청소년 소설『스웨터로 떠날래』를 번역했다. 러시아어 학습자
들에게 도움을 주기 위해 블로그, 페이스북, 유튜브에서 <소피아랑 러
시아어> 채널을 운영하고 있다.

가난한 사람들

초판 1쇄 발행 | 2021년 9월 15일
초판 2쇄 발행 | 2023년 5월 10일

지은이 표도르 도스토옙스키
옮긴이 김선영
발행인 한명선

주소 서울시 종로구 평창길 329(우편번호 03003)
문의전화 02-394-1037(편집) 02-394-1047(마케팅)
팩스 02-394-1029
전자우편 saeum2go@hanmail.net
블로그 blog.naver.com/saeumpub
페이스북 facebook.com/saeumbooks
인스타그램 instagram.com/saeumbooks

발행처 (주)새움출판사
출판등록 1998년 8월 28일(제10-1633호)

ⓒ 김선영, 2021
ISBN 979-11-90473-66-8 03890

이 책은 저작권법에 따라 보호받는 저작물이므로 무단전재와 무단복제를 금지하며,
이 책 내용의 전부 또는 일부를 이용하려면 반드시 저작권자와 새움출판사의
서면동의를 받아야 합니다.

• 잘못된 책은 바꾸어 드립니다.
• 책값은 뒤표지에 있습니다.

가난한
사람들

표도르 도스토옙스키

김선영 옮김

Бедные люди

새움

일러두기

1. 이 책은 『표도르 미하일로비치 도스토옙스키 저작 전집Ф. М. Достоевский. Собр ание сочинений в пятнадцати томах』(Ленинград; Санкт-Петербург: Наук а, 1988~1996) 총 15권 중에서 제1권에 수록된 「가난한 사람들Бедные люди」을 우리말로 옮긴 것이다.

2. 원문 판본에 포함된 저자 주는 기호를 달아 각주로, 필요에 따라 역자가 추가한 역 자 주는 숫자로 표기해 미주로 정리했다.

차
례

오, 이런 글쟁이들 같으니라고! 무언가 유익하고 즐겁고 흡족하게 하는 것은 쓰지 않고, 땅속에 묻힌 온갖 진실들을 파헤치다니…! 이젠 글쓰기를 금했으면 싶다…! 이게 대체 뭐란 말인가. 읽다 보면… 뜻하지 않게 생각에 잠기게 되고 온갖 터무니없는 것들이 머릿속에 들어온다. 정말이지, 글쓰기를 금했으면 싶다, 아무튼 그냥 완전히 금했으면 싶다.

_브. 프. 오도옙스키 공작[*]

4월 8월

더없이 귀한 나의 바르바라 알렉세예브나!

어제 난 행복했어요, 극도로 행복했어요, 더없이 행복했

---

[*] 러시아 작가 블라디미르 오도옙스키(1803~1869)의 단편 「살아 있는 송장Живой мертвец」에서 인용함.

어요! 당신은 평생에 한 번이나마, 고집쟁이, 내 말을 들었네요. 저녁 여덟 시쯤 일어나서 (당신도 알다시피, 아기씨, 난 퇴근 후 한두 시간 자는 걸 좋아해요) 촛불을 가져오고, 종이를 준비하고, 펜촉을 다듬다가 갑자기 문득 눈을 들었는데, 정말이지, 심장이 쿵쾅거렸어요! 그러니까 당신은 이해한 거예요, 내가 뭘 원했는지, 내 가슴이 뭘 원했는지! 보니까 당신 창문에 커튼 자락이 접혀서 봉선화 화분에 붙어 있더군요. 내가 그때 당신에게 눈치를 준 것처럼 말이에요. 그러더니 창가에 당신의 얼굴이 아른거리고, 당신이 방에서 내 쪽을 보고 있고, 당신도 나를 생각하는 것 같았어요. 하지만 얼마나 애석하던지, 내 비둘기, 당신의 사랑스러운 얼굴을 또렷이 볼 수 없다는 것이! 우리도 환하게 보던 때가 있었지요, 아기씨. 나이 먹는 게 고생이랍니다, 내 친근한 사람! 요즘은 눈이 계속 까끌까끌해요. 저녁에 조금이라도 일을 하고 뭐라도 쓰고 나면 이튿날 아침 눈이 충혈되고 눈물도 흘러서 사람들 보기가 민망할 정도예요. 하지만 내 상상 속에서는 당신의 미소가 환하게 빛났지요, 천사님, 당신의 착하고 상냥한 미소가요. 그리고 가슴속엔 내가 당신에게 입 맞추던 그때와 똑같은 기분이 들었어요, 바렌카, 기억해요, 천사님? 그거 알아요, 내 비둘기, 심지어는 당신이 내게 손가

도스토옙스키

락을 흔들며 꾸짖는 것 같았어요. 그랬던 건가요, 장난꾸러기? 편지에 꼭 다 자세히 써주세요.

당신의 커튼 자락을 우리의 묘안으로 삼은 것은 어떤가요, 바렌카? 정말 귀엽지 않아요? 앉아서 일할 때도, 잠자리에 들 때도, 잠에서 깰 때도 나는 알 수가 있지요. 그곳에서 당신이 날 생각하고, 날 기억하고, 또 당신이 건강하고 즐겁다는 것을요. 당신이 커튼 자락을 내리면 '안녕히 주무세요, 마카르 알렉세예비치, 잘 시간이에요!'라는 뜻이고, 올리면 '좋은 아침이에요, 마카르 알렉세예비치, 잘 주무셨나요?' 또는 '건강은 어떠신가요, 마카르 알렉세예비치? 저는 어떠냐 하면, 창조주께 감사하게도 건강하고 행복해요!'라는 뜻이지요. 정말 편리한 방법을 생각해낸 거예요, 나의 선녀님, 편지도 필요 없지요! 영리하지 않아요? 내가 생각해낸 묘안이랍니다! 내게 이런 재주도 있다니, 어떤가요, 바르바라 알렉세예브나?

당신께 보고 드립니다, 나의 아기씨, 바르바라 알렉세예브나. 지난밤은 예상외로 아주 잘 잤고, 그래서 아주 흡족합니다. 보통 새로운 곳으로 이사하면 잠이 잘 안 오잖아요, 이래저래 낯설어서! 오늘 아침 나는 송골매 용사[1]가 된 것처럼 기분 좋게 일어났어요! 오늘 아침은 왜 이리 좋은지요,

아기씨! 창문을 열어젖혔는데 태양이 빛나고, 새들이 지저귀고, 공기는 봄의 향내를 뿜어내고, 자연이 온통 생기발랄합니다. 뭐, 나머지 것들도 다 마찬가지로 좋았고 봄이 느껴졌어요. 오늘은 심지어 꽤 기분 좋은 상상까지 했어요. 전부 당신에 관한 상상이랍니다, 바렌카. 난 당신을 하늘의 새와 비교해봤어요. 사람들을 즐겁게 해주고 자연을 치장하기 위해 지어진 존재로요. 또 생각해봤어요, 바렌카. 근심과 노심초사로 사는 우리들 역시 하늘의 새들이 누리는 태평하고 순진무구한 행복을 부러워해야 한다고요. 뭐, 나머지 것들도 다 그런 비슷한 생각들이고, 그러니까 아무튼 아득한 상상을 했지요. 나에게 책 한 권이 있는데, 바렌카, 거기에도 다 같은 내용이고, 다 아주 자세히 묘사돼 있어요. 그래서 나도 써보는 거예요. 상상에도 여러 가지가 있으니까요, 아기씨. 이젠 봄이라서 그런지 아주 흐뭇하고 재치 있고 기묘한 생각들이 떠오르고, 포근한 상상을 하게 되고, 죄다 분홍빛이에요. 그러다 보니 이런 걸 다 썼네요, 근데 어쨌든 이게 다 책에서 따온 거랍니다. 그 작가도 똑같은 소원으로 시를 썼더군요.

나는 왜 새가 아닐까, 맹금이 아닐까![2]

뭐, 이런 것들이에요. 책에 또 여러 생각이 있는데, 아무튼 그렇답니다! 근데 당신은 오늘 아침에 어딜 다녀왔나요, 바르바라 알렉세예브나? 난 아직 출근 준비도 안 했는데 당신은 벌써 봄날의 작은 새처럼 방에서 훌쩍 나와 그리도 즐거이 마당을 지나더군요. 당신을 보며 나도 참 기뻤어요! 아아, 바렌카, 바렌카! 당신은 슬퍼 말아요. 눈물은 고통을 덜어줄 수 없답니다. 내가 알아요, 나의 아기씨, 내가 경험해봐서 알아요. 당신도 이젠 꽤 안정을 찾았고 건강도 좀 나아졌잖아요. 페도라는 어떤 것 같아요? 아아, 그녀는 정말 착한 여자예요! 그녀와 지내는 게 어떤지, 다 만족스러운지 알려줘요, 바렌카. 페도라가 좀 투덜대긴 하지만, 그런 것엔 신경 쓰지 말아요, 바렌카. 내버려둬요! 그녀는 정말 착한 사람이니까요.

우리 집 테레자에 관해선 전에도 썼지만, 역시나 착하고 충직한 여자예요. 내가 편지를 얼마나 걱정했던지! 편지를 어떻게 교환해야 하나? 그런데 다행스럽게도 주께서 우리에게 테레자를 보내주셨지요. 참 착하고, 순하고, 말이 적은 여자예요. 근데 우리 집 주인 여자는 아주 냉혹하답니다. 그녀를 무슨 걸레 쪼가리처럼 닳도록 일을 시켜요.

허어, 내가 이런 빈민굴에 오게 되다니요, 바르바라 알렉세예브나! 집이 정말! 당신도 알다시피 난 예전엔 아주 조용히 지냈어요. 파리가 날아가면 파리 소리도 들렸으니까요. 근데 여긴 소란에 고함에 왁자지껄해요! 게다가 여기 구조가 어떤지 당신은 모를 겁니다. 가령 아주 캄캄하고 더러운 긴 복도를 떠올려봐요. 복도 오른편은 창문 하나 없는 벽이고, 왼편은 여관 객실처럼 문만 나란히 쭉 줄지어 있어요. 사람들이 이런 객실에 세 드는데, 객실마다 방은 하나예요. 방 한 칸에 둘씩 셋씩 살아요. 정리 정돈에 관해선 말도 말아요, 노아의 방주예요! 어쨌거나 사람들은 좋아 보여요, 다들 교양 있고 박식한 것 같더군요. 관리도 한 명 있는데 (무슨 문학 쪽에서 일해요) 다독가예요. 호메로스, 브람베우스*, 또 그런 여러 작가에 관해 말하는데 ─ 온갖 얘기를 해요 ─ 똑똑한 사람이에요! 장교도 두 명 사는데 그 사람들은 늘 카드놀이만 해요. 해군 소위도 살고, 영국인 교사도 살아요. 조금만 있어 봐요, 내가 당신을 즐겁게 해줄 테니, 아기씨. 다음 편지에 이 사람들에 관해 풍자적으로, 그러니까 그들이 나름 어떠한지 아주 자세히 써드리리다. 우리 주인 여자는 ─ 키가 아주 작고 지저분한 할망구예요 ─ 구두

* 러시아의 작가이자 잡지 편집자인 오시프 센콥스키(1800~1858)의 필명으로, 그의 비평 기사와 중편들은 관리들과 교육 수준이 낮은 대중들 사이에서 큰 인기를 끌었다.

를 신고 긴 가운을 걸치고 온종일 돌아다니면서 온종일 테레자한테 소리를 질러요. 난 부엌에 살아요. 아니, 더 정확히 말하자면 이런 식이지요. 여기 부엌 옆에 방이 하나 있는데 (말해두지만, 이 집 부엌은 깨끗하고 환하고 아주 좋아요) 크지 않고 소박한, 그런 구석방이에요…. 그러니까, 아니, 이렇게 말하는 게 더 낫겠네요. 부엌은 창문이 세 개나 있는 큰 방인데 한쪽에 칸막이가 있어서 방 하나가 더 생겨요. 여분의 객실이지요. 널찍하고 편리하고 창문도 있고 다 있어요. 한 마디로 다 편리해요. 뭐, 내 방구석은 이렇답니다. 그렇다고 아기씨, 뭔가 다른 게, 뭔가 다른 뜻이 있다고 생각하진 말아요, 부엌에 산다고 해서요! 그러니까 아무튼 난 이 방의 칸막이 뒤에서 살고 있어요, 하지만 괜찮아요. 사람들한테서 떨어져서 소박하게 살아요, 조용히 숨어 지내지요. 방에 침대랑 책상, 서랍장, 의자 두 개를 놓고 성상聖像도 걸었어요. 사실 더 좋은 방들도 있어요, ─아마 훨씬 좋은 방도 있을 겁니다─그래도 편한 게 제일 중요하잖아요. 이게 다 편해지자고 그러는 거니까 뭔가 다른 이유가 있을 거라고 생각진 말아요. 당신 집 창문이 마당 건너편에 있고, 또 마당이 좁아서 지나가다 당신을 볼 수 있으니 불운한 내게는 기쁜 일이지요, 게다가 방값도 더 싸고요. 이 집에서 제일 싼

방이 식대까지 합해 지폐*로 35루블이에요. 내겐 턱없지요! 근데 이 방은 지폐 7루블, 식사는 은화 5루블이라서 다 해야 24루블 50코페이카예요.[3] 예전엔 딱 30루블 냈었는데 그러느라 많은 걸 포기했었지요. 차도 항상 마실 수는 없었는데 지금은 차랑 설탕값을 아낀 셈이에요. 그게 말이에요, 내친근한 사람, 차를 안 마시면 좀 창피스러워요. 여긴 사람들이 다들 여유가 있는데, 그래서 좀 창피합니다. 차도 다른 사람들 봐서 마시는 거예요, 바렌카, 체면치레로. 하지만 난 상관없어요, 난 까다롭지 않아요. 용돈으로 남겨 놔야지요, 어느 정도는 필요하니까 ― 부츠나 옷이나 그런 것에 ― 그러니 남는 게 많겠어요? 이 정도가 내 봉급이에요. 난 불평 없이 만족해요. 봉급은 충분해요. 근래 몇 년 동안 충분히 받고 있어요, 상여금도 나오고요. 그럼 잘 있어요, 나의 천사님. 봉선화 화분 두 개랑 제라늄을 샀어요. 비싸지 않아요.[4] 근데 당신은 어쩌면 목서초를 좋아할지? 목서초도 있으니까 원하면 말해요. 가능한 한 전부 자세히 써 보내요. 아무튼, 내가 이런 방을 얻었다고 해서 안 좋게 생각하거나 의심하지는 말아요, 아기씨. 아니에요, 편해서 그래요, 단지

* 1769년부터 1843년까지 유통되었던 '아시그나치야'라는 지폐. 1830년대의 공식 환율로 지폐 1루블은 은화 27코페이카에 해당한다.

도스토옙스키

편리함에 혹한 거예요. 난, 아기씨, 돈을 모으는 중이에요. 저축하고 있지요. 돈이 꽤 많아요. 내가 얌전하다고 해서 파리 날갯짓에도 쓰러질 만큼 약하게 보진 말아요. 안 그래요, 아기씨, 나 날렵한 사람이에요. 성격도 완전히 그런, 꽤 강인하고 침착한 심성의 사람이지요. 잘 있어요, 내 천사님! 거의 두 페이지나 썼네요. 얼른 출근해야겠어요. 당신의 손가락에 입을 맞춥니다, 아기씨.

당신의 가장 천한 종이자 가장 진실한 친구
마카르 제부시킨

P. S. 한 가지만 부탁해요, 나의 천사님. 가능한 한 자세히 회신해주세요. 편지와 함께 캔디 1푼트[5]를 보냅니다, 바렌카. 맛있게 먹고, 부디 내 걱정은 말아요, 나무라지도 말고요. 그럼 잘 있어요, 아기씨.

4월 8일
경애하는 마카르 알렉세예비치!
이러시면 정말로 당신과 다툴 수밖에 없잖아요? 맹세컨

내, 착하신 마카르 알렉세예비치, 당신에게 선물을 받는 것이 너무나 힘듭니다. 당신께서 어떤 값을 치르시는지, 자신에게 필요한 것들을 얼마나 많이 포기하시는지 전 알고 있어요. 제가 몇 번이나 말씀드렸잖아요. 전 아무것도 필요 없어요, 정말 아무것도요. 지금까지 제게 퍼부어주신 은혜만 해도 전 보답할 힘이 없어요. 화분은 왜 주셨어요? 봉선화는 그래도 괜찮은데 제라늄은 왜요? 제가 조심성 없이, 예를 들어, 제라늄에 대해 말 한마디라도 했다 하면 곧장 사버리시네요. 아마 비싼 거겠죠? 꽃이 정말 예뻐요! 진홍색 십자 모양이에요. 어디서 이런 고운 제라늄을 구하셨어요? 전 그 화분을 창문 중간에, 제일 잘 보이는 곳에 두었답니다. 바닥에 긴 의자를 놓고 의자 위에도 화분을 더 많이 놓을 거예요. 다만 제힘으로 그런 부자가 되게 해주세요! 페도라도 얼마나 좋아하는지 몰라요. 저희 방이 이젠 천국이에요— 산뜻하고 환해졌어요! 근데 캔디는 왜 주셨어요? 그리고 편지를 읽으면서 당신이 왠지 평소답지 않으시다는 걸 바로 알아챘어요. 천국이며, 봄이며, 감도는 향기며, 지저귀는 새들이며. '이게 뭐지, 시를 쓰시려는 건가?' 생각했어요. 정말 당신의 편지엔 시만 없었을 뿐이에요, 마카르 알렉세예비치! 포근한 기분에, 분홍빛 상상에 — 다 있잖아요! 저는 커튼에 대해선 생각지도 못했어요. 아마 화분을 옮길 때 저 혼자 걸렸을 거예요, 당신도 참!

아아, 마카르 알렉세예비치! 당신이 무슨 말씀을 하시든, 수입을 어떻게 계산해 보이시든 소용없어요. 저를 속이시려고 돈을 전부 자신을 위해 쓰시는 것처럼 말씀하시지만 아무것도 제게서 감추지 못하세요, 아무것도 못 숨기세요. 저 때문에 꼭 필요한 것들까지 내놓고 계신 게 분명해요. 예를 들어, 어떻게 그런 방을 얻으실 생각을 하셨어요? 사람들 때문에 시끄럽고 불안하시잖아요. 거긴 좁고 불편하잖아요. 당신은 한적하게 지내는 걸 좋아하시는데 그곳은 전혀 그렇지 않아요! 근데 그 정도 봉급이면 훨씬 좋은 곳에서 사실 수도 있었잖아요. 페도라가 그랬어요, 예전엔 지금이랑 비교도 안 되게 잘 사셨다고요. 정말 당신은 평생을 그렇게 외로움 속에서, 부족함 속에서, 기쁨도 느끼지 못하며, 정답고 따스한 말 한마디 못 들으며, 낯선 사람들 틈에서 셋방살이하시려나요? 아아, 착하신 친구님, 전 당신이 정말 안타까워요! 건강만이라도 소중히 돌보세요, 마카르 알렉세예비치! 눈이 약해진다고 하셨는데 촛불 아래서는 글을 쓰지 마세요, 왜 쓰시는 거예요? 굳이 그러지 않으셔도 상관들은 당신이 열심히 일하신다는 걸 알 거예요.

다시 한번 부탁드려요. 저한테 돈을 이렇게 많이 쓰지 마세요. 당신이 절 사랑하신다는 건 알지만, 당신도 부유하신 게 아니잖아요…. 오늘은 저도 기분 좋게 일어났어요. 페도라가 오래전부터 일하고 있잖아요. 근데 저에게도 일감을 구해다 줘서 정말 좋았어요. 너무 기뻐서 얼른 실크를 사다가 일을 시작했어요. 아침 내내 마음이 참 가볍고 정말 즐거웠어요! 그런데 지금은 또다시 어두컴컴한 생각이 들면서 슬프고, 마음이 몹시 아파요.

아아, 저는 어떻게 될까요, 제 운명은 무엇일까요! 아무것도 확실치 않고, 미래도 없고, 앞으로 어떻게 될지 짐작도 안 돼서 힘들어요. 과거는 돌아보기도 무서워요. 온통 비참해서 잠깐 떠올리기만 해도 심장이 둘로 쪼개지는 것 같아요. 저는 절 파멸시킨 악한 자들을 평생 원망할 거예요!

날이 어두워지네요. 일을 해야겠어요. 당신께 많은 걸 쓰고 싶지만 시간이 없어요. 기한이 있는 일이거든요. 서둘러야 해요. 편지를 쓰는 건 물론 좋아요, 그동안은 그렇게 쓸쓸하지도 않고요. 근데 저희 집엔 왜 한 번도 안 들르세요? 이유가 뭔가요, 마카르 알렉세예비치? 이젠 가깝기도 하고 종종 시간도 나시잖아요. 꼭 들러주세요! 저도 당신 하숙집의 테레자를 봤어요. 많이 아픈 것 같았어요, 불쌍하더라고요. 제가 그녀에게 20코페이카를 줬어요. 참! 잊어버릴 뻔했는데, 어떻게 지내고 계신지 가능한 한 자세히 전부 다 써주세요. 주변에 있는 사람들은 누구인지, 그 사람들과 지내시는 건 괜찮으신지? 전부 다 알고 싶어요. 꼭 써주셔야 해요! 오늘은 제가 일부러 커튼 자락을 접어놓을게요. 일찍 잠자리에 드세요. 어젠 자정까지 당신 집에 불이 켜 있는 걸 봤어요. 그럼 안녕히 계세요. 오늘은 우울하고 쓸쓸하고 슬퍼요! 아마 그런 날인가 봐요! 안녕히 계세요.

당신의 바르바라 도브로숄로바

4월 8일

경애하는 바르바라 알렉세예브나!

그래요, 아기씨, 맞아요, 내 친근한 사람, 불운한 내게도 그런 날이 돼버린 것 같네요! 허, 이 늙은이를 당신이 놀렸네요, 바르바라 알렉세예브나! 어쨌든 내 잘못이에요, 순전히 내 잘못이에요! 머리털 한 움큼 남은 늙은 나이에 연애 감정에 빠지거나 알쏭달쏭한 말을 하면 안 되는 법이지요… 또 말하자면, 아기씨, 사람은 종종 이상해요, 아주 이상해요. 그래서, 나의 고결한 사람아! 무언가 말하다 보면 때때로 흥분해서 쓸데없는 말을 늘어놓기도 하지요! 그러면 뭐가 되겠어요, 뭐가 나오겠어요? 되는 것 하나 없고 엉터리 소리나 나오지요, 그러니 날 지키소서, 주님! 나는, 아기씨, 나는 화내는 게 아니에요. 단지 모든 걸 떠올려보니 속상해서 그래요. 당신한테 그렇게 비유적으로 어리석게 쓴 게 속상해서요. 오늘은 매우 우쭐하고 당당한 모습으로 출근했어요. 마음이 아주 환하게 빛났었지요. 아무 이유 없이 마음이 꼭 명절처럼 기뻤어요! 서류도 부지런히 했어요. 그런데 어떻게 됐을까요! 나중에서야 주위를 둘러보니 모든 게 여전했어요, 잿빛에 어두컴컴하니. 똑같은 잉크 자국, 똑같은 책상과 종이, 나 역시 똑같이 예전 모습 그대로였어요. 페가수스는 대체 왜 타고 다닌 걸까요?* 뭣 때문에 그랬을까요? 해가 비추고 하늘이 푸르게 개서! 그래서였을까요? 게다가 향기는 또 무슨, 창밖 마당에서 별의별 일이 다 일어나는데! 바보스럽게도 그냥 그렇게 느껴진 거예요. 사람이란 게 종종 자신의 감정 속에서 길을 잃고는 헛소리를 늘어놓기도 하잖아요. 다른 연유가 아니라 가슴속의 과하고 어리석은 열정 때문에 일어나는 일이에요. 집에 올 때 터벅터벅 겨우 걸어왔어요. 근데 갑자기 머리도 아픈 것이, 아무

렴 불행 뒤에 불행이라고. (등에 바람이 들었나 봐요.) 봄이 왔다고 바보마냥 좋아하다가 얇은 외투를 입고 나갔었거든요. 한데 내 감정에 관해선 당신이 잘못 짚었어요, 내 친근한 사람! 내가 쏟은 감정을 완전히 다른 쪽으로 받아들였네요. 부성애가 내게 활력을 준 겁니다, 순전히 부성애일 뿐이에요, 바르바라 알렉세예브나. 당신은 쓰라린 고아 신세가 돼버렸고 내가 당신의 친아버지 자리를 대신하고 있잖아요. 난 진심으로, 깨끗한 마음으로, 혈연의 정으로 말하는 겁니다. 비록 먼 친척이긴 하나, 사돈의 팔촌이라는 속담도 있긴 하나, 어쨌든 누가 뭐래도 나는 친척이고, 이제는 내가 당신의 가장 가까운 친척이자 보호자가 됐으니까요. 당신은 가장 가까운 곳에서 보살핌과 보호를 받을 권리가 있었지만, 그곳에서 본 것은 배신과 모욕이었으니까요. 시에 관해 말하자면, 아기씨, 늙은 나이에 시 쓰는 연습을 하는 건 점잖지 않아요. 시는 쓸데없는 거예요! 시 때문에 요즘 학교에서 애들한테 매질을 한다지요…. 그렇답니다, 내 친근한 사람.

내게 쓴 말이 다 뭔가요, 바르바라 알렉세예브나. 편리함이며 조용함이며 그런 여러 가지 것들이? 나의 아기씨, 난 그리 단정치도 않고 까다롭지도 않아요. 지금보다 더 잘 살았던 적도 없어요. 근데 뭐 하러 노년에 까다롭게 굴겠어요?

먹고, 입고, 신있으면 됐지, 뭘 더 복잡하게 살아요! 백작 집안도 아닌데! 내 아버지는 귀족 출신도 아니고 식구들까지 달렸었는데 수입은 나보다도 적었어요. 난 유약하지 않아요! 어쨌든, 솔직히 말하자면 전에 살던 집이 훨씬 좋긴 좋았어요. 더 자유롭기도 했지요, 아기씨. 물론 지금 집도 좋아요. 어떤 면에선 한결 흥거워요, 다채롭기도 하고요. 나쁘게 말할 건 전혀 없어요. 그저 옛집이 아쉬울 뿐이지요. 우리 늙은이들은, 그러니까 나이 든 사람들은 오래된 것들이 왠지 가족처럼 익숙해서 그래요. 그 집은 아주 작았어요, 벽들도 있었고…. 참나, 무슨 말을 하는 건지! 벽이야 다 똑같은 벽이고 그 문제가 아니지요. 한데 지난날에 관한 회상이 우울감을 몰고 오네요…. 이상한 일이지요, 힘들긴 했어도 추억으로는 좋은 것 같으니. 종종 불평하곤 했던 나쁜 것마저도 추억 속에서는 왠지 나쁜 것이 씻겨나가고 매력적인 모습으로 떠올려져요. 우린 조용히 살았어요, 바렌카. 나랑 고인이 된 집주인 노파가 살았지요. 그 노파를 이젠 슬픈 감정으로 떠올리게 돼요! 참 좋은 여자였고 집세도 많이 받지 않았어요. 그녀는 갖가지 천 쪼가리들을 가져다가 아주 기다란 뜨개바늘로 이불을 떴어요. 그 일만 했지요. 우린 불도 같이 써서 한 탁자에 앉아 일을 했어요. 노파한테 마샤라는 손녀딸이 있었는데 그땐 어린애였지만 지금은 열세 살쯤 먹은 소녀가 됐을 거예요. 아주 발랄한 장난꾸러기여서 그 녀석 때문에 늘 웃었지요. 그렇게 셋이서 살았답니다. 기나긴 겨울밤엔 둥그런 탁자에 앉아 같이 차를 마시고 그다음엔 일을 하곤 했어요. 노파는 마샤가 심심하지 않도록, 또 그 장난꾸러기가 장난을 못 치도록 이야기를 들려주기 시작해요. 이야기가 얼마나 재미있던지! 아이뿐만 아니라 영리하고 똑똑한 사람도 귀를 기울일 정도예요. 저런! 어떨 땐 나도 담뱃대를 물고는 이야기에 푹 빠져들어서 일하는 것도 잊곤 했어요. 고 장난꾸러기 녀석은 진지해져서 작은 손으로 발그레한 뺨을 받치고, 입을 앙증맞게 벌리고, 이야기가 조금만 무서우면 노파한테 옴짝옴짝 달라붙었어요. 우린 그 녀석만 흐뭇하게 바라보느라 촛불이 타들어 가는 것도 못 보고, 마당에서 이따금 사나운 눈보라가 윙윙대도 소리를 못 들었어요. 우린 참 괜찮게 살았어요, 바렌카, 근 20년을 함께 지냈답니다. 내가 괜한 말을 늘어놨네요! 당신은 이런 얘기가 맘에 안 들 수도 있는데. 나도 회상하는 게 마음이 썩 가볍진 않아요. 특히 지금 같은 황혼 무렵엔. 테레자가 뭔가를 들고 부산히도 다니네요. 난 머리가 아프고 등도 좀 아파요, 생각들도 왠지 기이한 게 얘들도 아픈가 봐요. 오늘은 좀 슬프네요, 바렌카! 근데 대체 무슨 말을 하는 건가요, 내 친근한 사람? 내가 어떻게 당신 집에 가요? 내 비둘기, 사람들이 뭐라고 하겠어요? 그러려면 마당을 건너 가야 하는데 여기 사람들이 보고 캐묻기 시작할 겁니다. 그 러면 말이 돌고, 소문이 돌고, 다들 엉뚱한 생각을 하게 된 다고요. 안 돼요, 내 천사님, 그냥 내일 저녁 예배 때 보는 게 나아요. 그게 더 현명하고 우리 둘에게 해가 되지 않아 요. 내가 편지를 이렇게 썼다고, 아기씨, 너무 나무라진 말아 요. 다시 읽어 보니 정말 두서없어 보이네요. 나는, 바렌카, 나이 들고 배우지도 못한 사람이에요. 젊을 때 학업을 다 마 치지도 못했고, 지금은 배움을 다시 시작한들 머릿속에 아 무것도 안 들어와요. 글을 잘 못 쓴다는 것도 인정합니다, 아기씨. 굳이 다른 사람이 지적하거나 비웃지 않아도 내가 알고 있어요. 뭔가 더 짜임새 있게 쓰려 했다간 쓸데없는 말 만 산더미처럼 쌓일 겁니다. 오늘 창가에서 당신을 봤어요, 커튼 치는 걸 봤어요. 잘 있어요, 잘 있어요, 주님이 당신을 지키시길! 잘 있어요, 바르바라 알렉세예브나.

당신의 사심 없는 친구

마카르 제부시킨

P. S. 나는, 내 친근한 사람, 이젠 그 누구에 관해서도 풍자적으로 쓰지 않으려 해요. 나도 늙었어요, 아기씨, 바르바라 알렉세예브나, 공연히 이빨을 드러내며 웃기에는! 그리고 러시아 속담에 제가 판 구덩이에 제가 빠진다는 말이 있듯 내가 도리어 비웃음거리가 될 수도 있잖아요.

4월 9일

경애하는 마카르 알렉세예비치!

아니, 부끄럽지도 않으세요, 나의 친구이자 은인 마카르 알렉세예비치. 그렇게 비탄해하시고 떼쓰시다니요. 설마 삐치신 건가요! 아아, 제가 조심스럽지 못할 때가 많아요. 하지만 당신이 제 말을 따끔한 농담으로 받아들이실 거라곤 생각 못 했어요. 믿으셔도 돼요. 제가 어떻게 감히 당신의 나이와 성격에 대해 농담을 하겠어요. 이게 다 제가 경박해서 그래요. 근데 더 큰 이유는 끔찍이도 심심해서 그렇답니다. 심심할 땐 뭔들 붙잡지 않겠어요? 저는 당신이 편지를 쓰시면서 웃고 싶어 하시는 줄 알았거든요. 근데 저 때문에 언짢아하시는 걸 보고는 정말 슬퍼졌어요. 아니에요, 나의 은인이자 착하신 친구님, 제가 감정도 없고 감사할 줄도 모른다고 의심하신다면 잘못 아신 거예요. 저를 악한 사람들로부터, 그들의 학대와 증오로부터 보호해주시고 저를 위해 해주신 모든 것을 진심으로 귀하게 여기고 있어요. 항상 당신을 위해 기도할 거예요. 만약 제 기도가 하느님께 다다르고 하늘이 들으신다면 당신은 행복해지실 거예요.

전 오늘 몸 상태가 안 좋아요. 열과 오한이 번갈아 가며 나네요. 페도라가 저 때문에 걱정이 커요. 저희 집에 오시는 걸 괜히 부끄러워하시는 거예요, 마카르 알렉세예비치. 다른 사람들이 무슨 상관인가요! 당신은 저희와 친분이 있으니 그걸로 된 거잖아요…! 안녕히 계세요, 마카르 알렉세예비치. 이젠 더 이상 쓸 내용이 없네요. 몸이 너무 안 좋아서 쓰지도 못하겠고요. 제게 화내지 마시길, 저의 변함없는 공경심과 애정을 확실히 알아주시길 다시 한번 부탁드려요.

당신의 가장 충실하고 가장 공손한 종으로 있기를
명예롭게 여기는 바르바라 도브로숄로바

4월 12일

경애하는 바르바라 알렉세예브나!

아아, 내 아기씨, 이게 무슨 일인가요! 매번 이렇게 날 놀라게 하다니요. 편지 쓸 때마다 말하잖아요. 몸 잘 보살피고, 옷 따뜻하게 입고, 날씨가 안 좋으면 외출하지 말고, 뭐든 조심하라고요. 근데 내 천사님, 당신은 내 말을 안 듣네요. 아아, 내 비둘기, 당신은 꼭 어린애 같아요! 당신은 약해요, 지푸라기처럼 약하다는 걸 내가 알고 있어요. 바람이 조금만 불어도 금세 앓아버리잖아요. 그러니까 미리 조심하고, 알아서 신경 쓰고 위험한 것들을 피해서 당신의 친구들이 슬픔과 낙심에 빠지지 않도록 해야지요.

내 생활과 주변 것들에 관해 자세히 알고 싶다고 했었죠, 아기씨. 서둘러 기꺼이 알려드리리다, 내 친근한 사람. 처음부터 시작할게요, 아기씨. 그래야 좀 차례대로 될 것 같으니. 첫째로, 우리 집 입구는 깨끗하고 계단도 꽤 좋아요. 특히 정문은 깨끗하고 환하고 넓어요. 전부 주철과 마호가니로 돼 있어요. 하지만 뒷문은 말도 마요. 비틀리고 축축하고 더럽고, 계단은 부서지고, 벽엔 기름때가 껴서 손을 짚으면 쩍 달라붙을 정도예요. 층계참마다 궤짝이며 의자며 부서진 장롱도 나와 있고, 여기저기 걸레가 널려 있고, 창문은 깨지고, 대야엔 온갖 더러운 오물에 쓰레기에 달걀 껍데기에 생선 부레까지, 냄새는 고약하고…. 한 마디로 안 좋아요.

방들이 어떻게 위치해 있는지는 이미 설명했었지요. 달리 할 말은 없어요. 편한 건 사실이지만, 공기가 좀 답답해요. 그러니까 악취가 나는 건 아닌데, 이렇게 표현하면 되는지, 조금 썩은 것 같은 시큼 달짝지근한 냄새가 나요. 처음엔 불쾌한 느낌이 들지만 이런 건 괜찮아요. 한 2분 정도만 있으면 없어져요. 싹 없어져서 느끼지도 못해요. 왜냐면 내 몸에도 악취가 배고, 옷에도 배고, 손에도 배고, 다 배서 그렇게 익숙해지니까요. 이 집에선 검은머리방울새가 죽어요. 해군 소위가 벌써 다섯 마리째 샀는데 이 집의 공기에선 살아남지를 못하네요. 그런 것뿐이에요. 부엌은 크고 넓고 환해요. 다만 아침에 생선이나 소고기를 구울 땐 냄새가 좀 풍기고, 여기저기 물을 흘려서 적셔 놔요. 그래도 저녁엔 천국이지요. 부엌 빨랫줄엔 항상 낡은 빨래가 널려 있는데 내 방이 멀지 않아서, 그러니까 부엌에 거의 붙어 있어서 빨래 냄새가 좀 거슬려요. 근데 괜찮아요, 살면서 익숙해지는 거죠.

이곳은 아침 일찍부터 소란스럽기 시작해요, 바렌카, 다들 일어나서 돌아다니고 쿵쿵거려요. 출근해야 하거나 각자 일이 있어서 다들 일어나는 것이지요. 그리고 전부 차를 마시기 시작해요. 여기 있는 사모바르[7]는 대부분 주인집 건데 얼마 없어서 전부 줄을 서요. 누가 차례를 안 지키고 찻

주전자를 갖다 대면 곧장 심한 욕을 퍼붓지요. 나도 처음엔 당했어요… 아무튼, 이런 건 왜 쓰는 건지! 난 여기 사람들과 전부 인사를 나눴어요. 해군 소위와 맨 처음으로 인사를 나눴는데 굉장히 개방적인 사람이에요. 아버지에 관해, 어머니에 관해, 툴라의 배심원과 결혼한 누이[8]에 관해, 크론시타트[9] 시에 관해 전부 다 얘기를 해주더군요. 자기가 무슨 일이든 도와주겠노라고 약속하면서 같이 차 한잔하자고 바로 초대했어요. 그 사람을 찾아갔는데 이 집 하숙인들이 보통 카드놀이를 하는 방에 있더라고요. 사람들이 내게 차를 주더니만 한사코 자기들이랑 같이 노름을 하자고 하잖아요. 날 놀리느라 그랬던 건지는 모르겠지만, 아무튼 그 사람들은 밤새 카드놀이를 했고 내가 들어갔을 때도 하고 있었어요. 분필이며 카드며, 방에 연기가 자욱해서 눈이 찌푸려질 정도였어요. 내가 안 한다고 하니까 나더러 도덕이나 읊는다고 하더군요. 그 후론 아무도 내게 말을 안 걸었어요. 근데 난 사실 그게 더 좋았어요. 그 사람들한텐 더 이상 안 가요, 거긴 노름판, 순전히 노름판이에요! 문학 쪽에 있다는 관리도 저녁마다 모임을 열어요. 그 사람 모임은 소박하고 잘못된 것도 없고 고상해서 좋아요. 다들 점잖아요!

근데 바렌카, 곁다리로 말해 두는데 이 집 주인 여자는

아주 비열한 데다가 사악한 마녀예요. 당신도 테레자를 봤
잖아요. 사람이 어쩌다 그렇게까지 됐는지? 깡마른 모습이
털 빠진 허약한 병아리 같아요. 이 집엔 일꾼이 테레자와 팔
도니* 둘 뿐인데 주인집 하인들이지요. 그 팔도니한테 다른
이름이 있을는지도 모르지만, 그렇게 불러야만 대답을 하니
까 다들 그렇게 불러요. 붉은 갈색 머리의 핀란드계 사람인
데 애꾸에다 들창코에 사나워서 늘 테레자랑 서로 욕을 해
대고, 여차하면 치고받고 싸울 태세예요. 전반적으로 말하
자면, 난 여기서 사는 게 썩 좋지는 않아요…. 밤에라도 다
들 한꺼번에 잠들어서 조용해지면 좋으련만, 그럴 일은 절
대 없어요. 늘 어디선가는 앉아서 카드놀이를 하고 있고, 가
끔은 말하기 부끄러운 일도 일어나요. 지금은 어쨌든 익숙
해지긴 했어요. 한데 놀라운 것은 이런 소돔[10]에서 어떻게
가족이 딸린 사람들이 사느냐는 것이지요. 한 가난한 가정
이 여기 주인 여자 집에 방을 얻어 사는데 다른 방들이랑
나란히 있는 건 아니고 다른 쪽 구석에 따로 있어요. 참 얌
전한 사람들이에요! 그 사람들 소리는 하나도 안 나요. 방

* 프랑스 작가 N. Z. 레오나르(니콜라 제르멘 레오나르, 1744~1793)의 소설 「테레자와 팔도
  니, 혹은 리옹에 사는 두 연인의 편지들」(1783년)에 등장하는 불행한 주인공들의 이름이
  다. 이 작품은 18세기 후반부터 19세기 초반에 큰 인기를 끌었는데, 1840년대에는 '테레
  자와 팔도니'라는 이름이 보통명사처럼 사용되었다.

이 하나인데 그 안에 칸막이를 세워놓고 살지요. 무슨 관리라던데 직장은 없어요. 7년 전쯤에 무슨 일인가로 쫓겨났대요. 성은 고르시코프이고, 머리가 허옇게 세고 키가 작아요. 기름때로 찌든 다 해진 옷을 입고 다녀서 보기에 안쓰러워요. 나보다 형편이 훨씬 안 좋아요! 참 불쌍하고 허약한 사람이에요(가끔 복도에서 마주쳐요). 무릎도 떨리고 손도 떨리고 머리도 떨리는 게 무슨 병 때문이지 싶은데, 누가 알겠어요. 워낙 겁이 많고 사람들을 무서워해서 한쪽으로 피해 다녀요. 나도 종종 낯을 가릴 때가 있지만 이 사람은 더 심해요. 가족은 아내와 아이 셋이에요. 큰애인 아들은 아버지를 쏙 빼닮았고 역시 야위었어요. 아내는 왕년에 꽤 미녀였다는 게 지금 봐도 보이는데, 불쌍하게끔 누더기 같은 걸 입고 다녀요. 이 사람들이 주인 여자한테 돈을 빌렸다는 얘기가 있어요. 주인이 그 사람들 대하는 게 상냥하지 않더라고요. 이것도 들은 이야긴데, 그 고르시코프한테 무슨 안 좋은 일이 있었고 그 때문에 자리를 잃었대요…. 소송 중인 건지 재판 중인 건지, 무슨 심리 중인 건지 확실히는 몰라서 말해줄 수가 없네요. 가난하기는 또 어찌나 가난한지, 주님 맙소사! 그 사람들 방은 항상 조용하고 차분해서 꼭 아무도 안 사는 것 같아요. 심지어 애들 소리도 안 나요. 애들이 절대 소란스레 뛰거나 노는 법이 없어요, 한데 그건 나쁜 징조잖아요. 한번은 저녁에 그 집 문 옆을 지나쳤는데 웬일로 평소답지 않게 하숙집 전체가 조용했어요. 근데 훌쩍이는 소리가 나더니 그다음엔 속삭이고, 그다음엔 또다시 훌쩍이는 소리가 났어요. 우는 것 같았는데 그 소리가 어찌나 조용하고 애처롭던지 난 심장이 찢어지는 것 같았어요. 밤새 그 불쌍한 사람들이 머릿속에서 떠나지 않아서 잠도 제대로 못 잤지요.

그럼 잘 있어요, 더없이 귀한 내 친구 바렌카! 할 수 있는 만큼 다 묘사했네요. 오늘은 온종일 당신 생각만 하고 있어요. 당신 때문에, 내 친근한 사람아, 심장이 미어져요. 나의 선녀, 당신에게 따뜻한 망토가 없다는 걸 알아요. 페테르부르크의 봄은 정말이지, 바람에 비에 진눈깨비에, 정말 죽음이에요, 바렌카! 이렇게나 훌륭한 기후라니, 지켜주소서, 주님! 글이 이렇다 해서 나무라지 말아요, 선녀님. 난 글재주가 없어요, 바렌카. 글재주가 전혀 없어요. 조금이라도 있으면 좋으련만! 머릿속에 떠오르는 대로 썼네요. 어떻게든 당신을 즐겁게 해주려고요. 공부를 좀 했더라면 이렇진 않았을 텐데, 근데 공부를 어떻게 했겠어요? 형편이 안 좋아서 기본적인 것도 못 배웠어요.

변함없이 진실한 당신의 친구

마카르 제부시킨

4월 25일

경애하는 마카르 알렉세예비치!

오늘 제 사촌 동생 사샤를 만났어요! 끔찍했어요! 그녀도 죽어가요, 가엾은 것! 다른 데서 들은 말인데 안나 표도로브나가 계속 저에 대해 캐묻고 다닌대요. 절 괴롭히기를 절대로 그만두지 않으려나 봐요. 그녀가 말하길 절 용서하고 지난 일은 다 잊고 싶으며, 직접 저희 집에 방문할 거라고 했대요. 당신은 전혀 저의 친척이 아니고 자신이 가까운 친척이다, 가족 간의 일에 당신이 끼어들 자격이 없다, 제가 당신의 동정과 봉급으로 생활하는 것은 부끄럽고 도리에 어긋나는 일이라고 했대요…. 제가 그녀의 은혜를 잊었고, 굶어 죽었을지도 모를 저와 어머니를 자신이 구해줘서 먹이고 입혔으며, 2년 반이 넘도록 우리 때문에 금전적인 손해를 봤지만 그 모든 것에도 불구하고 우리가 진 빚을 용서해줬다고 했대요. 하지만 그녀는 어머니를 보살펴줄 생각도 하지 않았어요! 그들이 제게 저지른 짓을 가련한 어머니가 알았더라면! 하느님은 보고 계세요…! 안나 표도로브나가 말하길, 자기가 친히 저를 행복으로 이끌었지만 제가 미련해서 제 행복을 붙들지 못했고, 그것 외엔 자기는 결코 잘못한 게 없으며, 제가 제 품위를 지키지 못한 것이고, 어쩌면 지키고 싶지 않았던 게 아니냐고 했대요. 그럼 대체 누구 잘못인가요, 하느님 맙소사! 그녀는 비코프 씨가 백번 옳다면서 아무 여자하고나 결혼할 수는 없지 않냐고…. 더 써서 뭐하겠어요! 이런 거짓말을 들어야 하다니 잔인해요, 마카르 알렉세예비치! 전 이제 어떻게 될지 모르겠어요. 몸은 바들바들 떨리고, 울고 통곡하고 있어요. 이 편지도 두 시간이나 썼어요. 저는 그녀가 제게 저지른 잘못을 적어도 인정은 할 줄 알았어요. 그런데 이렇게 나오다니요! 부디 너무 걱정하지 마세요, 친구님, 제게 행복을 바라는 유일하신 분! 페도라는 뭐든 부풀려서 말해요. 전 아프지 않아요. 어제 어머니 추모예배를 드리러 볼코보[11]에 다녀와서 감기에 좀 걸렸을 뿐이에요. 왜 저랑 같이 가지 않으셨어요, 제가 그렇게 부탁을 드렸었는데. 아아, 가엾고 가엾은 내 어머니, 만일 어머니가 관에서 나오셨더라면, 그들이 내게 무슨 일을 저질렀는지 아셨더라면, 보셨더라면…!

ㅂ. ㄷ.

5월 20일

나의 비둘기, 바렌카!

포도를 조금 보냅니다, 선녀님, 이게 회복 중인 사람한테 좋다고들 하네요. 의사도 갈증 해소를 위해 권하고요, 갈증 해소에 이만한 게 없대요. 얼마 전에 당신이 히비스커스를 갖고 싶다고 했었는데, 아기씨, 이제야 보내네요. 입맛은 있나요, 선녀님? 그게 제일 중요해요. 아무튼 다행이에요, 다 지나갔고 다 끝났잖아요. 우리의 불행도 완전히 끝나가고 있어요. 하늘에 감사합시다! 근데 책에 관해서는 말이죠, 아직 어디서도 구하지를 못했어요. 사람들이 그러는데 아주 수준 높은 문체로 쓰인 좋은 책이 하나 있대요. 좋다고들 하는데 난 안 읽어봤어요. 다들 칭찬이 자자해요. 나도 읽어보겠다고 부탁을 해서 보내주기로 했어요. 한데 당신이 과연 읽을지? 당신은 이런 문제에 있어선 깐깐한 사람이잖아요. 취향에 맞추기가 어려워요. 내가 당신을 알지요, 내 비둘기. 당신은 아마 탄식이나 사랑이 담긴 시가 필요할 거예요. 아무튼 시도 구하고 다 구해볼게요. 시를 옮겨 적은 노트한 권을 봤었어요.

나는 잘 지내고 있어요. 당신은 부디 내 걱정은 말아요, 아기씨. 페도라가 나에 관해 늘어놓은 말은 다 헛소리예요.

페도라한테 전해요, 왜 거짓말하냐고. 꼭 전해요, 그 허풍쟁이한테…! 나는 새 제복을 결코 팔지 않았어요. 당신도 생각해봐요, 그걸 왜 팔겠어요? 곧 상여금으로 은화 40루블이 나올 건데 왜 팔아요? 당신은, 아기씨, 걱정하지 말아요. 그녀는 괜히 의심이 많아요. 페도라는 의심이 많아요. 우린 잘 살 겁니다, 내 비둘기! 당신은 그저, 천사님, 얼른 건강을 회복해요, 빨리 회복해서 이 늙은이를 슬프게 하지 말아요. 누가 나더러 살이 빠졌대요? 모함이에요, 그것도 모함이에요. 난 아주 건강하고 스스로 민망할 정도로 살이 쪘어요, 목구멍까지 차도록 배불리 먹고 있어요. 당신만 어서 회복되면 좋으련만! 그럼 잘 지내요, 나의 천사.

당신의 손가락 하나하나에 입을 맞추며

영원히 변함없는 당신의 친구

마카르 제부시킨

P. S. 아아, 나의 선녀님, 대체 또 뭐라고 쓴 거예요…? 고집부릴 게 따로 있지요! 내가 어떻게 당신 집에 그렇게 자주 들락거려요, 아기씨, 어떻게 그러냐고요? 캄캄한 밤을 틈타서 갈까요, 이젠 밤에도 거의 캄캄하지 않아요*, 그런 때잖아요. 내

아기씨, 천사님, 안 그래도 난 당신이 앓아누워 있는 동안, 의식이 없는 동안 당신 곁을 거의 떠나지 않았어요. 내가 어떻게 그럴 수 있었는지 나도 모르겠네요. 그러다가 다니기를 그만둔 거예요. 사람들이 호기심을 보이고 캐묻기 시작해서. 그러잖아도 벌써 집에 웬 소문이 돌고 있어요. 난 테레자를 믿어요. 그녀는 입이 가볍지 않으니까요. 아무튼 잘 좀 생각해 봐요, 아기씨. 우리에 관해 다 알게 되면 어떻게 되겠어요? 사람들이 어떻게 생각하겠어요, 뭐라 말하겠어요? 그러니 당신은 마음 단단히 먹어요, 아기씨. 몸이 회복될 때까지 기다려요. 그런 다음에 어디서든 집 밖에서 랑데부**를 가집시다.

6월 1일

너무나 친절하신 마카르 알렉세예비치!

저는 당신을 즐겁고 기쁘게 해드리기 위해 정말 뭐라도 하고 싶어요. 저를 위해 수고해주시고 애써주시고 저를 사랑해주시는 것에 대한 보답으로요. 그래서 결국 심심하기도 해서 서랍장을 뒤져 노트를 찾아내기로 했지요. 제가 지금

---

* 상트페테르부르크는 5월 말에 백야가 시작된다.
** 프랑스어로 rendez-vous, 만남이라는 뜻.

보내드리는 이 노트요. 제 삶이 아직 행복하던 때에 쓰기 시작한 거예요. 당신은 제가 예전엔 어떻게 살았는지, 제 어머니에 대해, 포크롭스키에 대해, 안나 표도로브나 집에서 살던 때에 대해, 또 최근에 있었던 제 불행에 대해서도 궁금해하시며 자주 물으시고, 이 노트를 굉장히 읽고 싶어 하셨지요. 이유는 모르겠지만 전 제 인생의 몇몇 순간들을 기록해두었어요. 제가 보내드리는 이 노트가 당신께 큰 즐거움을 드릴 거라 믿어 의심치 않아요. 저는 노트를 다시 읽으면 왠지 슬퍼져요. 노트의 마지막 줄을 쓰고 난 후로 두 배는 더 늙어버린 것 같아요. 이 이야기들은 전부 다른 시기에 쓰인 일이에요. 안녕히 계세요, 마카르 알렉세예비치! 전 요즘 끔찍이도 지루해요. 불면증에도 자주 시달리고요. 최고로 지루한 회복기예요!

ㅂ. ㄷ.

I

아버지가 돌아가셨을 때 난 겨우 열네 살이었다. 어린 시절은 내 인생에서 가장 행복한 시기였다. 그것은 이곳이 아니라 이곳에서 먼 지방 두메산골에서 시작되었다. 아버지는

ㅍ공작이 ㅌ주州에 소유하고 있는 거대한 영지의 관리자였다. 우리는 공작 소유의 한 마을에서 조용히, 소리 없이, 행복하게… 살았다. 나는 말괄량이 작은 소녀였고, 하는 것이라곤 들판이나 숲이나 정원을 뛰어다니는 게 전부였으며, 나에 대해선 아무도 신경 쓰지 않았다. 아버지는 일 때문에 늘 바쁘고 어머니는 살림을 했으며, 내게 아무런 공부도 시키지 않았는데 난 그게 좋았다. 난 아침 일찍 연못이나 숲으로, 풀 베는 곳이나 곡물을 수확하는 곳으로 달려갔다. 태양이 작열해도, 마을을 벗어나 어딘지도 모를 곳을 달려도, 덤불에 할퀴어도, 옷을 찢겨도 상관없었다. 나중에 집에서 야단을 맞았지만 그래도 괜찮았다.

시골을 떠나지 않고 평생 한곳에서 살아야만 했더라도 난 정말로 행복했을 것이다. 하지만 내가 아직 아이였을 때 고향을 떠나야만 했다. 우리가 페테르부르크로 이사했을 때 난 겨우 열두 살이었다. 아아, 떠날 준비를 하며 얼마나 슬펐는지 기억난다! 그렇게나 좋아하던 모든 것들과 헤어지며 얼마나 울었던지. 아버지 목에 매달린 채 눈물을 흘리며 조금만 더 시골에 있자고 애원하던 게 생각난다. 아버지는 내게 고함을 쳤고 어머니는 울면서 떠나야 한다고, 그렇게 하라는 요구를 받았다고 했다. 연로한 ㅍ공작이 죽었다.

상속자들은 아버지가 관리자로 남는 걸 거부했다. 아버지에 겐 페테르부르크의 개인들이 운용 중인 돈이 어느 정도 있었다. 그는 형편을 개선할 희망으로 자신이 직접 이곳에 거주해야겠다고 판단한 것이다. 이런 것은 나중에 어머니한테 들어서 알게 되었다. 우리는 이곳 페테르부르크 구區[12]에 자리를 잡고 아버지가 돌아가시기 전까지 한곳에서만 살았다.

나는 새로운 생활에 적응하기가 너무 힘들었다! 우린 가을에 페테르부르크에 들어왔다. 시골을 떠나던 날은 아주 밝고 따뜻하고 화창했다. 농사일은 끝나가고, 탈곡장엔 벌써 거대한 짚더미들이 쌓이고, 시끄러운 새 떼가 날아들고, 모든 것이 그렇게 밝고 즐거웠다. 하지만 도시로 들어오자 이곳엔 비와 축축한 가을 서리, 악천후, 진창, 새롭고 낯선 얼굴들, 퉁명스럽고 못마땅하고 화난 얼굴들이 있었다! 우린 그럭저럭 자리를 잡았다. 모두가 분주히 돌아다니고 계속해서 부산을 떨며 새살림을 꾸리던 게 기억난다. 아버지는 늘 집에 없었고 어머니는 잠시도 쉴 틈이 없었다. 나에 대해선 아예 잊은 듯했다. 이사 온 집에서 첫 밤을 보낸 후 나는 아침에 일어나는 게 슬펐다. 우리 집 창문은 누런 담장을 향해 나 있었다. 거리는 항상 더러웠다. 행인들은 드물었고 다들 옷을 아주 꽁꽁 싸매고 다녔는데 그만큼 추웠던 것이다.

우리 집은 온종일 끔찍이도 우울하고 지루했다. 우리에겐 친척이나 가까운 지인들이 거의 없었다. 안나 표도로브나와 아버지는 다툰 상태였다(아버지가 뭔가 빚진 게 있었다). 일 문제로는 사람들이 꽤 자주 드나들었다. 대개는 서로 언쟁을 벌이고 떠들썩하게 소리를 질렀다. 사람들이 방문하고 나면 아버지는 매번 아주 못마땅하고 화난 상태가 됐고, 어쩔 땐 얼굴을 찌푸리고 몇 시간이나 방안을 왔다 갔다 하면서 한마디도 하지 않았다. 그럼 어머니는 아버지에게 감히 말도 못 붙이고 입을 다물었다. 나는 한쪽 구석에 앉아 책을 읽었다 ― 얌전하게, 조용하게, 꼼짝달싹할 엄두도 못 내며.

페테르부르크로 이사 온 후 3개월이 지나자 나는 기숙학교에 보내졌다. 처음엔 낯선 사람들 틈에 있다는 게 슬펐다! 모든 것이 메마르고 쌀쌀맞았다. 사감 선생님들은 대단한 호통꾼들이고, 여자애들은 대단한 조롱꾼들이고, 나는 대단한 소심쟁이였다. 기숙학교는 엄격하고 까다로웠다! 모든 게 세세하게 짜인 시간표, 공동 식사, 지루한 선생님들 ― 이 모든 게 처음엔 아주 괴롭고 힘들었다. 잠을 잘 수도 없었다. 지루하고 기나긴 추운 밤을 나며 밤새 울기도 했다. 저녁에 다들 복습을 하거나 과제를 할 때면 난 회화집이나 단어장을 앞에 놓고 꼼짝없이 앉아서 속으로는 우리 집을, 아버지를, 어머니를, 유모 할머니를, 유모가 들려주던 이야기들을 떠올렸고…, 아아, 슬픔이 몰려왔다! 집에 있는 아주 하찮은 물건까지 기꺼이 떠올리곤 했다. 지금 집에 있었다면 얼마나 좋을까 생각하고 또 생각했다! 우리 집 자그마한 방에, 사모바르 옆에, 가족들과 함께 있으면 좋을 텐데, 그럼 정말 따뜻하고 기분도 좋고 친근할 텐데. 지금 어머니를 안을 수 있다면 좋을 텐데, 세게 세게, 뜨겁게 뜨겁게! 생각하고 또 생각하며 우울감에 조용히 울었다. 가슴속에 차오르는 눈물을 억눌렀다. 단어는 머릿속에 들어오지 않았다. 다음 날 수업을 제대로 준비하지 못하기라도 하면 밤새 선생님과 사감 선생님과 아이들이 꿈에 나타난다. 꿈속에서 밤새 수업내용을 되뇌어도 다음 날이면 아무것도 모른다. 그럼 나를 무릎 꿇게 하고 음식은 한 가지만 줬다. 난 정말 재미없고 지루한 아이였다. 처음엔 아이들이 전부 날 비웃고 약 올리고, 내가 수업 시간에 발표를 하면 방해했다. 줄지어 식사하러 가거나 차를 마시러 갈 땐 꼬집어댔으며, 아무것도 아닌 일로 사감 신생님에게 나에 대한 불만을 늘어놨다. 하지만 토요일 저녁 유모가 날 데리러 올 때면 그런 천국이

도스토옙스키

없었다. 나는 기쁨에 겨워 유모 할머니를 끌어안았다. 그녀는 내게 옷을 입혀 단단히 싸매었고, 걸음이 느려 뒤처지는 그녀에게 난 쉴 새 없이 수다를 떨었다. 신나고 즐거운 상태로 집에 오면 마치 10년은 떨어져 지낸 것처럼 식구들을 꼭 껴안는다. 수다와 대화와 이야기가 시작된다. 모두와 인사를 나누고, 웃고, 깔깔거리고, 달리고, 뛴다. 아버지와는 진지한 대화를 하며 학문과 학교 선생님들, 프랑스어, 로몽드 문법책[13]에 대한 이야기를 나눈다. 모두가 아주 흥겹고 흐뭇하다. 지금도 그 순간들을 떠올리면 즐거워진다. 나는 열심히 공부해서 아버지를 기쁘게 해드리려고 노력했다. 난 아버지가 나를 위해 마지막 남은 것까지 내어주고 그 자신도 말 못 하게 분투하고 있다는 걸 알았다. 아버지는 날이 갈수록 더욱 침울해지고 못마땅해하고 화를 냈으며, 성격도 완전히 안 좋아졌다. 일은 안 풀리고 빚이 산더미처럼 쌓였다. 어머니는 아버지가 화낼까 무서워 울지도 못하고 말을 꺼내지도 못했다. 그녀는 환자가 되어서 몸이 계속 야위고 기침도 심하게 하기 시작했다. 내가 기숙학교에서 오면 다들 슬픈 얼굴이었고, 어머니는 조용히 흐느끼고 아버지는 화를 냈다. 꾸중과 질책이 시작됐다. 아버지는 내가 그에게 아무런 기쁨도 아무런 위안도 되지 않는다고 했다. 나 때문에 마지막 남은 돈까지 잃고 있는데 난 여태 프랑스어도 제대로 못 한다고 했다. 한 마디로, 모든 실패와 모든 고난과 모든 것에 대한 분풀이가 나와 어머니에게 돌아왔다. 불쌍한 어머니를 어쩜 그렇게 괴롭힐 수 있었을까? 그녀를 보면 가슴이 찢어졌다. 뺨은 움푹 꺼지고, 눈도 쑥 들어가고, 폐병 환자 특유의 얼굴빛이었다. 화풀이를 가장 많이 당한 건 나였다. 항상 사소한 것으로 시작해서 그다음엔 별의별 얘기가 다 나왔다. 무엇에 대한 건지 이해가 안 될 때도 많았다. 정말 별의별 게 다 입에 올랐다…! 프랑스어가 다 무엇이냐, 너는 바보천치다, 학교장은 태만하고 멍청한 여자다, 그녀는 학생들의 품행에 신경 쓰지 않고 있다, 아버지는 아직 직장을 구하지 못하고 있다, 로몽드 문법책은 형편없고 자폴스키의 책[14]이 훨씬 좋다, 네게 큰돈을 들인 게 헛수고였다, 너는 감정도 없는 돌이냐, ─ 한 마디로, 불쌍한 나는 회화집과 단어장을 외우며 최선을 다해 애썼지만 모든 게 내 잘못이고 내 책임이었다! 아버지가 나를 사랑하지 않아서 그런 것은 전혀 아니다. 그는 나와 어머니를 더없이 사랑했다. 그냥 성격이 그랬던 것이다.

계속되는 근심과 고뇌와 실패가 가없은 아버지를 극도로 괴롭혔다. 그는 의심이 많아지고 신경질적이 되었다. 아예 낙심해버릴 때가 많았고 건강도 등한시하기 시작했다. 그러다 감기에 걸려 갑자기 앓아눕더니 얼마 지나지 않아 세상을 떠났다. 너무나 갑작스레, 너무나 돌연 떠나셔서 우린 그 충격으로 며칠 동안 제정신이 아니었다. 어머니는 완전히 망연자실해서 정신이 이상해진 게 아닐까, 겁이 날 정도였다. 아버지가 세상을 떠나자 채권자들이 땅에서 솟은 듯 나타나 떼로 몰려들었다. 우린 가진 걸 전부 내주었다. 페테르부르크 구에 있던 우리 집은 페테르부르크로 이사 온 후 반년 만에 아버지가 샀었는데 그 집도 팔리게 됐다. 나머지는 어떻게 처리됐는지 모르겠다. 우린 지붕도 없고, 거처도 없고, 먹을 것도 없는 신세가 돼버렸다. 어머니는 병으로 기진맥진하고, 우린 스스로 먹고살 능력도 없고 생활을 이어갈 수도 없었으며, 눈앞엔 죽음뿐이었다. 내가 이제 막 열네 살이 되던 때였다. 그때 안나 표도로브나가 찾아왔다. 그녀는 자신을 계속 무슨 지주라고 소개하면서 우리와 친척뻘이라고 했다. 어머니 말로는 그녀가 친척이긴 하나 아주 먼 친척이라고 했다. 그녀는 아버지가 살아계실 동안엔 한 번도 오지 않았었다. 그런데 눈물을 흘리며 나타나서는 우리에게 몹시 마음이 쓰인다고 했다. 우리의 상실과 우리의 빈곤한 처지를 애도한다면서 아버지가 잘못한 거라는 말도 덧붙였다. 아버지가 분수에 맞지 않게 살았고, 너무 멀리 나갔으며, 자신의 능력을 지나치게 믿었다고 했다. 그녀는 우리와 가까이 지내고 싶다면서 서로 간의 불편함은 잊자고 했다. 어머니가 자신은 한 번도 그녀에게 안 좋은 감정이었던 적이 없다고 하자 그녀는 눈물을 보이더니 어머니를 교회로 데려가서 사랑하는 비둘기를 위한 (그녀는 아버지를 그렇게 불렀다) 추도식을 신청해줬다. 그리고 어머니와 장엄하게 화해했다.

우리의 빈곤한 상황과 고아 된 처지, 절망, 속수무책을 휘황찬란하게 묘사하며 기나긴 서론과 머리말을 마친 안나 표도로브나는, 그녀의 표현대로 옮기자면, 자신의 집을 피난처로 삼으라 했다. 엄마는 고맙다고 말은 했지만 오랫동안 결정을 내리지 못했다. 하지만 할 수 있는 일도 없고 달리 해결할 방법도 없었던 터라, 결국 안나 표도로브나에게 그녀의 제안을 감사히 받아들이겠다고 했다. 페테르부르크 구에서 바실리옙스키 섬으로 이동하던 날의 아침이 기억난다. 맑고 건조한, 추운 가을 아침이었다. 어머니는 울었고 나도 끔찍이 슬펐다. 가슴이 미어지는 것 같고 무언가 설명할 수 없는 지독한 우울감에 마음이 짓눌렸다…. 쓰라린 시간이었다.

II

처음에 아직 우리가, 그러니까 나와 어머니가 새 집에 익숙해지지 않았을 때는 안나 표도로브나 집에 있는 게 왠지 섬뜩하고 어색했다. 안나 표도로브나는 6번가에 있는 자택에 살고 있었다. 다섯 개의 깨끗한 방이 있는 집이었다. 그중 세 개는 안나 표도로브나와 그녀가 양육 중인 내 사촌 여동생 사샤가 썼다. 사샤는 아버지 어머니를 여읜 고아이다. 그나음에 우리가 방 하나를 쓰고, 우리 방 옆의 마지막 방엔 포크롭스키라는 가난한 대학생이 하숙하고 있었다. 안나 표도로브나는 우리가 예상했던 것보다 훨씬 부유하게 잘살았다. 하지만 그녀의 재산은 정체를 알 수 없었고 그녀가 하는 일도 마찬가지였다. 그녀는 늘 분주했고, 늘 무언가에 신경을 쓰고 있었고, 집을 떠나 있기도 하고, 하루에 몇 번씩 외출을 하기도 했다. 하지만 그녀가 무엇을 하는지, 무슨 일로 신경을 쓰는지, 무엇을 위해 신경을 쓰는지 난 도무지 추측할 수 없었다. 그녀는 아는 사람도 많고 인맥도 다양했다. 늘 손님들이 방문하고, 누군지 알 수 없는 사람들이 무슨 일인가로 잠깐씩 다녀갔다. 어머니는 초인종이 울릴 때마다 곧장 나를 데리고 우리 방으로 갔다. 안나 표도로브나는 이 일로 어머니에게 심하게 화를 냈다. 우리가 지나치게 거만하다고, 분수에 안 맞게 거만하다고, 거만하게 굴게 뭐 있냐고 계속해서 되풀이하며 몇 시간이나 입을 다물지 않았다. 당시에 나는 거만하다고 야단치는 것을 이해할 수 없었다. 이제야 어머니가 왜 안나 표도로브나의 집에 사는 걸 주저했는지 알게 됐다. 아니 최소한 짐작은 하고 있다. 안나 표도로브나는 악독한 여자였고 끊임없이 우릴 괴롭혔다. 내겐 여전히 수수께끼다. 그녀는 도대체 왜 우릴 자기 집으로 불러들였던 걸까? 그녀는 처음엔 꽤 다정했지만 우리가 완전히 속수무책이고 갈 데도 없음을 알게 되자 나중엔 본성을 드러냈다. 시간이 지나면서 내게는 아주 다정해지고 심지어는 아부로 느껴질 만큼 무례한 다정함을 보이기도 했지만, 처음엔 나도 어머니처럼 모든 걸 견뎌야만 했다. 그녀는 쉴 새 없이 우리를 나무랐고, 하는 일이라곤 자신의 선행에 대해 되풀이하는 것뿐이었다. 다른 사람들에게 우리를 가난한 친척, 의지할 곳 없는 과부와 고아로 소개하면서 자신이 자비심과 기독교적인 사랑으로 거둬줬노라고 했다. 식사 시간엔 우리가 집어가는 음식 하나하나 눈으로 살피고, 먹지 않으면 또다시 훈계가 시작되었는데 우리가 그녀를 꺼린다는 둥, 차린 건 없지만 뭐라 말고 맛있게 먹으라는 둥, 예전에도 더 나을 건 없지 않았냐는 둥 했다. 아버지에 대해서도 쉴 새 없이 욕을 했다. 다른 사람들보다 잘 되려다가 오히려 안 좋게 됐다, 아내와 딸을 거지로 만들었다, 기독교 정신을 가진 은혜롭고 동정심 많은 친척이 없었다면 아마 길거리에 나앉아 굶어 죽었을 거다, 정말 별의별 말을 다했다! 그녀의 말을 듣고 있노라면 비참하다기보다는 혐오스러웠다. 어머니는 울음을 그칠 새가 없었고 건강도 나날이 나빠지고 눈에 띄게 야위어 갔다. 그럼에도 어머니와 나는 아침부터 밤끼지 일을 했는데 주문을 받아 바느질을 했다. 안나 표도로브나는 이 일을 매우 언짢아하며 자기 집은 양장점이 아니라고 거듭거듭 말했다. 하지만 우린 입을 옷이 필요했고, 예상치 못할 지출을 대비해야 했고, 우리만의 돈이 반드시 있어야 했다. 우린 만약을 위해 돈을 모았고, 시간이 지나면 어디론가 이사할 수 있을 거라고 기대했다. 하지만 어머니는 일하느라 마지막 기운까지 잃었고 하루하루 쇠약해졌다. 질병이 그녀의 생명을 벌레처럼 갉아먹으며 무덤으로 내몰았다. 나는 모든 걸 보고, 모든 걸 느끼고, 모든 걸 감내했다. 이 모든 게 눈앞에서 벌어지고 있었다!

하루 또 하루가 가고, 매일이 어제와 똑같았다. 우린 도시가 아닌 곳에서 사는 것처럼 조용히 지냈다. 안나 표도로브나는 자신의 위력을 확실히 깨닫게 되면서부터 점차 누그러들었다. 사실 누구도 절대 그녀에게 반박할 생각이 없었는데 말이다. 우리는 복도를 두고 그녀의 공간으로부터 분리된 채 우리의 방에서 지냈고, 우리 옆방엔 이미 말했듯이 포크롭스키가 살았다. 그는 사샤에게 안나 표도로브나의 말마따나 모든 학문— 프랑스어, 독일어, 역사, 지리를 가르쳤고, 그 대가로 숙식을 제공받았다. 사샤는 발랄하고 장난이 심하지만 아주 총명한 소녀였고 당시 열세 살쯤이었다. 안나 표도로브나는 내가 기숙학교에서 공부를 마치지 못했으니 나도 공부를 하는 게 좋지 않겠느냐고 했다. 어머니는 흔쾌히 동의했고, 나는 사샤와 함께 일 년 동안 포크롭스키의 가르침을 받았다.

포크롭스키는 가난한, 매우 가난한 젊은이였는데 건강 문제로 학교에 계속 다닐 수 없었고, 다들 습관적으로 그를 대학생이라고 불렀다. 그는 검소하게, 얌전하게, 조용하게 지내서 그의 방에선 아무 소리도 들리지 않았다. 그는 겉모습이 참 이상했다. 걷는 것도 어색하고, 인사하는 몸짓도 어색하고, 말하는 것도 괴상해서 처음엔 그를 보기만 해도 웃음이 났다. 사샤는 끊임없이 그에게 장난을 쳤고 수업 시간엔 특히 더했다. 그런데 그는 성격마저 신경질적이어서 늘 화를 내고, 사소한 일에도 흥분하고, 우리한데 소리를 지르고, 불만을 쏟아내고, 수업을 끝내지도 않고 토라진 채로 자기 방으로 가버릴 때가 많았다. 그는 방에 들어앉아서 며칠이고 책만 읽었다. 그에겐 책이 많았는데 전부 아주 비싸고 보기 드문 책들이었다. 그는 다른 곳에서도 수업을 하며 얼마간의 수업료를 받았는데 돈이 조금이라도 모이면 곧장 책을 사러 갔다.

시간이 지나며 나는 그를 더욱 가까이, 잘 알게 됐다. 그는 내가 만나본 사람 중에서 가장 선하고 훌륭하고 좋은 사람이었다. 어머니도 그를 매우 존중했다. 그는 또 나의 가장 좋은 친구였다, 물론 어머니 다음으로.

처음에 나는 다 큰 처녀가 돼서 사샤랑 한편이 되어 장난을 쳤다. 우린 어떻게 하면 그 사람을 놀려 줄까, 분통 터지게 할까, 몇 시간이나 궁리하곤 했다. 그는 정말 우스꽝스럽게 화를 냈고 우린 그게 몹시도 재밌었다(떠올리기조차 민망하다). 한번은 그가 거의 울상이 되기까지 놀려댔는데 그가 "독한 녀석들"이라고 중얼거린 게 내 귀에 똑똑히 들렸다. 난 갑자기 마음이 불편해졌다. 부끄럽기도 하고 슬프기도 하고 그가 가엾기도 했다. 나는 귀까지 새빨개져서 눈물을 글썽이며 그에게 진정하라고, 우리가 벌인 멍청한 장난에 속상해하지 말라고 애원했다. 하지만 그는 책을 덮고 수업을 마치지 않은 채 자기 방으로 가버렸다. 나는 온종일 후회로 가슴이 저몄다. 애들인 우리가 잔혹하게도 그에게 눈물까지 보이게 했다는 생각에 참을 수 없었다. 그러니까 우린 그의 눈물을 기다렸던 것이다. 그러니까 우린 그걸 원했던 것이다. 그러니까 우린 그가 마지막 인내심까지 잃도록 하는 데 성공한 것이다. 그러니까 우린 그 불행하고 불쌍한 사람에게 자신의 지독한 운명을 강제로 떠올리게 한 것이다! 나는 속상하고 슬퍼서, 후회스러워서 밤새 잠을 못 이뤘다. 뉘우치면 마음이 가벼워진다고들 하는데 오히려 반대다. 내 비통함에 어떻게 자존심이 섞여들 수 있었는지는 모르겠다. 난 그가 날 어린애로 여기는 게 싫었다. 그때 난 벌써 열다섯이었다.

그날부터 난 어떻게 해야 포크롭스키가 나에 대한 생각을 돌연 바꿀까, 골치가 아프도록 수천 가지 계획을 짜기 시작했다. 하지만 때때로 소심하고 수줍었던 나는 실제 상황에선 아무런 결단도 내리지 못하고 상상에만 그쳤다(세상에나, 어떤 상상들을 했던지!). 난 그저 사샤와 함께 장난치는 걸 그만뒀을 뿐이었고, 그도 더 이상 우리에게 화내지 않았다. 하지만 그것으로는 내 자존심을 채우기에 부족했다.

지금부턴 내가 그동안 만나본 사람 중에 가장 이상하

고, 가장 호기심을 끌고, 가장 가엾은 한 사람에 대해 몇 마디 하려고 한다. 이 사람에 대한 이야기를 내 노트의 바로 이 대목에서 이제야 꺼내는 이유는, 이전까진 그에게 아무런 관심도 없었다가 갑자기 포크롭스키와 관련된 모든 것에 마음이 끌렸기 때문이다!

가끔 우리 집에 한 노인이 찾아왔는데 지저분하고, 입은 옷도 흉하고, 작은 키에 머리가 허옇고, 동작이 굼뜨고 쭈뼛쭈뼛한, 한 마디로 몹시 괴상한 사람이었다. 첫눈에 봐도 무언가 민망해하고 자신을 창피스레 여긴다는 생각이 들었다. 그는 늘 몸을 웅크리고 얼굴을 찌푸렸는데, 그의 행동이나 몸짓이 매우 부자연스러워서 십중팔구 제정신이 아니라는 결론을 내려도 될 정도였다. 그는 우리 집에 와서 현관 유리문 밖에 서서는 안으로 들어올 엄두를 못 냈다. 우리 중에 ─ 나 또는 사샤, 또는 자신에게 좀 더 잘 대해주는 하인 중에 ─ 누군가가 지나가면 곧장 손을 흔들어 자기에게 오게 하고는 여러 가지 신호를 해보였다. 우리가 고개를 끄덕이며 그를 부르면 ─ 집에 다른 사람은 없으니 아무 때나 들어와도 된다는 신호다 ─ 노인은 그제야 살며시 문을 열며 함박웃음을 지었고, 흡족함에 손을 비비고는 발뒤꿈치를 들고 곧장 포크롭스키의 방으로 향했다. 노인은 그의 아버지였다.

그 후 나는 이 가엾은 노인에 대한 이야기를 자세히 알게 됐다. 그는 한때 어디선가 근무를 했었는데 실력이 조금도 없어서 최하위직의 가장 보잘것없는 자리에서 일했다고 한다. 첫 번째 아내(대학생 포크롭스키의 어머니)가 죽자 그는 재혼을 결심하고 평민 여자와 결혼했다. 새 아내가 들어오자 집안이 발칵 뒤집히고, 그녀가 집안사람들을 손아귀에 넣고 부려서 도무지 살 수가 없었다. 대학생 포크롭스키는 당시 열 살 정도로 아직 어린애였다. 새어머니는 그를 싫어했다. 하지만 운명은 어린 포크롭스키에게 행운을 가져다줬다. 비코프라는 지주가 관리인 포크롭스키를 알고 있었고 한때 그를 도와주기도 했었는데 그가 아이의 보호자가 되어 아이를 한 학교에 입학시킨 것이다. 그가 아이에게 관심을 보인 것은 고인이 된 아이 어머니를 알고 있었기 때문이고, 그녀는 처녀 시절에 안나 표도로브나의 보살핌을 받다가 안나 표도로브나의 주선으로 포크롭스키 관리와 결혼했던 것이다. 안나 표도로브나의 지인이자 절친한 친구인 비코프 씨는 관대한 마음으로 신부를 위해 지참금 5천 루블을 전했다. 그 돈이 어디로 갔는지는 알 수 없다. 여기까지가 내가 안나 표도로브나에게 들은 말이다. 대학생 포크롭스키는 자신의 가정사에 대해 말하는 걸 아주 싫어했다. 그의 어머니는 빼어난 미인이었다는데, 왜 그리 안 좋은 혼인을 했는지, 그런 보잘것없는 사람에게 시집을 갔는지… 내 생각엔 의아한 일이다. 그녀는 아직 젊은 나이에, 결혼한 지 4년쯤 후에 죽었다.

아들 포크롭스키는 초등학교를 마치고 김나지야[15]에 입학했고, 그 후엔 대학에 입학했다. 페테르부르크에 꽤 자주 다니던 비코프 씨는 이곳에서도 계속 그를 보살펴주었다. 포크롭스키는 건강 악화로 대학 과정을 이어갈 수 없었다. 비코프 씨가 그를 안나 표도로브나에게 소개하고, 직접 추천하고, 그렇게 해서 아들 포크롭스키는 사샤에게 필요한 모든 것을 가르쳐준다는 조건으로 숙식을 제공받기로 한 것이다.

노인 포크롭스키는 냉혹한 아내로 인해 통탄해하다가 아주 몹쓸 버릇에 빠져버렸고 거의 늘 술에 취해 있었다. 새 아내는 그를 때리고 부엌에서 살라며 내쫓았는데 그는 구타와 천대에 익숙해진 나머지 나중엔 불평도 하지 않게 되었다. 아직 그렇게까지 늙은 사람이 아니었음에도 몹쓸 술 때문에 정신이 아둔해졌다. 그에게 인간의 고귀한 품성이 느껴지는 유일한 면은 아들을 향한 한없는 사랑이었다. 아들 포크롭스키는 돌아가신 어머니를 쏙 빼닮았다고 한다. 망가져버린 노인의 가슴에 아들을 향한 무한한 사랑을 피워낸 것은 착한 아내에 대한 추억이 아닐까? 노인은 아들에 대한 것 외에는 할 말이 없었고 일주일에 두 번씩 아들을 보러 왔다. 더 자주 올 엄두는 못 냈는데 아들 포크롭스키가 아버지의 방문을 못 견디게 싫어했기 때문이다. 그의 모든 결점 중에 첫째이자 가장 중요한 결점은 따질 필요도 없이 아버지에 대한 무례함이었다. 사실 노인은 때때로 세상에서 가장 참을 수 없는 존재가 되곤 했다. 첫째, 호기심이 지독하게 많았고, 둘째, 말도 안 되는 쓸데없는 이야기와 질문들로 아들의 공부를 끊임없이 방해했으며, 마지막으로 종종 술에 취해 나타나곤 했다. 아들은 노인의 나쁜 버릇과 호기심, 끝나지 않는 수다를 조금씩 고쳐나갔으며, 결국엔 그가 자신의 말을 예언자처럼 전적으로 따르고 그의 허락 없이는 입도 뻥긋 못하게 만들었다.

불쌍한 노인은 자신의 페첸카를 (그는 아들을 그렇게 불렀다) 더없이 감격스러워하고 더없이 기뻐했다. 그는 아들에게 오면 늘 좀 걱정스럽고 겁먹은 표정이었는데, 아들이 자신을 어떻게 맞을지 몰라서 그런 것 같았고, 보통은 한참이나 방에 들어갈 결심을 못 냈다. 우연히 내가 나타나기라도 하면 한 20분 동안 질문을 퍼부었다. "폐첸카는 어때요? 건강한가요? 기분은 정확히 어떻고, 혹시 중요한 일을 하고 있진 않을까요? 정확히 뭘 하고 있어요? 뭔가를 쓰나요, 아니면 생각을 하고 있나요?" 내가 충분히 격려해주며 안심시키면 노인은 그제야 들어갈 결심을 하고는 조용조용, 조심조심 문을 열고 머리만 먼저 들이밀었다. 만일 아들이 화내지 않고 고개를 끄덕이면 조용히 방 안으로 들어갔고, 언제 봐도 구겨져 있고 헤지고 챙이 뜯어진 모자와 외투를 벗어 옷걸이에 걸었는데, 이 모든 걸 소리 없이 조용히 했다. 그다음엔 한쪽에 있는 의자에 조심스레 앉아서 아들에게서 눈도 떼지 않고 동작 하나하나를 살피며 폐첸카의 기분이 어떤지 알아내려고 했다. 만일 아들의 기분이 조금이라도 안 좋다 싶으면 노인은 그걸 알아채고 곧장 자리에서 일어나 해명을 한다. "난 그니까, 폐첸카, 잠깐 왔단다. 멀리 다녀오는 길인데 근처를 지나게 돼서 잠깐 쉬려고 들렀어." 그런 다음엔 말없이 공손하게 외투와 모자를 집어 들고 다시 조용히 문을 열고 나왔는데, 가슴속에 북받치는 슬픔을 억누르며 아들에게 내색하지 않으려고 억지 미소를 지었다.

하지만 아들이 아버지를 반갑게 맞이하기라도 하면 노인은 기뻐서 어쩔 줄 몰랐다. 그의 얼굴에서, 손짓에서, 몸짓에서 만족감이 배어났다. 아들이 말을 걸면 의자에서 엉거주춤 일어나 조용히, 고분고분, 거의 경외심에 차서 대답했고, 늘 엄선된 표현을 사용하려고 애쓰다가 결국엔 우스꽝스러운 말을 하고 말았다. 그는 말재주가 없었다. 늘 당황하고 겁먹어서 몸 둘 바를 몰랐고, 대답한 후에도 말을 좀 고쳐보려고 한참을 조용히 중얼거렸다. 만일 대답을 잘했다 싶으면 노인은 몸가짐을 바로 하고, 입고 있는 조끼와 넥타이와 연미복을 가다듬으며 자존감 있는 모습을 보였다. 어떨 땐 너무나 고무되고 용기가 난 나머지 조용히 의자에서 일어나 책꽂이로 가서 책 한 권을 집은 다음, 바로 그 자리에서 읽기까지 했다, 무슨 책이든 상관없이 말이다. 이럴 때면 아무렇지 않은 듯 냉담하고 냉정하게 행동했는데, 마치 아들의 책을 언제나 마음대로 만질 수 있고 아들의 다정함도 놀라운 게 아닌 것처럼 굴었다. 하지만 어느 날 포크롭스키가 그에게 책을 만지지 말라고 하자 불쌍한 노인이 깜짝 놀라는 모습을 난 본 적이 있다. 그는 당황해서 서두르다가 책을 위아래 거꾸로 꽂았고, 그다음엔 제대로 꽂는다고 돌린다는 것이 책배[16]가 밖으로 보이도록 꽂아 놓고는 웃음을 짓고, 얼굴이 빨개지고, 자신의 죄과를 어떻게 씻어내야 하나 어쩔 줄 몰라 했다. 포크롭스키는 충고를 해가며 노인의 몹쓸 버릇을 조금씩 고쳐나갔고, 취하지 않은 모습을 세 번 정도 연달아 보면 그다음 방문 때는 헤어질 때 25코페이 카, 50코페이카 혹은 그 이상을 아버지에게 건넸다. 가끔은 부츠, 넥타이, 조끼를 사주기도 했다. 그럼 노인은 새로 구입한 것을 걸치고서 수탉처럼 의기양양했다. 그는 종종 우리 방에도 들렀다. 나와 사샤에게 수탉이나 사과 모양의 과자를 가져다주고 항상 페첸카에 대한 말만 했다. 우리더러 집중해서 공부해야 한다고, 말을 잘 들어야 한다고, 페첸카는 착한 아들, 모범적인 아들, 박식한 아들이라고 했다. 그러면서 왼쪽 눈을 정말 우스꽝스럽게 찡긋거리고 얼굴을 익살맞게 찌푸렸는데 우린 웃음을 참지 못하고 한바탕 신나게 깔깔댔다. 어머니도 그를 무척 좋아했다. 그런데 노인은 안나 표도로브나를 싫어했다, 비록 그녀 앞에서는 쥐 죽은 듯 조용했지만 말이다.

얼마 후 나는 포크롭스키와의 수업을 그만두었다. 그는 여전히 나를 사샤와 똑같은 어린애로, 말괄량이 소녀로 여겼다. 난 그것이 너무나 속상했다. 최선을 다해 내 지난 행동을 만회하려고 애쓰고 있었기 때문이다. 하지만 그는 그런 나를 알아채지 못했다. 그것이 내 마음을 더더욱 뒤틀리게 했다. 나는 수업 시간 외엔 포크롭스키와 거의 말도 안

했고, 할 수도 없었다. 얼굴이 빨개지며 어쩔 줄 몰라 하다가 그다음엔 한쪽 구석에서 속상해하며 울었다.

만약 어떤 이상한 상황이 우리가 가까워지는 것을 돕지 않았다면 어떤 결말이 났을지 모르겠다. 어느 날 저녁 어머니가 안나 표도로브나의 방에 있을 때 나는 조용히 포크롭스키의 방으로 들어갔다. 그가 집에 없다는 걸 알고 있었는데 어떻게 그의 방에 들어갈 생각을 했는지 정말 모르겠다. 벌써 1년이 넘도록 옆에 살았지만, 그때까진 한 번도 그의 방을 들여다본 적이 없었다. 심장이 가슴에서 튀어나올 것처럼 세차게, 아주 세차게 뛰었다. 나는 어떤 각별한 호기심으로 방 안을 살펴봤다. 포크롭스키의 방은 아주 초라하게 차려져 있었고 정돈도 안 돼 있었다. 벽에는 다섯 개의 기다란 책 선반이 걸려 있었다. 책상과 의자 위엔 종이가 가득했다. 책과 종이뿐이었다! 나는 이상한 생각이 떠올랐고, 또 그와 동시에 뭔가 불쾌하고 비통한 감정에 사로잡혔다. 나의 우정, 나의 사랑하는 마음이 그에겐 부족할 것 같았다. 그는 박식하지만, 나는 멍청하고 아무것도 모르고 아무것도 읽지 않았다, 책 한 권 읽지 않았다…. 난 질투 어린 눈빛으로 책으로 꽉 들어찬 기다란 선반들을 쳐다봤다. 비통함과 우울함, 어떤 광기 같은 것에 사로잡혔다. 그의 책을 하나도 빠짐없이 가능한 한 빨리 읽고 싶어졌고 그렇게 하기로 결심했다. 모르겠다, 어쩌면 그가 알고 있는 모든 것을 나도 터득한다면 그와의 우정에 더 당당해질 거라고 생각했던 것 같다. 나는 첫 번째 선반으로 급히 가서 망설임 없이 맨 처음 손에 걸린 먼지 끼고 오래된 책 한 권을 빼냈고, 흥분과 두려움에 얼굴은 붉으락푸르락, 몸은 바르르 떨며 훔친 책을 가져왔다. 밤에 어머니가 잠들면 작은 등불을 켜고 읽을 생각이었다.

하지만 우리 방에 와서 서둘러 책을 펼쳐보니 아주 낡고 반쯤은 썩은, 온통 벌레 먹은 라틴어 작품집이어서 얼마나 짜증이 났는지 모른다. 난 지체하지 않고 되돌아갔다. 책을 선반에 꽂으려는 순간, 복도에서 소리가 나고 누군가의 발걸음이 가까이에서 들렸다. 난 급히 서둘렀지만 그 지긋지긋한 책이 어찌나 빡빡하게 꽂혀 있었던지, 그 책을 빼냈을 때 나머지 책들이 저절로 밀려나며 붙어버려서 이젠 그들의 옛 동무를 위한 자리가 남아 있지 않았다. 책을 꽂아 넣기엔 힘이 부족했다. 어쨌거나 난 안간힘을 다해 책들을 밀었다. 그런데 선반을 고정하고 있던 녹슨 못이 일부러 그 순간만을 기다려왔다는 듯 부러지고 말았다. 선반 한쪽이 아래로 미끄러졌다. 책들이 요란한 소리를 내며 바닥에 쏟아졌

가난한 사람들

다. 문이 열리고, 포크롭스키가 방에 들어왔다.

말해두지만, 그는 누군가가 그의 공간에서 주인 행세하는 걸 못 견디게 싫어한다. 책이라도 만졌다간 재난이다! 그러니 생각해보시라. 작은 책, 큰 책, 갖가지 판형에 갖가지 크기와 두께의 책들이 선반에서 쏟아져서 책상 밑으로, 의자 밑으로, 방 안 여기저기로 나뒹굴 때 내가 얼마나 끔찍했을지. 도망치고 싶었지만 이미 늦었다. 나는 '끝이야, 끝이야! 난 망했어, 죽었어! 열 살짜리 애처럼 멋대로 굴고 까불기만 하다니. 난 멍청한 애야! 난 완전 바보야!!' 생각했다. 포크롭스키는 불같이 화를 냈다. "하다 하다 이젠 이런 짓까지!" 그가 소리쳤다. "이렇게 장난치는 거 부끄럽지도 않아요? 대체 언제 철들 거예요?" 그러고는 급히 책을 주워 모으기 시작했다. 나도 도우려고 허리를 숙였다. "됐어요, 필요 없어요." 그가 소리쳤다. "초대받지 않은 곳엔 오지 말았어야죠." 그러나 어쨌든, 그는 내 얌전한 태도에 조금 누그러져서 얼마 전의 훈계조로, 얼마 전의 선생님 자격으로 조용히 말을 이어갔다. "언제 좀 점잖아질래요, 언제 좀 정신을 차릴래요? 자신을 좀 보세요, 이젠 애도 아니고 어린 소녀도 아니잖아요, 벌써 열다섯 살이잖아요!" 그러고는 내가 과연 어린애가 아닌 게 맞는지 확인이라도 하려는 듯 날 쳐다보더니 귀까지 새빨개졌다. 난 이해가 되지 않았다. 그의 앞에 서 있던 나는 놀라서 눈을 휘둥그레 뜨고 그를 쳐다봤다. 그는 엉거주춤 일어나서 난감한 표정으로 내게 다가왔고 몹시 당황스러워하며 무슨 말인가를 했다. 무언가에 대해 사과를 한 것 같았는데, 어쩌면 내가 다 큰 처녀임을 이제야 눈치채서 미안하단 뜻이었을까. 마침내 난 이해가 됐다. 그때 내가 어떻게 돼버렸는지 모르겠다. 얼떨떨하고, 정신이 멍하고, 포크롭스키보다 더 새빨개져서 손으로 얼굴을 가리고 방에서 뛰쳐나왔다.

뭘 어떻게 해야 할지, 부끄러운데 어디로 숨어야 할지 몰랐다. 한 가지, 내가 그의 방에 있었던 걸 그에게 들켜버린 건 확실했다! 난 사흘간 그를 쳐다보지도 못했다. 눈물이 날 정도로 얼굴이 새빨개졌다. 온갖 이상한 생각들, 우스운 생각들이 머릿속에서 뱅글뱅글 돌았다. 그중에 하나, 가장 정신 나간 생각은 그에게 가서 해명하고, 모든 걸 고백하고, 모든 걸 솔직히 말하고, 내가 멍청한 애처럼 굴었던 게 아니라 좋은 의도로 그랬던 것임을 믿게 하자는 거였다. 나는 가기로 결심했지만 다행히도 용기가 부족했다. 만일 그랬다면 또 무슨 짓을 저질렀을지! 지금도 이 모든 걸 떠올리면 부끄럽기만 하다.

며칠 후 어머니가 갑자기 위독해졌다. 그녀는 이틀이나 침대에서 일어나지 못했고 사흘째 날 밤에는 고열로 헛소리를 했다. 난 어머니를 돌보느라 이미 하룻밤을 지새운 상태였고 어머니의 침대 곁을 지키며 마실 것을 가져다주고 때에 맞춰 약을 먹였다. 둘째 날 밤엔 완전히 녹초가 됐다. 문득문득 잠이 쏟아져서 몸이 수그러지고, 눈앞이 파래지고, 머리가 어지럽고, 피곤해서 금방이라도 쓰러질 것 같았다. 어머니의 가녀린 신음이 날 계속 깨워서 소스라치며 잠깐 일어났다가도 또다시 졸음에 빠지곤 했다. 난 괴로웠다. 모르겠다 — 기억을 떠올릴 수 없다 — 하지만 어떤 무서운 꿈이, 어떤 끔찍한 환영이 수면과 각성의 지난한 힘겨루기 중에 어지러운 내 머릿속을 방문했다. 난 기겁하며 잠에서 깼다. 방안은 어두웠고 등불은 꺼져가고 있었다. 빛줄기가 한순간에 온 방을 비췄다가, 벽에 희미하게 가물거렸다가, 완전히 사그라졌다가 했다. 난 왠지 무서웠고 뭔지 모를 공포가 엄습해왔다. 머릿속은 끔찍한 꿈으로 혼란스러웠고 우울감이 가슴을 짓눌렀다…. 난 의자에서 벌떡 일어나 뭔지 모를 괴롭고 무섭고 무거운 감정에 복받쳐 그만 비명을 내지르고 말았다. 그때 문이 열리고 포크롭스키가 우리 방으로 들어왔다.

기억나는 건 내가 그의 팔에 안겨 깨어났다는 것뿐이다. 그는 날 조심스레 안락의자에 앉히고 물 한 컵을 건넨 후 질문을 퍼붓기 시작했다. 그에게 뭐라고 대답했는지 기억나지 않는다. "당신은 아파요, 당신도 매우 아픈 거예요." 그가 내 손을 잡고 말했다. "열이 심해요, 자신을 혹사하고 있어요, 자기 건강은 신경 안 쓰고 있다고요. 진정하고 누워서 좀 자요. 내가 두 시간 뒤에 깨워줄 테니까 안정을 좀 취해요…. 얼른 누워요, 누우라고요!" 그는 내게 한 마디 대꾸할 틈도 주지 않고 말을 이었다. 나는 피곤함에 기운이 다 빠지고 쇠약해져서 눈이 절로 감겼다. 30분만 자야지 생각하고 안락의자에 몸을 누였는데 아침까지 자버렸다. 포크롭스키는 어머니에게 약을 먹일 시간이 되어서야 날 깨웠다.

다음 날, 낮에 잠시 휴식을 취한 나는 이번엔 잠들지 않겠다고 굳게 다짐하고는 다시 어머니 침대 옆 안락의자에 앉았는데 11시쯤에 포크롭스키가 방문을 두드렸다. 나는 문을 열어줬다. "혼자 있기가 지루할 거예요." 그가 말했다. "자, 이 책 받아요, 그렇게 지루하진 않을 거예요." 나는 책을 받았다. 그게 무슨 책이었는지는 기억나지 않는다. 비록 밤새 잠은 안 잤어도 책을 들여다봤을 리가 없다. 마음속이 야릇하게 일렁여서 잠이 오지 않았다. 난 한 자리에 가만히 있지 못하고 몇 번이나 의자에서 일어나 방 안을 돌아다녔다. 어떤 깊은 만족감이 내 온 존재에 넘실댔다. 포크롭스키가 보인 관심이 너무나 기뻤다. 나에 대한 그의 걱정과 보살핌에 뿌듯했다. 나는 밤새 생각하며 상상을 펼쳤다. 포크롭스키는 다시 오지 않았는데, 난 그가 안 올 것을 알았기에 다음 날 저녁을 기대했다.

다음 날 저녁, 집 안 사람들이 전부 잠자리에 들었을 때 포크롭스키가 자기 방문을 열더니 문턱 옆에 서서 나와 이야기를 나누기 시작했다. 그때 우리가 서로 무슨 얘기를 주고받았는지 지금은 전혀 기억나지 않는다. 유일하게 기억하는 것은 내가 소심해지고, 당황하고, 자신을 탓하면서 대화가 끝나기만을 애타게 기다렸다는 것이다. 비록 진심으로 그 대화를 기대했고, 온종일 상상하며 나만의 질문과 대답을 생각했음에도 말이다…. 그날 저녁 우리의 첫 우정이 맺어졌다. 우린 어머니가 병을 앓는 기간 내내 밤마다 몇 시간씩 함께 보냈다. 난 차츰 수줍음을 이겨냈지만 매번 대화가 끝나고 나면 여전히 무언가에 대해 자신을 탓하곤 했다. 하지만 그가 나로 인해 지긋지긋한 책들을 잊고 있는 걸 보며 은밀한 기쁨과 뿌듯한 만족감을 느꼈다. 한번은 우연히 농담 삼아 선반에서 책이 쏟아졌던 사건에 대해 얘기하게 됐다. 묘한 순간이었다. 난 왠지 지나치게 솔직하고 정직했으며, 열정과 묘한 감격에 사로잡혀서 그에게 모든 걸 고백하고 말았다…. 공부를 하고 싶었고, 무언가를 알고 싶었고, 날 소녀나 어린애로 여기는 게 속상했었다고 말했다…. 다시 말하지만 난 굉장히 이상한 기분이었고, 가슴은 포근하고 눈엔 눈물이 글썽였다. 난 아무것도 숨기지 않고 전부 다 말했다 — 그를 향한 내 우정에 대해, 그를 사랑하고 싶고 그와 한마음으로 지내며 그를 위로하고 편안하게 해주고 싶다는 바람에 대해. 그는 당혹감과 놀라움에 나를 좀 묘하게 바라보더니 한마디도 하지 않았다. 난 갑자기 마음이 몹시 아리고 슬퍼졌다. 그가 날 이해하지 못하는 것 같았고, 어쩌면 비웃는 게 아닐까 싶었다. 난 갑자기 울음이 터져서 아이처럼 목 놓아 울었고 발작이라도 난 것처럼 자신을 걷잡을 수 없었다. 그가 내 두 손을 움켜쥐더니 손에 입을 맞추고 자기 가슴에 갖다 대고는 날 달래고 위로했다. 그는 깊이 감동한 것이다. 그가 내게 무슨 말을 했는지 기억은 안 나지만 난 울다가 웃다가 또다시 울고, 얼굴이 빨개지고, 기쁨에 겨워 한마디도 할 수 없었다. 나는 흥분한 상태였음에도 불구하고 포크롭스키의 마음에 여전히 어떤 당혹감과 부담감이 남아 있다는 걸 눈치챌 수 있었다. 나의 애정에, 나의 환희에, 그토록 갑작스럽고 불꽃처럼 뜨거운 우정에 놀라움을 금치 못했을 것이다. 어쩌면 그는 처음엔 단지 흥미롭게 여겼을 수도 있지만, 이후 주저함은 사라지고 그도 나처럼 단순하고 솔직한 감정으로 나의 애정과 다정한 말들과 관심을 받아들였다. 그리고 진정한 친구처럼, 친오빠처럼 이 모든 것에 동일한 관심과 다정함과 상냥함으로 응답해 주었다. 내 가슴은 정말 따뜻하고 포근했다…! 난 아무것도 숨기거나 감추지 않았고, 그도 이런 나를 보며 하루하루 내게 더욱 마음을 쏟았다.

그런데 정말이지 기억나지 않는다. 그 괴롭고도 달콤했던 만남의 시간에, 불빛이 아른거리는 밤에, 병들고 가엾은 어머니의 침대맡에서 우린 무슨 얘기를 주고받았던 걸까…? 무엇이든 머릿속에 떠오르는 것, 가슴을 뚫고 나오는 것, 표현해야만 했던 것들이었고, ― 우린 거의 행복했다…. 아아, 슬프고도 기뻤던, 모든 게 뒤섞인 시간이었다. 지금도 그때를 떠올리면 슬프기도 하고 기쁘기도 하다. 추억은 기쁜 것이든 쓰라린 것이든 언제나 괴롭다, 적어도 내겐 그렇다. 하지만 그 괴로움마저 달콤하다. 마음이 무겁고 아리고 지치고 슬퍼질 땐 추억이 마음에 생기를 주어 살게 한다. 마치 무더운 낮이 지나고 촉촉한 저녁이 되면 한낮의 폭염에 타버린 가엾고 파리한 꽃송이를 이슬방울이 적시어 살려내듯이.

어머니는 회복되어 갔지만 난 계속해서 밤마다 그녀의 침대맡을 지켰다. 포크롭스키는 책을 자주 갖다 주었고, 난 처음엔 잠들지 않으려고 책을 읽다가 나중엔 좀 더 집중해서, 더 나중엔 욕심을 내어 읽었다. 불현듯 내 앞에 수많은 새로운 것들, 지금껏 알지 못한 낯선 것들이 펼쳐졌다. 새로운 생각들, 새로운 인상들이 풍성한 물줄기가 되어 한꺼번에 가슴속에 밀려들었다. 그리고 새로운 것들을 수용하는 데에 더 큰 불안감과 당혹감, 더 큰 노력이 들수록 그것들은 내게 더욱 사랑스러웠고, 더욱 달콤하게 온 정신을 흔들어놓았다. 그것들은 쉴 틈도 주지 않고 갑자기 한꺼번에 내 가슴속에 몰려들었다. 어떤 기이한 혼돈이 내 존재 전부를 흔들어대기 시작했다. 하지만 그런 정신적인 위력이 나를 완전히 어지럽히진 못했고 그럴만한 힘도 없었다. 나는 지나치게 공상적이었고, 그것이 나를 살렸다.

어머니가 완쾌되자 우리의 저녁 만남과 기나긴 대화도 끊어졌다. 가끔 몇 마디 주고받을 수 있었는데, 대부분은 쓸데없고 별 의미도 없는 말들이었다. 하지만 난 즐거이 모든 것에 그것만의 의미와 그것만의 특별하고도 숨겨진 가치를 부여했다. 내 삶은 충만했고 난 행복했다, 평온하고 조용하게 행복했다. 그렇게 몇 주가 흘렀다.

한번은 우리 방에 포크롭스키 노인이 찾아왔다. 그는 한참이나 우리와 수다를 떨었는데 평소와 달리 즐겁고 활기차고 말이 많았다. 웃으면서 나름의 재치 있는 말을 하다가 마침내 왜 그리 자신이 환희에 차 있는지 비밀을 공개하며 알리길, 정확히 일주일 후면 페첸카의 생일인데 생일 때 꼭 아들에게 올 것이고, 새 조끼를 입을 것이고, 아내가 새 부츠도 사준다고 약속했다는 것이다. 한 마디로 노인은 너무나 행복해서 머릿속에 떠오르는 대로 전부 떠들어댔다.

그의 생일이라니! 나는 그 생일 때문에 낮이고 밤이고 안절부절못했다. 포크롭스키에게 반드시 내 우정을 상기시키고 뭔가 선물도 줘야겠다고 마음먹었다. 하지만 무슨 선물을? 난 마침내 책을 선물하기로 했다. 그가 푸시킨 저작 전집 최신 발행본*을 갖고 싶어한다는 걸 알고 있었고, 그래서 푸시킨을 사기로 했다. 내겐 수예를 해서 번 돈 30루블이 있었다. 그 돈은 새 옷을 마련하려고 모아둔 것이었다. 난 즉시 우리 집 요리사인 마트료나 할멈을 보내서 푸시킨

---

* 알렉산드르 푸시킨의 사후에 최초로 발행된 전집은 1838년부터 1841년에 걸쳐 총 11권으로 발행되었다.

전집이 얼마나 하는지 알아봤다. 맙소사! 전부 열한 권인데 제본비까지 포함하여 최소 60루블 정도라고 했다. 돈을 어디서 구해야 하나? 아무리 생각해도 어떻게 해야 할지 몰랐다. 어머니에게 부탁하기는 싫었다. 물론 어머니는 틀림없이 도와주겠지만, 그렇게 되면 집안사람들 모두 우리가 주는 선물에 대해 알게 된다. 게다가 그 선물은 포크롭스키가 일 년 동안 수고해준 것에 대한 감사의 뜻이 돼버린다. 난 다른 사람들 몰래 혼자 선물하고 싶었다. 그리고 날 위한 수고에 대해서는 내 우정을 제외한 그 어떤 것으로도 값을 치르지 않고 영원히 빚진 채로 남겨두고 싶었다. 난 드디어 난관을 헤쳐 나갈 방법을 생각해냈다.

고스티니 드보르[17] 시장의 헌책 장수들에게서 종종 흥정만 잘 하면 거의 새 책이나 다름없는 오래되지 않은 책을 반값이나 저렴하게 살 수 있다는 것을 알고 있었다. 난 고스티니 드보르에 꼭 가봐야겠다고 생각했다. 그리고 그렇게 되었는데, 다음 날에 우리도 안나 표도르브나도 그곳에 가야 할 일이 생긴 것이다. 어머니는 몸이 편찮았고, 안나 표도로브나는 때마침 귀찮아져서 나에게 일을 보라고 맡겼다. 난 마트료나를 데리고 출발했다.

다행히 푸시킨 전집을 금세 발견했고 아주 예쁜 표지로

제본된 것이었다. 나는 흥정을 시작했다. 처음엔 서점보다도 비싼 값을 불렀다. 하지만 나는 몇 번이나 그냥 가려고 하면서 어렵게 어렵게 값을 계속 깎았고, 결국 상인은 은화 10루블[18]을 요구하며 선을 그었다. 흥정하는 게 어찌나 재미있던지…! 불쌍한 마트료나는 내가 왜 그러는지, 왜 그리 많은 책을 사려 하는지 알 도리가 없었다. 그런데 맙소사! 내가 가진 돈은 지폐로 30루블이 전부인데 상인은 더 이상은 양보할 수 없다고 했다. 난 애원하기 시작했고, 사정하고 또 사정해서 결국 승낙을 받아냈다. 하지만 그가 깎아준 것은 2루블 50코페이카뿐이었고, 그것도 내가 아주 착한 아가씨여서 나니까 이렇게 깎아주는 것이지, 다른 사람이면 절대 안 깎아줬을 거라고 장담했다. 나는 속이 상해서 울음이 터질 것 같았다. 하지만 전혀 예상치 못한 상황이 나를 슬픔에서 구해냈다.

내게서 멀지 않은 곳에 책이 진열된 또 다른 테이블이 있었는데 거기서 포크롭스키 노인을 발견한 것이다. 상인 네다섯 명이 그를 에워싸고는 아주 정신없이 굴면서 그를 괴롭혔다. 저마다 자기 물건을 사라며 별의별 걸 다 제안하고, 그도 별의별 걸 다 사고 싶어 했다! 가엾은 노인은 한가운데 어리벙벙하게 서서 그에게 제안하는 깃들 중에 뭘 골라잡아야 할지 몰랐다. 나는 그에게 다가가서 여기서 뭐 하시냐고 물었다. 노인은 나를 보더니 무척 반가워했다. 그는 나를 페첸카 못지않게 아주 좋아했다. "책을 좀 사려고요, 바르바라 알렉세예브나." 그가 대답했다. "페첸카한테 책을 사주려고요. 곧 생일인데 그 아인 책을 좋아하잖아요. 그래서 책을 살까 하는데….". 노인은 그러잖아도 늘 우습게 말을 하곤 했는데 지금은 몹시 난처해했다. 무엇이든 값을 물어보면 전부 다 은화로 1루블, 2루블, 3루블이었다. 그래서 크기가 큰 책은 아예 가격도 묻지 않고 그저 부럽게 쳐다보고, 손가락으로 책장을 넘겨보고, 손에 들고 이리저리 돌려보고 하다가 다시 자리에 내려놨다. "아니, 아니, 그건 비싸요." 그가 목소리를 낮추며 말했다. "흐음, 여기서 하나 골라볼까?" 하고는 얇은 노트, 노래집, 잡서들을 만지작거리기 시작했다. 다 아주 저렴한 것들이었다. "아니, 이런 건 왜 사시려고요?" 내가 물었다. "이런 건 다 쓸데없는 거예요." "아, 아녜요." 그가 대답했다. "아녜요, 좀 보세요. 여기 좋은 책들도 있어요. 아주 아주 좋은 책들이에요!" 그러면서 마지막 말을 아주 애처롭게 길게 끌었는데, 좋은 책은 왜 죄다 비싸냐며 원망스레 울 것만 같았고, 이제 곧 눈물방울이 창백한 볼을 타

가난한 사람들

고 빨간 코로 떨어질 것만 같았다. 나는 그에게 돈이 많은지 물었다. 가엾은 그는 꼬질꼬질한 신문지에 싸놨던 돈을 전부 꺼내보였다. "여기요. 50코페이카짜리 은화, 20코페이카짜리 은화, 동전으로 한 20코페이카 정도예요." 나는 즉시 그를 내 상인에게 데려갔다. "보세요, 책 열한 권이 겨우 32루블 50코페이카밖에 안 해요. 저한테 30루블이 있어요. 2루블 50코페이카를 보태시면 우리가 같이 이 책을 다 사서 선물할 수 있어요." 노인은 기뻐서 얼이 빠진 듯했고 가진 돈을 전부 쏟아놓았다. 상인이 우리 둘 공동의 전집을 노인에게 넘겨줬다. 노인은 내일 나한테 몰래 가져오겠다고 약속하고는 주머니마다 책을 밀어 넣고, 양손에 들고, 겨드랑이에 끼고 자기 집으로 가져갔다.

다음 날, 노인은 아들을 찾아와서 평소처럼 잠시 아들 방에 있다가 우리 방으로 왔는데, 아주 익살맞고 비밀스러운 표정을 지으며 내 곁에 와 앉았다. 그는 무언가 비밀을 간직하고 있다는 우쭐한 만족감에 손을 비비며 미소를 짓더니, 아무도 모르게 책을 가져와서 부엌 한쪽에 두었고 마트료나가 잘 지키고 있노라고 했다. 그다음엔 다가오는 기념일에 대한 이야기로 자연스레 넘어갔고, 그다음엔 우리가 선물을 어떻게 줄 것인지에 대해 말하기 시작했다. 그런데 이야기가 깊어질수록, 말을 하면 할수록 그의 마음속에 뭔가 할 말이 있는데 겁을 먹고 감히 엄두를 못 내고 있다는 게 분명히 느껴졌다. 나는 계속 기다리며 잠자코 있었다. 여태껏 그의 기이한 몸짓과 찌푸리는 얼굴, 자꾸만 찡긋거리는 왼쪽 눈에서 쉽사리 읽혔던 비밀스러운 기쁨과 비밀스러운 만족감이 사라졌다. 그는 점점 불안하고 침울해지다가 마침내 더는 견디지 못했다.

"저기," 그가 수줍어하며 조용히 말을 꺼냈다. "저기, 바르바라 알렉세예브나… 그게 말이에요, 바르바라 알렉세예브나…." 노인은 몹시 곤혹스러워했다. "그러니까 당신은, 생일이 되면, 책 열 권만 가져다가 그 애한테 직접 선물하세요. 그러니까 당신이 주는 것으로요. 나는 열한 번째 책 하나만 가져다가 나도 내가 직접, 그러니까 내가 주는 것으로 선물할게요. 그러면 당신도 뭔가 선물하는 것이고, 나도 뭔가 선물하는 것이고, 우리 둘 다 뭔가 선물하는 거잖아요." 노인은 난감해하며 입을 다물었다. 나는 그를 쳐다봤다. 그는 수줍게 나의 선고를 기다리고 있었다. "아니, 왜 같이 선물하는 게 싫으신 거예요, 자하르 페트로비치?" "그게, 바르바라 알렉세예브나, 그게 그렇잖아요…. 나는, 참, 그게…." 노인은 어쩔 줄 몰라 하며 얼굴이 새빨개지고, 말문이 막히고, 자리에서 꼼짝도 하지 못했다.

"저기," 드디어 그가 해명을 했다. "나는, 바르바라 알렉세예브나, 종종 철없이 군답니다…. 그니까 내가 알려주고 싶은 것은, 난 거의 늘 철이 없고, 항상 철없이 굴고… 안 좋은 습관을 지니고 있어요…. 그니까, 밖에 이렇게 혹한이 들 때도 있듯이 가끔씩 여러 가지 안 좋은 일이 있거나, 아니면 왠지 좀 슬프다거나, 뭔가 안 좋은 일이 생긴다거나 하잖아요. 그러면 난 종종 참질 못해요. 그래서 철없이 굴고, 어쩔 땐 너무 많이 마신답니다. 페트루샤[19]는 이런 걸 아주 싫어해요. 그 애는, 그러니까, 바르바라 알렉세예브나, 나한테 화를 내며 꾸짖고 여러 가지로 훈계를 하지요. 그래서 말인데, 난 직접 이 선물로 그 애한테 증명해 보이고 싶어요, 내가 좋아지고 있고 처신도 잘 하기 시작했다고요. 내가 책을 사려고 돈을 모았고, 오랫동안 모았는데, 왜냐면 난 돈이 거의 없고, 있을 때는 페트루샤가 가끔 줄 때뿐이니까요. 그 애도 그걸 알아요. 그니까 내가 그 돈을 어디에 썼는지 보게 되면, 내가 다 그 애 하나만을 위해 이렇게 했다는 걸 알아줄 거예요."

나는 노인이 너무나도 안쓰러웠다. 난 오래 생각하지 않았다. 노인이 걱정스레 나를 바라봤다. "들어보세요, 자하르 페트로비치," 내가 말했다. "당신이 다 선물하세요!" "다라뇨? 그러니까 책을 다요…?" "네, 책을 전부요." "내가 주는 거로요?" "당신이 주시는 거로요." "내가 혼자 주는 거로요? 그러니까 내 이름으로요?" "그래요, 당신 이름으로요…." 아주 분명히 말한 것 같은데 노인은 한참이나 내 말을 이해하지 못했다.

"그래요," 그가 생각해보더니 말했다. "그래요! 그럼 아주 좋을 거예요, 정말 좋을 거예요. 하지만 당신은 어쩌고요, 바르바라 알렉세예브나?" "전 아무것도 안 줄래요." "뭐라고요?" 노인이 놀라서 외쳤다. "그럼 당신은 페첸카한테 선물 안 해요? 그 애한테 아무것도 안 주고 싶어요?" 노인은 놀란 나머지 순간 자신의 제안을 취소하고 싶었던 것 같다, 나도 그의 아들에게 선물을 줄 수 있게 하려고 말이다. 그렇게나 착한 노인이었다! 나는 나도 뭔가를 선물하면 좋겠지만 당신의 즐거움을 빼앗고 싶지 않다고 설득했다. "만일 당신의 아들이 흡족해한다면," 내가 덧붙였다. "당신도 기쁘실 테고, 그럼 저도 기쁠 거예요. 왜냐면 남몰래 제 마음속으로는 제가 선물한 것이나 마찬가지로 느낄 테니까요." 이 말에 노인은 완전히 안심했다. 그는 우리 방에 두 시간이나 더 머물렀는데, 한 곳에 가만히 있질 못하고 자꾸만 일어나서 돌아다니고, 소란을 떨고, 사샤랑 장난을 치고, 슬며시 내게 입을 맞추고, 내 손을 꼬집고, 몰래 안나 표도로브나를 향해 찡그린 표정을 지었다. 안나 표도로브나는 결국 그를 집에서 내쫓았다. 한 마디로 노인은 아마 전에는 결코 느껴보지 못했을 법한 큰 환희에 차 있었다.

축하의 날에 그는 말끔하게 기운 연미복을 입고, 또 정말로 새 조끼와 새 부츠를 신고 11시 정각에 나타났다. 오전 예배를 마치고 바로 온 것이었다. 양손엔 책 꾸러미가 들려 있었다. 우린 그때 함께 안나 표도로브나의 응접실에서 커피를 마시고 있었다(일요일이었다). 노인은 푸시킨이 정말 훌륭한 시인이었다는 말로 이야기를 시작했던 것 같다. 그다음엔 당황하며 어쩔 줄 몰라 하다가 갑자기 처신을 잘해야 한다는 말로 넘어갔고, 사람이 처신을 잘하지 않는다면 그건 철이 없다는 뜻이고, 나쁜 습관이 사람을 망치고 파멸시킨다며 무절제로 인해 파멸에 이르는 몇몇 예까지 나열한 후, 자신은 얼마 전부터 완전히 고쳐져서 지금은 모범적으로 처신을 잘한다는 말로 결론을 냈다. 자신은 예전부터 아들의 교훈이 옳다고 생각했고, 그런 걸 다 오래전부터 느끼면서 명심하고 있었는데 지금은 실제로도 절제하기 시작했다고 했다. 그 증거로 자신이 오랫동안 모아 온 돈으로 책을 사서 선물하는 것이라 했다.

　나는 가엾은 노인의 말을 들으며 눈물과 웃음을 참을 수 없었다. 필요할 땐 저렇게나 거짓말을 잘하다니! 책들이 포크롭스키의 방으로 옮겨지고 선반에 꽂혔다. 포크롭스키는 이내 진실을 알아챘다. 노인이 식사 자리에 초대됐다. 이날엔 우리 모두가 정말 즐거웠다. 식사 후엔 벌칙게임을 하고 카드놀이를 했다. 사샤는 계속 장난을 쳤고, 난 그녀에게서 떨어지지 않았다. 포크롭스키는 나를 친절히 대하며 나와 단둘이 얘기할 기회를 계속해서 엿봤지만, 난 기회를 주지 않았다. 이날은 4년간의 내 삶에서 가장 좋은 날이었다.

　하지만 지금부턴 전부 슬프고 힘겨운 추억들이다. 어두운 날들에 대한 이야기가 시작될 것이다. 그래서인지 이젠 내 펜이 천천히 움직이기 시작하고 마치 더 이상 써내려 가기를 거부하는 듯하다. 그래서인지 내가 그토록 열중해서, 그토록 애정을 담아서 행복했던 나날 속 내 작은 일상의 가장 세세한 것들까지 기억 속에 떠올렸나 보다. 행복한 날들은 너무도 짧았다. 그 자리를 대신한 것은 불행, 언제 끝날지는 하느님만 아시는 새카만 불행이었다.

　나의 불행은 포크롭스키의 질환과 죽음으로 시작됐다.

　그는 내가 이곳에 쓴 마지막 사건 이후 두 달 만에 앓아누웠다. 그 두 달간 그는 지칠 줄도 모르고 살아갈 방도를 찾느라 애썼는데, 그때까지도 일정한 직업이 없었기 때문이다. 여느 폐병 환자들처럼 그 역시 마지막 순간까지 자신이 아주 오래 살 거라는 희망을 놓지 않았다. 한 곳에 교사 자리가 났지만 그는 그 직업을 아주 싫어했다. 공직엔 건강 문제로 종사할 수 없었다. 게다가 첫 봉급을 받기까지 오래 기다려야만 했다. 아무튼 포크롭스키는 어디서나 낭패를 봤고 성격이 안 좋아졌다. 건강도 나빠졌지만 그는 신경 쓰지 않았다. 가을이 됐다. 그는 매일 얇은 외투를 걸치고 일을 보러 분주히 다니고, 어디서든 자리를 구해보려고 부탁하고 간청했는데 그것이 그의 속을 괴롭게 했다. 발도 자주 적시고 비를 맞고 다니다가 결국 앓아눕더니, 그렇게 더 이상 일어나지 못했다…. 그는 깊은 가을, 10월 말에 죽었다.

나는 그가 앓는 동안 줄곧 그의 방을 떠나지 않고 그를 보살피고 간호했다. 밤새 잠을 못 자는 때도 많았다. 그는 정신이 들 때가 거의 없었고 자주 헛소리를 했으며 아무도 모를 말들을 했다. 일자리에 대해, 자신의 책에 대해, 나에 대해, 아버지에 대해… 나는 예전엔 몰랐던, 전혀 짐작하지 못했던 그의 상황들을 많이 알게 됐다. 초반에는 다들 날 이상하게 쳐다보고 안나 표도로브나는 고개를 흔들었다. 히지만 내가 조금도 개의치 않자 더 이상은 포크롭스키를 향한 나의 열심을 비난하지 않았다. 적어도 어머니는 그랬다.

포크롭스키는 종종 날 알아보기도 했지만 그건 드문 일이었다. 그는 대부분 혼수상태였다. 가끔씩 불분명하고 음울한 목소리로 밤새 누군가와 오랫동안 이야기를 했는데, 그의 쉰 소리가 관속 같은 좁은 방 안에 둔탁하게 울렸다. 그럴 때면 난 무서웠다. 특히 마지막 밤엔 그는 미친 사람 같았고, 극도로 고통스럽고 괴로워했다. 그의 신음이 내 마음을 갈기갈기 찢었다. 집안사람들 모두 겁에 질려 있었다. 안나 표도로브나는 그를 어서 데려가 달라고 하느님께 계속 기도했다. 의사를 불렀다. 의사는 아침 무렵이면 환자가 틀림없이 죽을 거라고 했다.

포크롭스키 노인은 아들의 방문 앞 복도에서 밤을 지새웠다. 그를 위해 그곳에 자리를 깔아주었다. 쉴 새 없이 방에 드나드는 그의 모습은 보기가 무서울 정도였다. 너무나 비통한 나머지 아무 느낌도 아무 생각도 없어 보였다. 그는 두려움에 머리를 떨었다. 또 온몸을 바들바들 떨며 줄곧 혼잣말을 중얼거렸다. 슬픔으로 인해 미쳐버리는 게 아닐까 싶었다.

동이 트기 전, 정신적 고통으로 지쳐버린 노인은 깔개 위에 죽은 듯 잠들었다. 일곱 시가 지나자 아들은 죽어가기 시작했고, 난 아버지를 깨웠다. 포크롭스키는 정신이 완전히 돌아와서 우리 모두와 작별인사를 했다. 기적이었다! 난 울 수 없었다, 하지만 내 마음은 갈기갈기 찢어졌다.

무엇보다도 나를 고통스럽고 괴롭게 한 것은 그의 마지막 순간이었다. 그는 굳어가는 혀로 한참 동안 무언가를 부탁했는데, 나는 그의 말을 전혀 알아들을 수 없었다. 괴로워서 심장이 부서지는 것 같았다! 그는 한 시간 내내 초조해했다. 뭔가에 대해 애달파하고, 차갑게 식은 손으로 어떤 신호를 해보이려고 애를 쓰고, 그다음엔 다시 거칠게 쉰 소리로 애처로이 부탁하기 시작했다. 하지만 그의 말은 앞뒤가 안 맞는 소리일 뿐이었고 난 여전히 아무것도 이해할 수 없었다. 그에게 사람들을 전부 데려오기도 하고 물을 주기도 했지만 그는 슬프게 고개를 저었다. 난 마침내 그가 무엇을 원하는지 알아냈다. 창문의 커튼을 젖히고 덧창을 열어달라는 것이었다. 그는 마지막으로 낮을, 하느님의 빛을, 태양을 보고 싶었던 것이다. 나는 커튼을 젖혔다. 하지만 시작되는 하루는 죽어가는 이의 가엾은, 꺼지는 생명처럼 슬프고 음울했다. 태양은 없었다. 하늘은 안개 장막 같은 구름으로 뒤덮이고 비를 잔뜩 머금어 음산하고 침울했다. 유리창을

두드리는 가랑비가 차갑고 더러운 물줄기가 되어 창을 씻어
냈다. 흐릿하고 어두웠다. 방 안으로 겨우 흘러드는 희미한
낮의 빛이 성상 앞에 켜진 등불의 떨리는 빛을 간신히 몰아
냈다. 죽어가는 이가 나를 슬프디슬프게 바라보더니 고개
를 저었다. 잠시 후 그는 죽었다.

　장례절차는 안나 표도로브나가 직접 주도했다. 지극히
평범한 관을 사고 짐마차꾼을 고용했다. 안나 표도로브나
는 비용을 충당하려고 고인의 책과 물건들을 죄다 가져갔
다. 노인은 그녀와 다투고, 소동을 피우고, 뺏을 수 있는 대
로 책을 빼앗아서 어디에든 주머니에도 찔러 넣고 모자에
도 담고, 그렇게 사흘 내내 책을 지니고 다니다가 교회에 갈
때조차 내려놓지 않았다. 그 며칠간 그는 넋이 나가 제정신
이 아닌 듯했고, 고인의 머리띠[20]를 바로잡아주거나 초에
불을 붙이고 다 타버린 초를 치우는 등 뭔가 괴이한 정성
을 보이며 관 주위를 부지런히 돌아다녔다. 그의 머릿속에
이런저런 생각들이 쉴 없이 스치는 게 보였다. 어머니도, 안
나 표도로브나도 교회에서 열린 영결식엔 참석하지 않았다.
어머니는 몸이 아팠고, 안나 표도로브나는 막 나가려던 차
에 포크롭스키 노인과 싸워서 집에 남았다. 나와 노인뿐이
었다. 영결식이 진행되는 동안 내게 두려움이 엄습했다. 미

래에 대한 예감 같은 것이었다. 난 교회에서 간신히 버틸 수 있었다. 마침내 관을 닫고, 못을 박고, 수레에 실어 출발했다. 나는 거리가 끝나는 곳까지만 그를 배웅했다. 마차꾼이 말을 속보로 몰았다. 노인은 뒤따라 달리며 큰 소리로 울었고, 달리느라 울음소리가 떨리고 끊어지곤 했다. 가엾은 노인은 모자를 떨어뜨렸지만 주우려고 멈추지도 않았다. 그의 머리가 비에 젖었다. 바람이 일고, 이슬비가 얼굴을 때리고 찔러댔다. 노인은 궂은 날씨도 아랑곳하지 않았고, 울면서 수레의 이쪽에서 저쪽으로 뛰어다녔다. 낡은 프록코트 자락이 날개처럼 바람에 펄럭였다. 주머니마다 책이 삐져나오고, 두 손에는 아주 커다란 책 한 권이 꼭 붙들려 있었다. 행인들이 모자를 벗고 성호를 그었다. 어떤 이들은 걸음을 멈추고 가엾은 노인을 놀라운 듯 쳐다봤다. 책들이 잇달아 주머니에서 빠져서 진흙탕에 떨어졌다. 사람들이 멈춰 세우며 떨어진 물건을 가리키자 그는 주워들고 다시 관을 뒤쫓았다. 길모퉁이에서 한 거지 노파가 그와 함께 관을 배웅하려고 합류했다. 마침내 수레가 모퉁이를 돌며 내 눈에서 사라졌다. 나는 집으로 왔다. 끔찍한 우울감에 사로잡혀 어머니 품으로 달려들었다. 두 팔로 어머니를 세게 끌어안고, 입을 맞추고, 목 놓아 울었다. 난 겁에 질려 어머니에게 달라붙었다. 마지막 남은 내 친구를 내 품에 꼭 붙들고 죽음에 내주지 않겠다는 듯이…. 하지만 죽음은 이미 가엾은 어머니의 머리맡에 와 있었다…!

* * * * *

6월 11일

어제 섬 구경을 시켜주셔서 얼마나 감사했는지 몰라요, 마카르 알렉세예비치! 어쩜 그리도 싱그럽고 좋은지, 녹음이 아름다운지! 푸른 초목을 본 게 정말 오랜만이었어요. 앓고 있을 땐 전 그냥 죽어야 할 것 같고 영락없이 죽을 것만 같았어요. 그런데 어젠 제가 어떤 기분이었을지, 무엇을 느꼈을지 생각해보세요! 제가 어제 너무 슬퍼 보였다 해서 섭섭해하진 마세요. 전 아주 좋았어요, 마음도 아주 가벼웠고요. 그런데 저는 정말로 좋은 순간에는 왠지 늘 슬퍼진답니다. 운 것도 별거 아니에요. 저도 제가 왜 그렇게 우는지 모르겠어요. 저는 아프도록 예민하게 느껴요. 제 감성은 병적이에요. 구름 없는 말간 하늘, 저무는 태양, 저녁의 고요함 — 이 모든 게, 모르겠어요, 어젠 왠지 이런 모든 것들에 대한 인상을 힘겹고 괴롭게 받아들여서 가슴이 벅차고 울고 싶은 심정이었어요. 근데 이런 건 뭐 하러 쓰는 걸까요? 이런 건 마음을 어렵게 하고, 말로 전하기는 더욱 어려운데 말이에요. 그래도 당신은 어쩌면 절 이해하시겠죠. 슬픔도 웃음도! 당신은 정말이지 좋은 분이세요, 마카르 알렉세예비치! 어제는 제 기분이 어떤지 알아내시려고 제 눈을 그렇게 쳐다보시고는 제 환희에 감격하셨지요. 조그만 관목이며 가로수길, 해협 — 뭐든 보이기만 하면 곧장 제 앞에서 매무새를 가다듬으며 서 계셨죠, 계속 제 눈을 슬쩍 들여다보시면서요. 꼭 자신의 영지를 보여주시는 것 같았어요. 이게 바로 당신이 착한 심성을 가지고 계시다는 증거예요, 마카르 알렉세예비치. 그 때문에 제가 당신을 좋아하는 거고요. 그럼 안녕히 계세요. 전 오늘 또 아파요. 어제 발이 젖었었는데 감기에 걸렸어요. 페도라도 좀 아파서 이젠 저희 둘 다 환자가 돼버렸네요. 저를 잊지 마시고 더 자주 들러주세요.

당신의 ㅂ. ㄷ.

6월 12일

내 비둘기, 바르바라 알렉세예브나!

나는 또, 아기씨, 당신이 어제 일을 진짜 시처럼 다 써주겠거니 생각했건만, 겨우 평범한 종이 한 장이 나왔네요. 그러니까 내 말은, 당신은 비록 얼마 쓰지는 않았지만 평범찮게 훌륭하고 달콤하게 묘사했어요. 자연도, 여러 전원 풍경도, 감정에 관해서도 전부 — 한마디로 아주 훌륭하게 묘사했어요. 하지만 나한테는 그런 재능이 없어요. 열 장을 휘갈겨 봐도 아무것도 안 나와요, 묘사도 제대로 못 하고. 이미 해봤었지요. 내 친근한 사람, 당신은 내가 선하고 악의가 없고, 이웃에게 폐 끼치지 않고, 자연에 드러나는 주님의 자비를 이해할 줄 안다고, 아무튼 여러 가지로 나를 칭찬했네요. 다 맞는 말이에요, 아기씨, 완전히 맞는 말이에요. 난 당신이 말한 대로 정말 그래요, 나도 알고 있어요. 그런데 당신이 써준 그런 말들을 읽노라면 마음이 절로 흐뭇하다가도 그다음엔 여러모로 힘든 생각이 듭니다. 내 말을 좀 들어봐요, 아기씨. 내가 얘기를 좀 해줄게요, 내 친근한 사람.

내가 겨우 열일곱이었을 때 직장생활을 시작했다는 것부터 말하지요. 이쪽에서 일한 지도 벌써 곧 30년이 되어가요. 뭐, 특별한 건 없어요. 제복을 가히 닳도록 입은 것이죠. 어

른이 되고, 철이 들고, 사회생활을 하고. 세상 살기를 어떻게
살았냐 하면, 한번은 사람들이 날 십자훈장 수여자로 추천
하려고도 했어요. 당신은 안 믿을 수도 있지만, 진짜 거짓말
아니에요. 그런데 어떻게 됐냐 하면, 아가씨, 악랄한 사람들
이 나타난 겁니다! 근데 내 말은 말이죠, 친근한 사람아, 내
가 비록 배운 게 없고 어리석은 인간이긴 하나 심장은 다른
사람이랑 똑같다는 거 아닙니까. 그러니까, 바렌카, 그 악한
사람이 내게 무슨 짓을 했는지 알아요? 무슨 짓을 했는지
는 말하기 수치스럽고, 그자가 왜 그랬는지 물어볼래요? 내
가 얌전해서, 내가 조용해서, 내가 착해서 그런 겁니다! 자
기들 심보에 맞지 않았던 거죠. 그래서 날 걸고넘어진 거예
요. 처음엔 "당신은, 마카르 알렉세예비치, 이렇고 저렇고."로
시작해서, 그다음엔 "마카르 알렉세예비치한테는 물어볼 필
요도 없어요." 그리고 이젠 결론을 내리기를 "그럼 그렇지,
마카르 알렉세예비치잖아!" 그래서, 아가씨, 일이 이렇게 돼
버린 거예요. 다 마카르 알렉세예비치 탓이지요. 그자들은
할 일이 그것밖에 없어서 마카르 알렉세예비치를 온 관청에
서 속담 거리로 만들었어요.[21] 날 속담 거리로 만든 것도 모
자라서 욕설에 가까운 말도 만들어냈지요. 부츠며 제복, 머
리털, 내 몸매까지 들먹이면서 다 자기들 맘에 안 들고 다

바꿔야 한다잖아요! 이런 일이 태곳적부터 매일 되풀이되고 있어요. 난 익숙해졌어요. 왜냐면 난 다 익숙해지니까요, 난 얌전한 사람이니까요, 난 하찮은 사람이니까요. 하지만 그렇더라도 대체 뭣 때문에요? 내가 누구한테 잘못이라도 했습니까? 다른 사람 자리를 가로챘어요? 상관 앞에서 누굴 깎아내리기라도 했나요? 상여금을 많이 챙겼다거나! 누구한테 무슨 누명이라도 씌었나요? 그런 건 생각만 해도 죄예요, 아기씨! 내가 그런 짓을 왜 하겠어요? 당신도 생각해봐요, 내 친근한 사람. 내가 꾀를 부리거나 야망을 좇을 만한 능력이라도 됩니까? 근데 대체 왜 내가 이런 곤욕을 당하냐고요? 거친 말을 용서하소서, 주님. 저들과는 비교도 안 되게 좋은 사람인 당신은 날 훌륭한 사람으로 인정해주잖아요, 아기씨. 시민으로서의 가장 큰 덕목은 무엇일까요? 얼마 전 사적인 대화에서 옙스타피 이바노비치가 시민의 가장 중요한 덕목은 돈 버는 능력이라고 하더군요. 농담으로 말하기를 (농담이었다는 걸 내가 알아요) 도덕이란 그 누구에게도 짐이 되지 않는 것이라고 했는데, 난 아무에게도 짐이 되지 않아요! 내겐 내 빵 덩어리가 있어요. 비록 평범하고 때로는 딱딱하게 굳은 빵 덩어리긴 하지만, 어쨌든 있어요. 노동으로 얻은 것이고 아무런 흠 없이 합법적으로 먹고 있다고요. 근데 뭘 어쩌라고요! 나도 압니다, 내가 하는 일이 정서[22]라서 별거 아니라는 것을. 그래도 어쨌든 이 일에 자부심을 지니고 있어요, 난 일을 하고 있고 땀을 흘린다고요. 정서가 대체 뭐가 어때서요! 정서가 죄라도 된답니까? "저 사람은 베껴 쓰기만 해!" "저 쥐 같은 관리는 베껴 쓰기만 해!" 이게 뭐 그리 부끄러울 일인가요? 아주 반듯하게 잘 써서 보기에도 좋고 각하께서도 흡족해 하세요. 최고로 중요한 문서들을 내가 그분을 위해 정서한단 말입니다. 뭐, 문장력은 없어요. 그건 나도 알아요, 그 빌어먹을 게 없다는 건. 그래서 내가 직급도 낮고, 그래서 지금 당신에게도, 내 친근한 사람, 그저 꾸밈없이 마음속에 떠오르는 대로 쓰는 거지요…. 나도 다 알아요. 하지만 모두가 작문을 시작하면 정서는 누가 합니까? 당신한테도 질문해볼 테니 한 번 대답해 봐요, 아기씨. 난 그래서 이제 인정하고 있어요, 내가 필요하다는 사실을요, 꼭 필요한 사람이니까 쓸데없이 사람 헷갈리게 할 것 없다고요. 뭐, 쥐라고 부르라죠, 비슷한 점을 찾았다면! 근데 그 쥐도 필요해요, 쥐도 쓸모가 있어요, 그 쥐를 데리고 있잖아요, 그 쥐한테 상여금도 주고요―바로 이런 쥐라 말입니다! 아무튼 이 얘긴 그만해야겠어요, 내 친근한 사람. 이런 얘길 하려던 건 아니었는데 내가 좀 흥분했네요. 어쨌든 종종 자신을 합당하게 예우해주는 게 좋지요. 그럼 잘 지내요, 내 친근한 사람, 내 비둘기, 내게 위안이 되는 착한 사람! 들를게요, 꼭 들러서 당신을 보도록 할게요, 나의 별. 그동안 심심해하지 말아요. 책을 가져갈게요. 그럼 잘 있어요, 바렌카.

진정으로 당신의 행복을 비는
마카르 제부시킨

6월 20일

경애하는 마카르 알렉세예비치!

당신께 급히 씁니다. 마감이라서 일을 마무리하고 있어요. 다름이 아니라 좋은 물건을 살 수 있어서요. 페도라가 그러는데 아는 지인이 제복을 판대요. 완전히 새것이고, 속셔츠, 조끼, 모자도 있고, 다 아주 저렴하대요. 그래서 당신이 그걸 구입하셨으면 해요. 이젠 어렵지 않으시잖아요, 돈도 있으시고요. 직접 말씀하셨잖아요, 돈이 있다고. 제발 그만 아끼세요. 이건 다 필요한 거잖아요. 자신을 좀 보세요. 입고 다니시는 옷이 너무 낡았어요. 창피스럽잖아요, 온통

91
가난한 사람들

깁고 덧대서! 새 제복도 없으신데, 있다고 말씀은 하시지만 전 다 알고 있어요. 어디로 팔아치우신 건지는 하느님만 아시겠죠. 그러니 제 말 들으시고 제발 사세요. 저를 봐서 그렇게 해주세요. 절 사랑하신다면, 사세요.

제게 내의를 선물로 보내셨는데, 좀 들어보세요, 마카르 알렉세예비치, 이러다 파산하시겠어요. 농담이 아니라 제게 돈을 얼마나 쓰신 거예요, 이 돈이 다 얼마예요! 아아, 이렇게나 함부로 쓰시다니! 전 필요 없어요, 이런 건 진짜 다 있어요. 당신이 저를 사랑하신다는 거 알아요, 확신해요. 굳이 선물로 상기시키지 않으셔도 돼요. 전 이런 걸 받는 게 부담스러워요. 어떻게 장만하시는지 알고 있으니까요. 이번이 마지막이에요. 충분해요, 아셨죠? 제발 부탁드려요, 이렇게 애원합니다. 저더러 노트를 계속 써서 보내달라고 하셨었죠, 마카르 알렉세예비치. 제가 끝까지 쓰기를 바라신다면서요. 그런데 전 그 노트도 어떻게 쓸 수 있었는지 모르겠어요. 지금은 과거에 대해 말할 만한 힘이 없어요. 생각하기도 싫고 기억을 떠올리면 무서워져요. 무엇보다 힘든 건, 자신의 가없은 아이를 그런 괴물들의 먹잇감으로 남겨놓고 떠나신 가없은 제 어머니에 대해 말하는 거예요. 떠올리기만 해도 가슴이 피로 물들어요. 모든 게 아직 너무도 선명해요. 벌써

일 년도 넘은 일인데 진정은커녕 아직 정신도 못 차렸어요. 당신도 다 아시잖아요.

안나 표도로브나가 요새 무슨 생각을 하고 있는지 제가 말씀드렸었죠. 저더러 배은망덕하다면서 자기가 비코프 씨와 합작으로 벌인 모든 잘못을 부인한대요! 제가 구걸이나 하며 살고 안 좋은 길로 들어섰다면서 절 자기 집으로 부르고 있대요. 만일 제가 그녀에게 돌아온다면 비코프 씨와의 일을 해결해줄 것이고 그 사람이 제게 저지른 모든 잘못을 바로잡도록 할 거래요. 비코프 씨가 제게 지참금을 주고 싶다고 했다네요. 잘들 지내라죠! 전 당신들과 함께 여기에 있는 게 좋아요, 너그러운 페도라네 집에서요. 제게 애정을 쏟는 그녀를 보면 돌아가신 제 유모가 떠올라요. 당신은 저의 먼 친척이긴 하지만 자신의 이름을 걸고 절 지켜주시잖아요. 하지만 그 사람들에 대해선 전 몰라요. 할 수만 있으면 잊고 살 거예요. 저한테서 뭘 더 바라는 걸까요? 페도라는 이게 다 소문이고, 결국엔 그 사람들도 절 내버려둘 거래요. 제발 그랬으면!

ㅂ. ㄷ.

6월 21일

내 비둘기, 아기씨!

편지를 쓰고 싶긴 한데 어디서부터 시작해야 할지 모르겠네요. 우리가 이젠 이렇게 사는 것이, 아기씨, 참 희한해요. 내 말은, 여태까지 내가 이렇게 기뻐하면서 지냈던 적이 없다는 겁니다. 주님께서 내게 가족과 가정의 축복을 주신 게 분명해요! 당신은 나의 귀여운 아이예요! 내가 보낸 내의 네 벌이 뭐라고 그런 말을 해요. 당신은 그게 필요했었잖아요, 페도라에게 들었어요. 내겐, 아기씨, 당신을 기쁘게 하는 게 특별한 행복이에요. 이게 내 기쁨이니까 그냥 둬요, 아기씨. 내버려두고 반대하지 말아요. 이랬던 적은 한 번도 없었어요, 아기씨. 이제야 내가 세상 밖으로 나왔네요. 첫째, 나는 갑절로 살고 있어요. 왜냐면 당신이 아주 가까이에 살고 있고 내게 위안을 주니까요. 둘째, 라타자예프라는 이웃 하숙인이 같이 차나 마시자고 날 초대했어요. 작가 모임을 한다는 그 관리예요. 오늘 모임이 있는데 문학 작품을 읽을 거예요. 이젠 이렇게 지낸답니다, 아기씨! 그럼 잘 있어요. 별다른 목적은 없고, 그냥 내가 잘 지내고 있다고 알려주려고 쓴 기예요. 자수에 쓸 실크 색실이 필요하다고 테레자를 통해 전했네요, 선녀님. 사올게요, 아기씨, 사올게요, 색실도 사올게요. 내일이면 당신을 십분 흡족하게 하는 즐거움을 맛보겠군요. 어디서 살 수 있는지도 알아요.

당신의 진실한 친구
마카르 제부시킨

6월 22일

경애하는 바르바라 알렉세예브나!

당신에게 알립니다, 내 친근한 사람. 우리 집에 너무나 안타까운 일이 생겼어요. 참으로, 참으로 안타까운 일이에요! 오늘 새벽 네 시쯤 넘어서 고르시코프의 아이가 죽었어요. 뭐 때문에 죽은 건진 모르겠는데 성홍열이라나 뭐라나, 그런 게 있었대요, 하느님만 아시지요! 고르시코프네 방에 갔었어요. 근데, 아기씨, 어찌나 가난하던지! 또 어찌나 어수선하던지! 사실 놀라울 것도 없죠, 온 가족이 단칸방에 사는데. 체면상 급히 칸막이를 세워 놨더라고요. 방에 벌써 관이 들여져 있어요. 평범하지만 꽤 좋은 관인데 만들어져 있던 거로 샀어요. 아들은 아홉 살쯤 됐었는데 장래가 촉망되는 애였다고 해요. 그 사람들을 보는데 얼마나 딱하던지요, 바렌카! 어머니는 울지는 않지만 너무나 슬퍼 보이고 불쌍해요. 아이 하나를 어깨에서 내려놨으니 어쩌면 좀 가벼워졌을 수도 있지만, 그래도 애가 둘이나 더 있어요. 젖먹이랑 여섯 살 조금 넘은 딸아이예요. 자식이 아픈 걸 지켜봐야 하다니 대체 이게 무슨 즐거움이랍니까. 더군다나 자기 새끼한테 아무 도움도 줄 수 없다면! 아버지는 때가 찌든 낡은 연미복 차림으로 망가진 의자에 앉아 있어요. 눈물을 흘리는데 어쩌면 슬퍼서가 아니라 습관적인 걸 수도 있어요. 그 사람은 눈이 짓물러 있거든요. 정말 괴상한 사람이에요! 말을 걸면 얼굴이 새빨개지고 당황해서 뭐라 대답도 못 해요. 작은 딸아이는 관에 기대어 서 있는데, 고 불쌍한 애가 얼마나 침울하고 진지하던지! 나는 아기씨, 바렌카, 어린애가 생각에 잠겨 있는 걸 좋아하지 않아요. 보기에 안 좋아요! 아이 옆에 방바닥에 천으로 된 인형이 있었는데 가지고 놀지도 않고, 손가락을 입에 물고 꼼짝 않고 서 있어요. 주인 여자가 사탕을 줬는데 받기만 하고 먹진 않더라고요. 슬퍼요, 바렌카, 그렇죠?

마카르 제부시킨

6월 25일

친절하신 마카르 알렉세예비치! 책을 돌려 드립니다. 이건 정말 형편없는 책이에요! 손에 들어서도 안 돼요. 이런 보물을 어디서 캐내신 건가요? 농담이 아니라, 이런 책이 정말 마음에 드시는 건가요, 마카르 알렉세예비치? 저한테 누가 곧 읽을 만한 걸 갖다 주기로 했어요. 원하시면 당신께도 드릴게요. 그럼 안녕히 계세요. 정말이지, 더 이상은 쓸 시간이 없네요.

ㅂ. ㄷ.

6월 26일

사랑스러운 바렌카! 그게 말이죠, 난 사실 그 책을 읽지 않았답니다, 아가씨. 솔직히 조금 읽긴 했는데, 보아하니 터무니없는 말이고 오로지 웃음을 주려고 쓴 거더군요, 사람들 웃기려고요. 그래서 진짜로 재미있을지도 모른다고 생각했어요. 행여나 바렌카도 좋아하지 않을까 싶어서, 그래서 보냈던 겁니다.

라타자예프가 나한테 제대로 문학적인 걸 읽게 해주겠다

고 약속했어요. 그러니 당신도 곧 그 책들을 보게 될 거예요, 아기씨. 라타자예프는 이쪽 일에 훤해요, 달인이죠. 직접 글도 쓰는데, 정말 대단해요! 펜촉이 아주 날렵하고 문체가 심연 같아요. 그러니까, 무슨 말이든 말 한마디 한마디에, 아무 뜻도 없고 진짜 평범하고 저급한 말인데도, 내가 팔도니나 테레자한테 했을 법한 그런 말인데도 그 사람은 문체가 있어요. 나도 그 사람 모임에 다녀요. 우린 담배를 피우고 라타자예프는 낭독을 하지요. 한 다섯 시간 읽기도 하는데 다들 계속 듣고 있어요. 문학이 아니라 진수성찬이에요! 정말 아름다워요. 꽃이에요, 그냥 꽃이에요. 페이지 하나하나로 꽃다발을 만들 수 있어요! 라타자예프는 호의적이고 착하고 정다운 사람이에요. 근데 그 사람 앞에서 나는 뭐겠어요, 뭐겠느냐고요? 아무것도 아니지요. 그 사람은 명성도 있는데 난 뭐겠어요? 간단해요 — 존재하지도 않는 것이죠. 그런데도 나한테 호의를 보여요. 내가 그 사람을 위해 뭘 좀 정서해주고 있어요. 간사한 행동이라고 생각지는 말아요, 바렌카, 그 사람이 내게 호의를 보이는 이유가 내가 정서를 해줘서 그런 게 아니냐는 소문은 믿지 말아요, 아기씨, 저급한 소문들은 믿지 말아요! 아니에요, 이건 내가 자진해서, 내가 원해서 그 사람에게 기쁨을 주려고 하는 것이고, 그 사람이 내게 호의를 보이는 것은 그 사람이 내게 기쁨을 주려고 그러는 것이지요. 행동에 밴 세심함을 난 알아본답니다, 아기씨. 그는 착하디착한 사람이고 비길 데 없는 작가예요.

근데 문학이란 참 좋은 것이더군요, 바렌카, 아주 좋은 것이에요. 그저께 모임에서 알게 됐어요. 심오한 것이에요! 사람들의 마음을 굳세게 하고, 교훈을 주고, 또 그런 모든 것에 관한 여러 가지가 책에 쓰여 있어요. 아주 훌륭하게 쓰여 있어요! 문학은 그림이에요. 그러니까 어떤 면에선 그림이자 거울이에요. 열정의 표현이자 예리한 비평이며, 깨우치게 하는 교훈이고 자료이지요. 이게 다 그 모임에서 얻어배운 말들이에요. 솔직히 말해, 아기씨, 그 사람들 틈에 껴서 듣노라면 (나도 그들처럼 담배를 피우지요) 다들 여러 주제를 놓고 겨루고 언쟁을 벌이기 시작하는데, 난 그냥 기권해 버려요, 아기씨, 당신이나 나는 기권할 수밖에 없어요. 그곳에선 난 그냥 한참 아둔한 사람이고 스스로가 창피스러워요. 그래서 저녁 내내 공동의 화제에 말 한마디라도 섞어볼까 기회를 엿보지만, 아 그 말 한마디가 참 약 오르게도 안 떠오른단 말이죠! 그래서 나 자신이 불쌍해져요, 바렌카. 잘나지도 못하고 잘하는 것도 없고, 속된 말로 몸뚱이만 컸지 머리에 든 건 없어서요. 요즘 시간이 나면 내가 뭘 하는지 알아요? 바보 멍청이처럼 잠만 자요. 쓸데없이 잠만 잘 게 아니라 뭔가 좋은 일을 할 수도 있을 텐데, 앉아서 글이라도 좀 쓰던가. 그럼 나 자신에게도 유익하고 다른 사람들한테도 좋잖아요. 게다가, 아기씨, 그 사람들이 얼마나 받아내는지 좀 보세요. 저들을 용서하소서, 주님! 라타자예프만 하더라도 어마어마하게 받아내요! 종이 한 장 쓰는 게 그 사람한테 일이나 되겠어요? 어떨 땐 다섯 장씩도 쓰는데 장당 300루블 받는대요. 무슨 만담이나 흥미로운 얘깃거리에는 500루블을 부르면서 달라고, 달라고! 하다가 안 된다고 하면, 그럼 다음 번엔 장당 천 루블 부를 겁니다! 한대요. 어때요, 바르바라 알렉세예브나? 대단하죠! 그 사람은 시를 쓴 노트도 있는데 시가 다 길지도 않아요. 근데 7천이래요, 아기씨, 7천 루블을 요구했대요, 세상에나. 그만한 돈이면 부동산이에요, 공동주택이라고요! 5천 루블 준다고 했다는데 그는 안 받겠대요. 내가 설득하면서 "바튜시카[23], 그냥 5천 루블 받고 털어버려요."라고 했어요. 돈이 5천인데! 근데 그는 "아뇨, 7천 줄 겁니다, 사기꾼들."이라고 하더군요. 정말 수완 좋은 사람이에요!

아, 마침 얘기가 나온 김에, 아기씨, 『이탈리아의 욕망』 중에서 한 대목 써줄게요. 그 사람 작품이에요. 한번 읽어보고, 바렌카, 직접 판단해봐요.

블라디미르는 부르르 떨었다. 욕망이 그의 안에서 미친 듯이 타오르기 시작하고 피가 끓는 듯했다….

"백작 부인, 그가 소리쳤다. "백작 부인! 이 욕망이 얼마나 무서운지, 이 어리석음이 얼마나 무한한지 아십니까? 아뇨, 저의 꿈은 저를 속이지 않았습니다! 사랑합니다, 열렬하게 사랑합니다, 미치도록, 어리석도록! 당신의 남편이 피를 전부 쏟아낸다 해도 미칠 듯 끓어오르는 이 가슴의 희열을 꺼뜨릴 순 없습니다! 지쳐버린 제 가슴을 불사르는, 모든 걸 부수어버리는 이 지옥의 불길을 하찮은 방해물 따위가 막을 순 없습니다. 오, 지나이다, 지나이다…!"

"블라디미르…!" 흥분한 백작 부인이 그의 어깨에 몸을 수그리며 속삭였다.

"지나이다!" 환희에 찬 스멜스키가 소리쳤다. 그의 가슴에서 깊은숨이 새어나왔다. 선명한 불꽃의 화염이 사랑의 제단에 타올랐고 고통받는 불운한 이들의 가슴을 불살랐다.

"블라디미르…!" 백작 부인이 황홀해하며 속삭였다. 그녀의 가슴이 부풀어 오르고, 두 뺨이 자줏빛으로 물들고, 눈동자가 타올랐다.

새롭고 무서운 결합이 이루어졌다!

…

삼십 분 뒤, 늙은 백작이 아내의 내실에 들어왔다.

"여보, 귀한 손님을 위해 사모바르를 준비하라고 해야 하지 않겠소?" 그가 아내의 뺨을 쓰다듬고는 말했다.

이런 거예요, 아기씨, 당신은 어떤 것 같아요? 물어보고 싶네요. 사실 조금 경박하긴 해요. 그 점은 논쟁의 여지가 없어요. 그래도 좋잖아요. 참 좋아요, 아주 좋아요! 그리고 또 『예르마크[24]와 줄레이카』라는 소설에서 한 대목 써줄게요.

상상해봐요, 아기씨. 카자크인 예르마크는 거칠고 포악한 시베리아의 정복자예요. 그가 포로로 잡힌 시베리아의 왕 쿠춤의 딸 줄레이카와 사랑에 빠졌어요. 보다시피 이반 그로즈니[25] 시대의 일이에요. 자, 예르마크와 줄레이카의 대화예요.

"당신은 날 사랑하지, 줄레이카! 오, 다시 한번, 다시 한번 말해다오…!"

"사랑해요, 예르마크." 줄레이카가 속삭였다.

"하늘이여 땅이여, 그대들에게 감사하노라! 나는 행복하

102

다…! 혼란한 내 영혼이 유년시절부터 갈망해오던 모든 것을, 모든 것을 그대들이 내게 주었구나. 네가 나를 이곳으로 인도하였구나, 나의 길잡이별이여. 이것을 위해 날 이곳으로, 바위 허리띠[26] 너머로 데려왔구나! 나는 온 세상에 나의 줄레이카를 보여주겠노라. 사람들도 미친 괴물들도 나를 비난하지 못하리라! 오, 그녀의 고운 영혼에 감춰진 괴로움을 저들이 이해한다면, 나의 줄레이카의 눈물방울에 어린 서사시를 볼 수 있다면! 오, 그 눈물을 내 입맞춤으로 닦아내게 해다오, 그 천상의 눈물을 마시게 해다오…. 천상의 여인이여!"

"예르마크," 줄레이카가 말했다. "세상은 험악하고 사람들은 불공평해요! 그들은 우릴 핍박하고 우릴 질책할 거예요, 사랑하는 예르마크! 고향 시베리아의 눈밭에서, 아버지의 장막에서 자라난 가련한 처녀가 얼음처럼 차갑고 무정하고 이기적인 당신들의 세상에서 무얼 할 수 있을까요? 사람들은 날 이해하지 못할 거예요, 내 소중한 사람, 사랑하는 사람!"

"그렇다면 카자크의 장검이 그들의 머리 위를 바람처럼 가르리라!" 예르마크가 사납게 눈을 부라리며 소리쳤다.

줄레이카가 칼에 찔려 죽은 걸 예르마크가 알게 되면 어떻게 될까요, 바렌카. 눈먼 노인 쿠춤이 예르마크가 없는 어두운 밤을 틈타 그의 천막으로 기어들어서 자신의 딸을 베어버린 거예요. 자신의 왕위를 빼앗은 예르마크에게 치명타를 입히기 위해서.

"나는 기꺼이 칼을 가노라!" 예르마크가 자신의 강철검을 샤먼의 돌에 갈며 광분해서 소리쳤다. "내가 원하는 건 저들의 피다, 저들의 피! 저들을 베리라, 베리라, 베리라!"

하지만 이 모든 게 끝난 후 예르마크는 줄레이카와의 사별을 견디지 못해 이르티시강에 몸을 던지고, 그것으로 이야기는 끝나요.

아, 그리고 또 이건, 가령 농담 같은 짧은 얘기 한 토막인데 순전히 웃음을 유발하려고 쓰인 그런 거예요.

당신은 이반 프로코피예비치 젤토푸즈를 아십니까? 프로코피 이바노비치의 발을 깨문 바로 그 사람 말입니다. 이반 프로코피예비치는 성격은 완고하지만, 대신에 선행을 많이 하는 보기 드문 사람이지요. 그와 반대로 프로코피 이바노비치는 무에 든 꿀[27]을 대단히 좋아한답니다. 펠라게야 안토노브나가 그 사람을 알고 지낼 적에… 그런데 당신은 펠라게야 안토노브나를 아십니까? 아 그 맨날 치마를 뒤집어 입고 다니는 여자 말입니다.[28]

정말 웃긴 유머예요, 바렌카, 그냥 유머 자체예요! 그가 이걸 읽어주는데 우린 웃겨서 나뒹굴었어요. 그는 이런 사람이랍니다, 주님 그를 용서하소서! 아무튼, 아기씨, 이게 좀 교묘하고 과하게 장난스럽긴 하지만, 그래도 해를 끼치는 것도 아니고 자유사상이나 자유주의 같은 건 전혀 없어요. 말해두지만, 아기씨, 라타자예프는 행실이 훌륭해요. 그렇기에 최고의 작가랍니다. 다른 작가들과는 달라요.

그런데 사실 종종 머릿속에 떠올려보는 생각이 있는데…. 그러니까, 만일 내가 뭔가를 쓴다면 어떻게 될까? 뭐, 가령 갑자기 난데없이 『마카르 제부시킨의 시집』이라는 제목으로 책이 나왔다고 칩시다! 그럼 당신은 뭐라고 하겠어요, 나의 천사님? 어떤 생각이 들고 어떤 식으로 그려지나요? 나는 이럴 것 같아요, 아기씨. 만일 내 책이 세상에 나온다면 넵스키 대로에는 절대 가지 못할 겁니다. 사람들이 "저기 문학 작가이자 시인인 제부시킨이 지나간다! 저 사람이 바로 그 제부시킨이야!"라고 하면 어떻게 되겠어요. 그럼 나는, 가령 부츠 때문에 어쩌겠느냐고요? 말이 났으니 말이지만, 아가씨, 내 부츠는 온통 덧대어 있고, 솔직히 말하면 밑창도 종종 떨어져서 아주 창피스러워요. 그러니 작가 제부시킨의 부츠가 온통 기워져 있다는 걸 다들 알아버리면 어떻게 되겠어요! 콩테스*-뒤세스** 같은 분이 그걸 알아버리면 뭐라 하겠냐고요, 선녀님? 그런 분은 눈치를 못 챌 수도 있어요. 짐작컨대 공작 부인들은 부츠 같은 것엔 신경 안쓸 겁니다. 관리의 부츠라면 더더욱 그렇겠지요(왜냐하면 부츠도 서로 급이 다르니까요). 하지만 다 말해버릴 거예요. 내 동무들이 일러바칠 겁니다. 아마 라타자예프가 제일 먼저 일러바칠걸요. 그는 ㅂ백작 부인 집에 다니고 있어요. 그녀를 자주 방문하는데 거리낌 없이 들른대요. 참 귀엽고 문학적인 부인이라네요. 라타자예프는 정말 엉큼한 사람이에요!

아무튼 이 얘기는 그만합시다. 이런 건 다 장난삼아 당신을 즐겁게 해주려고 쓰는 거예요, 내 천사님. 잘 있어요, 내 비둘기! 참 많이도 써 재꼈네요. 내가 오늘 기분이 참 흥겹고 좋아서 그래요. 오늘 라타자예프네서 다 같이 식사를 했

---

* 프랑스어로 comtesse, 백작 부인이라는 뜻.
** 프랑스어로 duchesse, 공작 부인이라는 뜻.

는데 (다들 장난꾸러기예요, 아기씨) 아주 좋은 포도주가 나왔어요…. 이런 건 당신한테 쓸 필요 없는데! 다만 당신은 나에 관해 이상한 생각 말아요, 바렌카. 그냥 하는 말들이니까요. 책들도 보내줄게요, 꼭 보내줄게요…. 여기 사람들이 폴드 콕[29] 작품 하나를 돌려보고 있어요. 근데 폴 드 콕은 당신에겐 안 줄 겁니다…. 절대 절대! 폴 드 콕은 당신하곤 안 맞아요. 이 사람이, 아기씨, 페테르부르크 비평가들을 전부 의분에 차게 만들었다네요. 캔디 1푼트를 보냅니다. 당신 주려고 일부러 샀어요. 먹어봐요, 선녀님. 하나씩 먹을 때마다 내 생각하고요. 근데 사탕은 깨물지 말고 꼭 빨아 먹어요, 안 그럼 이가 아파요. 근데 혹시 설탕조림 과일도 좋아하는지? 알려줘요. 그럼 잘 있어요, 잘 지내요. 그리스도께서 당신과 함께하시길, 나의 비둘기.

언제나 당신의 가장 진실한 친구
마카르 제부시킨

6월 27일

경애하는 마카르 알렉세예비치!

페도라가 그러는데, 제가 원하기만 하면 어떤 사람들이 기꺼이 제 형편을 돕고자 아주 좋은 가정교사 자리를 구해 준다고 했대요. 당신 생각은 어때세요, 친구님— 갈까요, 말까요? 물론, 가게 되면 제가 당신께 짐이 되진 않겠지요. 득이 되는 자리인 것 같아요. 그런데 한편으론 모르는 집에 가는 게 좀 무서워요. 무슨 지주들이라고 해요. 그 사람들이 저에 대해 알아보려고 이것저것 질문하며 관심을 보일 텐데, 그럼 제가 무슨 말을 할 수 있겠어요? 게다가 저는 사교적이지도 않고 수줍음이 많잖아요. 익숙한 곳에서 오랫동안 정붙이고 사는 걸 좋아하지요. 익숙한 곳에 있는 게 나아요. 어렵게 간신히 살더라도 어쨌든 그게 더 나아요. 게다가 도시 밖으로 떠나야 하는데 어떤 일을 맡게 될지도 모르고, 어쩌면 그냥 애들이나 봐야 될 수도 있잖아요. 그리고 그 사람들도 참 그런 게, 2년 동안 가정교사를 세 번이나 바꾸는 거래요. 제발 조언 좀 해주세요, 마카르 알렉세예비치. 갈까요, 말까요? 근데 당신은 가끔 얼굴만 보여주시고 왜 저희 집엔 안 들르세요? 일요일 오전 예배 때만 뵙고 있잖아요. 당신도 정말 사교성이 없는 분이세요! 저랑 진짜 똑같으세요! 그래도 저는 당신의 가족이나 마찬가지잖아요. 당신은 저를 안 좋아하시는 거예요, 마카르 알렉세예비치. 저는 종종 혼자 있는 게 너무 슬프답니다. 어쩔 땐, 특히 땅거미가 지는 무렵이면 혼자 외톨이가 되어 앉아 있어요. 페도라는 외출 중이고요. 앉아서 생각하고 또 생각하며 옛일을 떠올려요, 기뻤던 일도 슬펐던 일도. 모든 게 눈앞을 스쳐 가고 안개 속에서처럼 아른거려요. 낯익은 얼굴들이 나타나는데 (거의 실제처럼 보이기 시작하지요) 어머니가 가장 많이 보여요…. 꿈은 또 어떤 꿈을 꾸는지! 건강이 안 좋다는 게 느껴져요, 너무 약해졌어요. 오늘도 아침에 일어나는데 몸이 안 좋더라고요. 게다가 기침도 고약스럽게 해요! 곧 죽을 거라는 게 느껴져요, 알 것 같아요. 제 장례는 누가 치러 줄까요? 누가 제 관을 배웅해 줄까요? 누가 절 안타깝게 여길까요…? 어쩌면 낯선 곳에서, 낯선 집에서, 낯선 구석에서 죽어야 할지도 몰라요…! 하느님 맙소사, 사는 게 왜 이리 슬플까요, 마카르 알렉세예비치! 친구님, 캔디는 왜 자꾸 주시는 거예요? 정말이지, 어디서 그런 돈이 나시는 거죠? 아아, 친구님, 돈을 아끼세요, 제발 돈을 아끼세요. 페도라가 제가 짠 양탄자를 파는데 지폐 50루블을 받아요. 아주 잘됐지요, 전 더 적게 받을 줄 알았거든요. 페도라한테 은화 3루블을 주고 저는 드레스를 하나 지으려 해요. 평범하지만 좀 따뜻한 거로요. 당신에겐 조끼를 만들어드릴게요. 천도 좋은 걸로 골라서 직접 만들 거예요.

페도라가 『벨킨 이야기』[30]라는 책을 구해줬어요. 당신께 보내드리니 원하시면 읽어보세요. 근데 더럽히거나 너무 오래 갖고 계시면 안 돼요, 남의 책이라서요. 푸시킨의 작품이에요. 2년 전에 어머니와 함께 이 책을 읽었었는데 지금 다시 읽으려니 정말 슬펐어요. 혹시 가지고 계신 책이 있다면 저한테도 보내주세요. 단, 라타자예프한테서 받으신 건 제외하고요. 그 사람은 아마 자기 작품을 주겠지요, 뭔가 출간을 했다면요. 어떻게 그 사람 작품을 좋아하실 수 있으세요, 마카르 알렉세예비치? 정말 별것 아니던데요⋯. 그럼 안녕히 계세요! 제가 수다를 떨었네요! 슬플 땐 뭐든 수다를 떠는 게 좋더라고요. 수다가 약이에요, 곧장 마음이 가벼워지니까요. 특히 속에 있는 걸 전부 털어놓으면요. 안녕히 계세요. 잘 지내세요, 나의 친구님!

당신의 ㅂ. ㄷ.

6월 28일

아기씨, 바르바라 알렉세예브나!

가슴앓이는 그만해요! 부끄러운 줄 알아야죠! 충분해요, 내 천사님, 왜 그런 생각을 하는 거예요? 당신은 병든 게 아닙니다, 선녀님, 절대 병든 게 아니에요. 당신은 꽃처럼 피어나고 있어요, 정말로 피어나고 있어요. 좀 창백하긴 하지만 어쨌든 피어나고 있어요. 그리고 그런 꿈이며 환영이 다 뭔가요! 부끄러운 줄 알아요, 내 비둘기, 그만해요. 그런 꿈에는 침이나 뱉어요, 뱉고 잊어요. 어째서 나는 잘 자겠어요? 어째서 난 아무 탈이 없을까요? 나를 좀 봐요, 아기씨. 난 만족하며 지내고, 잠도 편히 자고, 건강하고, 기운도 팔팔하고, 보기에도 좋아요. 그만하면 됐어요. 충분해요, 선녀님, 부끄러운 줄 알아요. 좋아질 겁니다. 내가 당신 머릿속을 알아요, 아기씨. 뭐라도 걸려들기만 하면 바로 공상을 펼치고 우울해하고 그러잖아요. 나를 봐서 그만 둬요, 선녀님. 남의 집에 일하러 간다고요? 절대 안 돼요! 안 돼요, 안 돼요, 안 돼요! 아니 대체 무슨 생각을 하는 거예요, 어떻게 그런 생각이 들었어요? 게다가 도시 밖이라니요! 아뇨, 아기씨, 허락 못 합니다. 무슨 수를 써서라도 그런 결정은 막을 거예요. 내 낡은 연미복을 팔아 셔츠 바람으로 거리를 활보하는 한이 있더라도 당신은 궁색하지 않게 할 겁니다. 안 돼요, 바렌카, 안 돼요. 내가 당신을 알잖아요! 엉뚱한 생각이에요, 완전 뜬금없어요! 아무래도 이게 다 페도라 잘못임이 분명해요. 그런 걸 조언이라고 하다니 멍청한 아낙이네요. 그녀 말은 믿지 말아요, 아기씨. 게다가 당신은 뭘 잘 모르나보네요, 선녀님…? 그녀는 멍청하고 심술궂은 싸움닭 같은 아낙이에요. 고인이 된 남편도 아주 못살게 굴었어요. 아니면 혹시 그녀가 무슨 일인가로 당신을 화나게 했어요? 안 돼요, 아기씨, 절대 안 돼요! 그럼 난 어떻게 하라는 겁니까, 내가 뭘 할 수 있겠어요? 안 돼요, 바렌카, 선녀님, 그 생각은 머릿속에서 지워버려요. 여기서 사는 게 뭐가 부족한데요? 우린 당신 때문에 더없이 기뻐요. 당신도 우릴 좋아하고요. 그러니까 그냥 거기서 조용히 지내요. 바느질도 하고 책도 읽으면서, 아니 바느질은 안 하는 게 좋겠어요. 아무튼 우리랑 같이 지내요. 당신도 잘 생각해봐요, 그렇게 하면 어찌 될지…? 내가 곧 책을 구해다 줄게요. 그런 다음엔 어디로든 또 나들이를 갑시다. 당신은 다만 그만해요, 아기씨, 그만해요. 정신을 좀 차리고 쓸데없는 거로 고집부리지 말아요! 당신한테 갈게요, 금방 갈게요. 아무쪼록 이렇게 직설적이고 솔직한 내 심정을 알아줘요. 안 좋아요, 선녀님, 아주 안 좋아요! 나는 물론 못 배운 사람이에요. 가난 때문에 제대로 못 배워서 박식하지 않다는 걸 알아요. 근데 그것에 관해 말하려는 건 아니고, 내 문제도 아니긴 하지만 난 라타자예프 편을 들겠어요. 당신은 당신대로 생각해요. 그는 내 친구예요. 그러니 그 사람 편을 좀 들게요. 그 사람은 글을 잘 써요. 아주 아주 무척이나 잘 써요. 난 당신 말에 동의하지 않아요, 절대 동의할 수 없어요. 화려하고 강렬한 문체에 수사법도 있고, 다양한 생각도 있고, 아주 훌륭해요! 당신은 아마 감정 없이 읽었나 봐요, 바렌카. 아니면 읽을 때 기분이 안 좋은 상태였다던가, 뭔가 페도라한테 화가 났든지 아니면 뭔가 잘 안 됐다든지. 아니, 감정을 실어서 더 잘 읽어봐요. 마음이 흡족하고 즐겁고 기분이 좋을 때, 가령 입에 캔디를 물고 있을 때, 그때 읽어봐요. 우기려는 건 아니에요(누가 아니라겠어요). 라타자예프보다 나은 작가들도 있고 훨씬 더 나은 작가들도 있지요. 하지만 그들도 훌륭하고 라타자예프도 훌륭해요. 그들도 잘 쓰고 라타자예프도 잘 써요. 그 사람은 나름 특별해요. 그냥 가끔 쓰는데 그렇게 쓰는 게 참 잘 하는 거지요. 그럼 잘 있어요, 아기씨. 더 이상은 못 쓰겠네요. 일이 있어서 서둘러야 돼요. 제발 아기씨, 볼수록 어여쁜 별님, 진정하도록 해요. 주께서 당신과 함께 하시길.

당신의 진실한 친구

마카르 제부시킨

P. S. 책 고마워요, 내 친근한 사람. 푸시킨도 읽어야지요. 그리고 오늘 저녁엔 꼭 당신한테 들를게요.

7월 1일

나의 소중한 분, 마카르 알렉세예비치!

아니에요, 친구님, 아니에요. 전 당신들과 함께 살면 안 돼요. 생각을 바꿨어요. 그렇게 득이 되는 자리를 거절하는 건 잘못하는 거예요. 거기선 적어도 정당한 빵 조각을 얻을 테니까요. 노력할 거예요. 낯선 사람들의 온정을 받아낼 거예요. 필요하다면 성격도 바꾸도록 애쓰고요. 물론 낯선 이들 틈에서 살고, 낯선 이들의 호의를 구하고, 자신을 감추며 강제하는 건 마음 아프고 어려운 일이에요. 하지만 하느님께서 도와주실 거예요. 평생 사교성 없는 사람으로 살 순 없잖아요. 이런 일은 전에도 있었어요. 제가 아직 어렸을 때 기숙학교에 다녔던 게 생각나요. 일요일엔 집에서 내내 까불거리고 뛰놀아서 때로는 어머니가 야단을 치기도 했어

114

도스토옙스키

요. 그래도 괜찮았어요. 마음이 밝고 편하니까요. 저녁이 다 가오면 죽을 것 같은 슬픔이 밀려왔어요. 아홉 시에 기숙학교에 가야 되는데 거긴 모든 게 낯설고 차갑고 엄격하고, 선생님들은 월요일마다 엄청 화를 내거든요. 전 가슴이 미어지며 울고 싶어졌어요. 저더러 게으르다고 할까 봐 구석에 가서 혼자 울면서 눈물을 숨겼어요. 근데 공부가 싫어서 울었던 건 절대 아니에요. 하지만 어쩌겠어요? 전 익숙해졌고, 나중에 기숙학교에서 나올 땐 친구들과 헤어지며 평평 울었지요. 제가 두 분께 짐을 지우며 사는 건 좋지 못한 일이에요. 그런 생각 때문에 괴로워요. 제가 이렇게 다 솔직히 말씀드리는 이유는 당신을 솔직히 대하는 게 익숙해져서 그래요. 페도라는 매일 새벽같이 일어나 빨래를 하고 밤 늦게까지 일해요. 근데 노인은 편히 있는 게 좋잖아요. 이런 게 제 눈에 안 보이겠어요? 당신이 저 때문에 가진 걸 전부 잃어가며 마지막 한 푼까지 저를 위해 쓰시는데, 그게 제 눈에 안 보일까요? 당신은 그럴만한 형편이 아니시잖아요, 친구님! 마지막 남은 것까지 내놓는 한이 있더라도 저만은 궁색하지 않게 할 거라고 말씀하셨네요. 믿어요, 친구님, 전 당신의 선한 마음을 믿어요. 하지만 지금이니까 그렇게 말씀하시는 거예요. 지금은 예상치 못한 돈이 생겼으니까, 상여금을 받으셨으니까요. 하지만 나중엔 어떻게 하나요, 나중에는요? 당신도 아시다시피 전 늘 아파요. 전 당신처럼 일할 수가 없어요, 그랬다면 마음이라도 좋을 텐데. 게다가 일이 항상 있는 것도 아니고요. 그러니 제가 뭘 할 수 있겠어요? 다정하신 두 분을 보며 우울감에 가슴이 미어지는 수밖에요. 어떻게 해야 제가 아주 작은 도움이나마 될 수 있을까요? 그리고 어째서 제가 그리 당신께 필요한 건가요, 친구님? 제가 뭘 잘 한 게 있다고요? 전 단지 온 마음으로 당신께 애착하고 있는 것뿐이에요. 당신을 마음 다해 깊이 사랑하지요. 하지만 쓰디쓴 내 운명이여! 저는 사랑할 줄 알아요, 사랑할 수 있어요. 하지만 그것뿐이에요. 좋은 일을 할 수도, 당신의 은혜에 보답할 수도 없어요. 더 이상 절 붙잡지 마세요. 생각해보시고 마지막으로 의견 주세요. 회신을 기다립니다.

당신을 사랑하는

ㅂ. ㄷ.

고집이에요, 고집, 바렌카, 그냥 고집이라구요! 당신을 그대로 뒀다간 그 머리로 별의별 생각을 다 하겠어요. 이렇게도 안 돼, 저렇게도 안 돼! 지금 보니 다 고집이네요. 대체 이곳에서 뭐가 부족한 겁니까, 아기씨, 말을 좀 해봐요! 우리는 당신을 사랑하고, 당신도 우릴 사랑하고, 모두가 만족스럽고 행복한데 뭐가 더 필요해요? 아니, 낯선 사람들 속에서 뭘 할 건데요? 당신은 낯선 사람이 어떤 건지 아직 모르는 게 분명해요…. 아뇨, 나한테 자세히 물어봐요. 낯선 사람이 어떤 건지 말해주리다. 내가 알아요, 아기씨, 잘 알아요. 낯선 사람이 주는 빵을 먹어봤으니까요. 낯선 사람은 악해요, 바렌카. 아주 악해서 가슴이 남아나지 않아요. 핀잔과 질책과 따가운 시선으로 갈기갈기 찢어놔요. 당신에겐 우리와 지내는 것이 보금자리에 깃들인 것처럼 따뜻하고 좋잖아요. 게다가 우릴 어떻게 머리도 없이 남겨두려고 하나요. 당신이 없으면 우리가 뭘 하겠어요, 이 늙은이는 그럼 뭘 하겠냐고요? 당신이 우리한테 필요가 없다? 쓸모가 없다? 어떻게 쓸모가 없어요? 아니에요, 아기씨, 잘 생각해봐요. 어떻게 당신이 쓸모가 없어요? 당신은 내게 아주 쓸모 있는 존재랍니다, 바렌카. 당신은 내게 아주 유익한 영향을

117
가난한 사람들

주고 있어요···. 이렇게 당신에 대해 생각할 때면, 난 즐거워요···. 때때로 당신에게 편지를 쓰면서 내 감정들을 표현하면 당신이 자세히 답장을 써주잖아요. 내가 당신한테 옷도 많이 사줬고, 모자도 맞춰줬고, 종종 부탁을 받으면 그 부탁도···. 아니, 어떻게 당신이 쓸모가 없어요? 노년에 나 혼자 뭘 하겠어요, 날 어디다 쓰겠느냐고요? 당신은 아마 이런 것에 관해선 생각 안 했을 겁니다, 바렌카. 안 돼요, 이점에 관해 꼭 생각해요 — '내가 없으면 저 사람은 무슨 쓸모가 있을까?' 난 당신에게 익숙해졌어요, 내 친근한 사람. 근데 그렇게 하면 어떻게 되겠어요? 나는 네바강에 뛰어들 것이고, 그럼 끝나는 거예요. 그래요, 참말로 그런 일이 생길 겁니다, 바렌카, 당신 없이 내가 뭘 하겠어요? 아아, 나의 선녀, 바렌카! 당신은 짐마차꾼이 날 볼코보 묘지로 실어가길 바라나 봐요. 어떤 거지 노파가 홀로 내 관을 배웅하고, 사람들이 내게 모래를 뿌린 후 떠나고, 그곳에 나 홀로 남겨지길 바라나 봐요. 죄스러워요, 죄스러워요, 아기씨! 참말로 죄스러워요, 하느님께 맹세코 죄스러워요! 당신의 책을 돌려드립니다, 나의 친구, 바렌카. 만일, 친구님, 당신의 책에 대한 내 의견을 묻는다면, 이렇게 훌륭한 책은 내 평생 읽어보지 못했다고 말하렵니다. 난 자신에게 묻고 있어요, 아기씨. 어찌 여태까지 이런 멍청이로 살았을까 하고요, 주님 용서하소서. 난 뭘 한 걸까? 무슨 산속에서라도 살다 나왔나? 난 아무것도 모르니까요, 아가씨, 정말 아무것도 몰라요! 완전 아무것도 몰라요! 당신에게는, 바렌카, 그냥 말할게요. 난 못 배운 사람이에요. 여태까지 읽은 책도 적어요, 아주 적어요, 거의 아무것도 안 읽었어요. 『인간의 초상』*이라는 현명한 작품을 읽었고, 『종으로 여러 가지를 연주하는 소년』**과 『이비쿠스의 두루미들』***을 읽은 게 전부예요. 읽은 게 이것밖에 없어요. 이번에 당신이 보내준 책에서 『역참지기』[31]를 읽었어요. 정말이지, 아가씨, 이런 일도 생기는 것이, 내 인생 전체를 손바닥 위에 가지런히 모아놓은 것 같은 책이 이렇게 옆에 있는 줄도 모르고 살았네요. 전에는 미처 깨닫지 못한 것들이 이 책을 읽으면서 죄다 서서히 떠오르고, 되짚어

---

* 원제는 『인간의 초상, 모든 지식계층을 위한 자기인식에 관한 교훈적 독서 실험 Картина человека, опыт наставительного чтения о предметах самопознания для всех образованных сословий, начертанный А. Галичем』 러시아의 철학자, 심리학자인 알렉산드르 갈리치(1783~1848)가 저술한 철학적 교훈서이다. 1840년대 당시 이 책과 더불어 이후 제부시킨이 언급한 두 책은 이미 철이 지난 문학적 취향의 상징으로 여겨졌다.
** 원제는 『작은 종지기 Le Petit Carillonneur』 프랑스 작가 듀크레-듀미닐(1761~1819)의 소설로 거지들 사이에서 자라난 소년의 운명을 그리고 있으며, 결말에서 주인공은 자신의 가족들을 찾게 되고 부유한 명문 백작이 된다.
*** 『Die Kraniche des Ibykus』 독일의 시인, 철학자, 극작가인 프리드리히 실러(1759~1805)의 서사시.

보게 되고, 뜻을 알게 됐어요. 그리고 당신의 책을 좋아하게 된 이유가 또 있어요. 어떤 작품은 그게 뭐가 됐든 간에 읽고 또 읽고 아무리 애써 봐도 너무 교묘해서 이해가 안 되는 것 같단 말이죠. 가령 나 같은 사람은 둔해요. 태생적으로 둔해서 의미가 너무 깊은 작품은 읽지를 못해요. 그런데 이 책은 마치 내가 쓴 것 같았어요. 대략 말하자면 그냥 내 마음인 것 같아요. 어떤 심정이든 속을 뒤집어 보여주는 것 같고 죄다 세세히 묘사했어요. 대단해요! 사건도 흔한 거예요, 게다가 웬걸! 나도 그렇게 썼을 법해요. 못쓸 이유가 있나요? 왜냐면 나도 그 책에 나오는 것과 완전히 똑같은 걸 느끼거든요. 나도 종종, 가령 그 불쌍한 삼손 브린과 똑같은 상황에 처했었어요. 또 우리 중에 삼손 브린 같은 사람들, 그런 착한 불운아들이 얼마나 많은지 몰라요! 이런 게 죄다 아주 기막히게 묘사돼 있어요! 난, 아기씨, 하마터면 울음이 터질 뻔했어요. 그 죄인이 기억을 잃을 정도로 술독에 빠지고, 너무 괴로워서 양가죽 외투를 덮고 종일 잠만 자고, 괴로움을 펀치[32]로 삭이고, 자신의 방탕한 어린 양, 딸 두냐샤를 떠올리다가 더러운 옷자락으로 눈물을 훔치며 불쌍하게 우는 장면에서요! 이건 정말 현실적이에요! 당신도 읽어봐요. 정말 현실적이에요! 살아 있어요! 내가 직접 봐왔던 일이고, 다 내 주변에서 일어나는 일이에요. 테레자만 해도 그렇고, 멀리 갈 필요도 없어요! 우리 집 가난한 관리도 그래요. 그 사람은 성만 '고르시코프'이지 어쩌면 삼손 브린이랑 똑같아요. 이건 일반적인 일이에요, 아기씨. 당신에게도 내게도 일어날 수 있어요. 넵스키 대로나 강변에 산다는 백작도 똑같을 거예요. 단지 그 사람은 자신들 방식대로 격조 높게 살아서 다르게 보일 뿐이지 그 사람도 똑같아요. 무슨 일이든 일어날 수 있고, 내게도 그런 일이 생길 수 있어요. 그런 겁니다, 아기씨. 그런데도 당신은 우릴 떠나려고 하다니요. 갑작스레 죄가 날 삼킬 수 있어요, 바렌카. 당신도 나도 망하게 하는 일이에요, 내 친근한 사람. 아아, 나의 별님, 그런 엉뚱한 생각들은 제발 머릿속에서 떨쳐버리고 괜히 나를 괴롭히지 말아요. 아니, 깃털도 안 난 연약한 아기 새가 어떻게 스스로 먹을 걸 구하고, 죽음을 피하고, 악당들로부터 저 자신을 지킨단 말입니까! 그만해요, 바렌카, 생각을 바꿔요. 터무니없는 조언이나 헛소리는 듣지 말고 당신이 가진 책을 한 번 더 읽어봐요. 주의 깊게 읽어봐요, 그게 당신에게 유익할 거예요.

라타자예프에게 『역참지기』에 관해 말했어요. 그는 이게 다 오래된 것이고 요즘엔 삽화나 여러 가지 해설이 실린 책*이 유행이라고 하더군요. 사실 그 사람 말이 무슨 뜻인지 이해가 잘 안 됐어요. 어쨌든 그는 푸시킨이 훌륭한 작가이고 그가 성스러운 루시[33]를 영예롭게 했다는 말로 마무리했어요. 푸시킨에 관한 얘기를 많이 해줬지요. 그래요, 아주 좋더라고요, 바렌카, 아주 좋아요. 책을 주의 깊게 다시 읽어보고 내 조언대로 해요. 내 말을 따르는 거로 이 늙은이를 행복하게 해줘요. 그러면 주님께서 당신에게 상을 내리실 겁니다, 내 친근한 사람, 반드시 상을 주실 거예요.

당신의 진실한 친구
마카르 제부시킨

7월 6일

경애하는 마카르 알렉세예비치!

페도라가 오늘 제게 은화 15루블을 갖다 줬어요. 제가 그녀에게 은화 3루블을 주니까 얼마나 기뻐하던지요! 당신께 서둘러 씁니다. 지금 당신의 조끼를 만들려고 천을 자르고

* 1840년대 러시아에서 여러 사회 계층과 직업군을 대표하는 인물들의 생활 모습을 묘사하는 글이 유행했는데, 보통 그 글에는 삽화도 함께 실려 있었다.

있는데 천이 정말 예뻐요. 노란 바탕에 작은 꽃들이 있어요. 책 한 권 보내드려요. 다 다른 이야기가 실려 있는데 저도 몇 편 읽었어요. 이 중에 「외투」[34]라는 작품을 읽어보세요. 저더러 극장에 같이 가자고 자꾸 말씀하시는데, 비싸지 않을까요? 위층 어디쯤이면 괜찮을지. 극장에 가본지가 정말 오래됐어요. 사실 언제였는지 기억도 안 나요. 근데 또 계속 걱정이 돼요. 돈이 많이 들지 않을까요? 페도라는 고개만 젓고 있어요. 당신더러 전혀 분수에 맞지 않게 살고 계시데요. 제가 보기에도 그래요. 저 하나 때문에 돈을 얼마나 많이 쓰셨어요! 친구님, 불행이 닥치지 않도록 조심하세요. 그렇잖아도 페도라가 무슨 소문을 얘기해줬어요. 당신이 하숙비를 안 내서 주인 여자랑 다투신 것 같다고요. 전 정말 당신이 걱정돼요. 이만 안녕히 계세요. 서두르고 있어서요. 사소한 일이긴 한데, 모자에 리본을 바꿔 달고 있어요.

ㅂ. ㄷ.

P. S. 만일 극장에 가게 되면 새 모자를 쓰고 어깨엔 까만 망토를 두르려고 해요. 괜찮을까요?

7월 7일

경애하는 바르바라 알렉세예브나!

그러니까 어제 하던 말을 계속할게요. 그래요, 아기씨, 우리에게도 아득한 옛날 엉뚱한 짓을 할 때가 있었지요. 난 그 여배우에게 반했었어요, 홀딱 반해버렸어요. 근데 그건 별일 아니에요. 정말로 이상한 것은 내가 그녀를 거의 본 적도 없고 극장에도 딱 한 번 갔을 뿐인데, 그런데도 사랑에 빠졌다는 것이지요. 당시에 나랑 벽 하나를 사이에 두고 혈기 왕성한 청년 다섯이 살았어요. 그들과 늘 적당한 거리를 두긴 했지만 어쩔 수 없이 어울리게 됐지요. 아무튼 난 뒤처지지 않으려고 그들의 말에 맞장구치곤 했어요. 그 청년들이 나한테 그 여배우에 관해 이것저것 말해준 거예요! 저녁마다 공연이 열리기만 하면 ─ 그들은 다른 필요한 곳에 쓸 돈은 한 푼도 없었어요 ─ 전부 다 극장 꼭대기로 몰려가서 마구 박수를 치고, 그 여배우의 이름을 거듭거듭 부르고, 아주 그냥 미쳐 날뛰었죠! 그다음엔 시끄러워서 잠도 못 자게 했어요. 쉬지 않고 밤새도록 그녀에 관해 이야기하고, 다들 그녀를 '나의 글라샤'라고 부르면서 하나같이 사랑에 빠져서는 가슴속에 그 카나리아를 품고 살았죠. 그 청년들은 무방비한 나까지 부추겼어요. 난 그때 아직 젊었지요. 나도 모르겠어요, 어쩌다 정신을 차려보니 그들과 함께 극장 4층 맨 꼭대기에 있더군요. 본 거라곤 휘장 끝자락이 전부지만 듣기는 다 들었어요. 그 배우는 과연 목소리가 훌륭했어요. 꾀꼬리처럼 낭랑하고 꿀처럼 달콤했지요! 우린 손바닥이 터져라 박수를 치고 소리소리 질렀는데 하마터면 쫓겨날 뻔했어요. 사실 한 명은 내보내졌답니다. 집에 온 나는 정신이 멍했어요. 주머니엔 은화 1루블밖에 안 남았는데 봉급날까진 아직 열흘이나 있어야 됐어요. 어떻게 했을 것 같아요, 아기씨? 다음 날 출근 전에 프랑스인 향수 판매상한테 들러서 그 돈으로 전부 향수랑 향수 비누를 샀어요. 어쩌자고 그 때 그런 걸 샀었는지 나도 모르겠네요. 난 집에서 식사도 안 하고 계속 그녀 집 창문 근처만 지나다녔어요. 그녀는 넵스키 대로에 살았어요, 4층에서. 난 집에 와서 한 시간쯤 쉬었다가 다시 넵스키 대로로 갔어요. 오로지 그녀의 창문 근처를 지나가려는 목적으로. 그렇게 한 달 반을 그녀의 뒤꽁무니만 쫓아다니고, 고급 마차를 거듭 불러 타고는 계속 그녀의 창문 근처만 지나다녔어요. 완전히 기진맥진이되고 돈도 빌리고, 그러다가 나중엔 마음이 식었어요. 싫증이 난 거지요! 점잖은 사람을 여배우가 그렇게도 만들 수 있답니다, 아기씨! 아무튼 젊었을 때니까요, 그땐 내가 젊었었지요…!

ㅁ. ㅈ.

7월 8일

친애하는 나의 바르바라 알렉세예브나!

이달 6일에 받았던 당신의 책을 서둘러 돌려주며, 그와 더불어 서둘러 이 편지로 당신에게 분명히 해명합니다. 좋지 않습니다, 아기씨. 당신이 날 이런 궁지로 몰아넣다니 좋지 않아요. 내가 설명해보리다, 아기씨. 어떤 지위든 지극히 높으신 분에 의해 각자의 운명대로 정해진 거랍니다. 누군가는 장관의 견장을 차고 누군가는 9등 문관으로 일하도록, 누군가는 명령을 내리고 누군가는 경외심에 차서 불평 없이 복종하도록 정해진 것이지요. 이건 사람의 능력대로 이미 가늠된 일이에요. 이 사람은 이것에 소질이 있고 저 사람은 저것에 소질이 있고, 그리고 재능은 하느님에 의해 부여되지요. 난 벌써 30년 정도나 근무하고 있어요. 나무랄 데 없이 일하고, 행실도 반듯하고, 무질서하다고 지적받은 적도 전혀 없어요. 시민으로서 부족한 점이 있다는 것은 스스로 인정하는 바이지만, 그와 더불어 덕목도 있지요. 상부의 존중을 받고 있으며 각하께서도 나에 관해 만족해하십니다. 아직까지 내게 호의를 표하신 적은 없지만, 만족하고 계시다는 걸 내가 알아요. 머리칼이 세도록 이 나이까지 살았지만 큰 죄를 지은 적은 없어요. 물론 사소한 죄야 누군들 없겠어요? 다들 죄가 있고, 심지어 당신도 죄가 있어요, 아기씨! 하지만 큰 잘못이나 뻔뻔한 짓을 해서 지적받은 적은 없어요. 무슨 법규를 어겼다거나 사회의 질서를 어지럽혔다거나 그런 일로 지적받은 적은 없어요, 그런 일은 없었어요. 십자훈장까지 받을 뻔했는데 — 뭐 그렇다고요! 이런 건 당신도 양심적으로 다 알고 있었어야 해요, 아기씨. 그 작가도 알고 있었어야 했고요. 그렇게 글로 묘사를 했으니까 다 알고 있었어야 해요. 근데 난 당신이 이럴 줄은 예상치 못했습니다, 아기씨. 이건 아니지요, 바렌카! 다른 사람이 아닌 당신이 이럴 거라곤 생각도 못 했어요.

도대체가! 그 책에 따르면 어디가 됐든 자기 자리에서 얌전히 지내면 안 되는 것이더군요. 속담대로 물도 동하지 않을 정도로 조용하게, 아무도 건드리지 않으면서, 하느님을 두려워하고 자기 분수를 알고 지낸다면, 그러면 나를 건드리지도 않고, 개집 같은 누추한 집에 불쑥 찾아와 들여다보면서 '자네는 집에서 어떻게 지내나? 조끼는 좋은 거 있나? 갖춰야 할 속옷은 다 있고? 부츠는 있어? 밑창은 뭘로 댔는데? 뭘 먹나? 뭘 마시나? 뭘 정서하나…?' 이러진 않을 줄 알았네요. 그리고, 아기씨, 혹여 내가 부츠를 아끼려고 포장이 잘 안 된 곳에서 발꿈치를 들고 다닌다 한들, 그게 뭐 어떻다는 겁니까! 다른 사람 얘길 뭐하러 쓰냐고요, 저 사람은 형편이 안 좋아서 어쩔 땐 차도 못 마신다는 둥 하면서? 다들 그렇게 반드시 차를 마셔야 하나 봅니다! 내가 사람들 입을 쳐다보면서 '저 사람은 뭘 씹고 있나' 하나요? 내가 그런 식으로 누구에게 무례하게 굴었나요? 그렇지 않아요, 아기씨, 날 건드리지 않는데 왜 내가 다른 사람들을 화나게 하겠어요! 예를 들어볼게요, 바르바라 알렉세예브나, 그런 게 뭔지 말입니다. 당신이 열정적으로 열심히 일하고 있어요. 상부에서도 당신을 존중하고요(뭐가 어쨌건 간에 존중해 줍니다). 그런데 바로 옆에 있는 누군가가, 아무런 뚜렷한 이유도 없이, 난데없이 당신을 풍자하는 글을 내는 거예요. 물론 종종 새옷을 지으면 기쁘기 마련이고, 좋아서 잠도 못 자요. 가령 새 부츠가 생기면 아주 흡족한 마음으로 부츠를 신어요. 정말이에요, 내가 느꼈으니까요. 잘 빠진 멋진 부츠를 신은 다리를 보면 좋거든요. 그건 사실대로 쓰였어요! 하지만 어쨌거나 난 진심으로 놀랐습니다. 어떻게 표도르 표도로비치가 이런 책을 신경 안 쓰고 간과했는지, 자신의 입장을 변호하지도 않았는지 말입니다. 그 사람이 아직 젊은 고관이고 때때로 버럭 고함치길 좋아하는 건 사실이에요. 하지만 고함치지 못할 이유가 있나요? 꾸짖지 못할 건 뭐예요, 그 우리의 형제를 꾸짖을 필요가 있다면 말이죠. 또 기령 체통을 차리려고 꾸짖는다고 칩시다. 체통을 위해선 그럴 수도 있는 거예요. 가르칠 필요가 있어요, 혼쭐낼 필요도 있구요. 왜냐면 우리끼리 하는 말이지만, 바렌카, 혼쭐을 내지 않으면 우리의 형제는 아무것도 안 할 테니까요. 다들 어딘가에 이름만 올리려고 기회를 노리고, '나는 이것도 하고 저것도 하고' 하지만, 정작 일을 해야 할 때는 요리조리 피한단 말이죠. 그런데 관등에는 여러 등급이 있고 관등마다 그것에 절대적으로 걸맞은 질책이 요구돼요. 그래서 질책하는 어조도 관등에 따라 달라지는 게 당연해요. 이건 괜찮은 일이라고요! 세상이 그렇게 유지되는 거예요, 아기씨. 우린 모두 다른 사람 앞에서 체면을 차리고, 다른 사람을 질책하면서 살아요. 이런 경계심이 없다면 세상이 유지도 안 됐을 거고 질서도 없었을 겁니다. 정말 놀랍네요, 표도르 표도로비치가 이런 모욕적인 것을 신경 안 쓰고 간과했다니!

그리고 이런 걸 대체 왜 쓰나요? 이런 게 왜 필요해요? 뭐, 독자 중에 누가 외투라도 맞춰준대요? 새 부츠라도 사준대요? 천만에요, 바렌카, 다 읽고 나면 그다음 내용이나 요구하지요. 어쩔 땐 숨어 다녀요. 잘못한 것도 없는데 몸을 숨기고 어딜 가든 눈에 띌까 겁을 먹어요. 왜냐면 험담에 몸이 떨리니까요, 왜냐면 뭐든 별의별 걸로 사람에 대한 풍자문을 만들어대고, 그래서 이젠 사회생활과 가정생활이 죄다 문학의 소재가 되어 돌아다니고, 죄다 인쇄되어 읽히고, 조롱받고 비판받으니까요! 거리에 모습을 드러낼 수가 없어요. 죄다 낱낱이 밝혀져서 걸음걸이만으로도 우리의 형제를 알아보니까요. 뭐, 결말쯤에 가서라도 그 사람이 좀 나아졌으면 좋았을 텐데. 어떤 부분은 좀 가볍게 해주고, 가령 그 사람 머리에 종잇조각을 뿌리는 장면[35] 다음에는 이런 말을 넣었다면 어땠을까요. '그럼에도 불구하고 그는 여전히 덕이 높고 훌륭한 시민이었다. 동료들로부터 그런 취급을 받을 만한 사람이 아니었다. 윗사람들의 말을 잘 따랐고 (이 부분엔 예시를 넣어도 좋고), 그 누구의 불행도 바라지 않았으며, 하느님을 믿다가 죽었고 (이 사람이 꼭 죽기를 바라는 거라면), 사람들은 그를 애도했다.' 그런데 그것보단 그 불쌍한 사람을 죽게 하지 말고 외투를 되찾도록 했다면 훨씬 좋았을 겁니다. 그 장관이 그 사람의 덕행을 자세히 알게 돼서 자기 사무실로 전근시키고, 진급도 시키고, 봉급도 후하게 주고, 그러니까 결국에는 악은 처벌받고 선이 승리하도록, 그의 동료 관리들한텐 남는 거 하나 없도록 했었다면 좋았을 거예요. 가령 나라면 그렇게 했을 겁니다. 근데 여기 이 사람한텐 뭐 특별한 게 있나요, 뭐 좋은 게 있어요? 그냥 치욕스러운 일상을 보여주면서 무익한 예시만 들었어요. 그런데도 어떻게 당신은 이런 책을 내게 보낼 생각을 했나요, 내 친근한 사람. 이건 악의적인 책이에요, 바렌카. 이건 사실과는 거리가 멀어요. 그런 관리가 있을 리가 없으니까요. 이런 걸 보면 항의를 해야 해요, 바렌카, 정식으로 항의해야 한단 말입니다.

당신의 가장 순종적인 종
마카르 제부시킨

7월 27일

경애하는 마카르 알렉세예비치!

최근의 여러 사건과 당신의 편지들로 인해 전 너무나 놀랐고 충격을 받았어요. 이해를 못 하고 있었는데 페도라가 들려준 이야기로 모든 게 설명됐어요. 하지만 왜 그렇게 낙담하시고 갑자기 그런 깊은 수렁에 빠지신 건가요, 마카르 알렉세예비치? 당신의 해명은 저를 전혀 만족시키지 못했어요. 보세요, 그 득이 되는 자리를 제안받았을 때 제가 가겠다고 고집했던 게 옳았지 않나요? 더구나 최근 제게 일어난 일 때문에 전 진심으로 겁을 먹었어요. 저를 사랑하시기 때문에 숨길 수밖에 없었다고 하셨지요. 만일을 대비해 전당포에 맡겨 두었던 여윳돈을 제게 쓰는 것뿐이라고 장담하실 때부터 저는 제가 당신께 많은 걸 빚지고 있다고 생각했어요. 그런데 당신에겐 아예 처음부터 돈이 없었고, 우연히 알게 된 제 비참한 상황에 마음이 쓰여서 봉급을 가불받으시고, 제가 아팠을 때는 옷까지 파셨다는 걸 알게 됐어요. 이 모든 걸 알게 된 지금, 전 너무나 마음이 괴로워서 이걸 다 어떻게 받아들여야 할지, 어떻게 생각해야 할지 도무지 모르겠어요. 아아! 마카르 알렉세예비치! 동정심과 친척 간의 사랑으로 초반에 은혜를 베풀어주신 거로 멈추셨어야 해요. 이후 쓸데없는 것에 돈을 탕진하지 마셨어야 해요. 당신은 저와의 우정을 저버리셨어요, 마카르 알렉세예비치. 제게 솔직하지 않으셨으니까요. 당신의 마지막 재산이

도스토옙스키

제 옷과 캔디, 나들이와 극장, 책에 쓰였다는 걸 알게 된 지금, 전 그 모든 대가를 값비싼 후회로 치르고 있어요. 저의 경박함을 용서 못 해요(당신에 대해선 신경도 안 쓰고 전부 받기만 했으니까요). 저를 즐겁게 해주려고 하셨던 모든 것들이 이젠 슬픔으로 변해버렸고 헛된 후회만 남았어요. 저는 당신의 우울감을 최근에야 눈치챘어요. 저 역시 무슨 일이 생기지 않을까 우울한 생각을 하긴 했지만, 이런 일은 상상도 못 했어요. 어쩜 그렇게 정신을 놓으실 수 있나요, 마카르 알렉세예비치! 사람들이 당신을 어떻게 생각하겠어요, 당신 지인들은 뭐라고 하겠어요? 저와 모든 사람은 당신의 선량함과 겸손함, 현명함을 보며 당신을 존경했었는데 갑자기 그런 흉측한 잘못에 빠지시다니요. 전에는 한 번도 이러신 적 없었잖아요. 페도라가 말해줬어요. 사람들이 술에 취한 당신을 길에서 발견해서 경찰을 불러 집으로 데려왔다고요. 제가 그 얘길 듣고 어땠는지 아세요? 나흘이나 안 보이시길래 뭔가 보통 일이 아니라고 예상은 하고 있었지만, 너무 놀라서 몸이 굳어버렸어요. 마카르 알렉세예비치, 상관들이 당신이 결근한 진짜 이유를 알게 되면 뭐라고 할지 생각 안 해보셨나요? 다들 당신을 비웃는다고, 다들 우리의 관계를 알아버렸고, 당신 이웃들이 저를 조롱한다고 말씀하셨었죠. 그런 건 신경 쓰지 마세요, 마카르 알렉세예비치. 제발 마음을 편히 가지세요. 그리고 그 장교들과의 사건도 걱정스러운데 이야길 자세히 듣진 못했어요. 이게 다 무슨 일인지 자세히 설명해주세요. 편지에 쓰시기를 저한테 털어놓는 게 겁이 났다고, 다 말해버리면 저와의 우정을 잃을까 봐 겁이 났고, 제가 병중에 있을 때는 도울 방법이 없어 절망스러웠고, 저를 보살피시려고, 병원에 안 보내시려고 가진 걸 전부 팔았으며, 돈도 빌릴 수 있는 대로 빌리셨고, 주인 여자와는 매일 껄끄러운 일을 겪으신다고 하셨죠. 하지만 이 모든 걸 숨기신 것이야말로 최악의 선택이었어요. 이젠 제가 다 알아버렸으니까요. 당신은 양심상 제가 알도록 할 순 없으셨던 거예요. 당신이 처한 불행한 상황의 원인이 저라는 것을요. 그런데 이젠 당신의 행동이 저를 갑절로 더 힘들게 하고 있어요. 저는 정말 충격에 빠졌어요, 마카르 알렉세예비치. 아아, 나의 친구님! 불행은 전염병이에요. 불행하고 가난한 사람들은 서로에게서 떨어져야 해요, 더 심하게 전염되지 않으려면. 예전에 홀로 소박하게 사실 땐 겪지 않았던 불행을 제가 가지고 온 거예요. 이 모든 것이 저를 죽도록 괴롭게 합니다.

이젠 다 솔직히 써주세요. 당신에게 무슨 일이 있었던 건지, 어떻게 그런 행동을 하게 되신 건지요. 할 수만 있다면 저를 좀 안심시켜 주세요. 자존심 때문에 안심시켜 달라고 하는 게 아니에요. 그 무엇으로도 지워낼 수 없는 당신을 향한 우정과 사랑 때문이에요. 안녕히 계세요. 답장을 몹시 기다립니다. 저에 대해 잘못 생각하셨어요, 마카르 알렉세예비치.

당신을 진심으로 사랑하는

바르바라 도브로숄로바

7월 28일

더없이 귀한 나의 바르바라 알렉세예브나!

이젠 다 끝났고 차차 다 예전 상태로 돌아오고 있으니 당신에게 말해줄게요, 아기씨. 사람들이 나에 관해 어떻게 생각할지 당신이 염려하고 있으니까 서둘러 말해주리다, 바르바라 알렉세예브나, 나에게는 내 자존심이 가장 중요하다는 것을요. 그 사건으로 인해 당신이 내 불행과 이런 무질서한 생활에 관해 알아버렸지만 상관 중에서는 아직 아무도 몰라요, 알 수도 없어요. 그러니 그들은 예전처럼 나를 존중할 겁니다. 한 가지 겁이 나는 건 소문이에요. 주인 여자가 집에서 소리를 지르는데 당신이 준 10루블로 밀린 방세 일부를 치르니까 지금은 그저 툴툴대기만 해요. 다른 사람들에 관해서는, 그 사람들은 괜찮아요. 그 사람들에게 돈을 꾸지만 않으면 돼요, 그럼 괜찮아요. 해명을 마치며 하고 싶은 말은, 아기씨, 당신이 나를 존중해주는 것이 내게는 세상 그 무엇보다 귀하고, 그것이 일시적으로 무질서한 내 생활에 위안이 된다는 것이에요. 다행이네요. 처음에 받았던 충격과 난처한 상황들은 지나갔고, 내가 비록 당신을 내 천사처럼 사랑해서, 당신과 떨어지는 걸 견딜 수 없어서 내 곁에 붙들어두고 당신을 속였음에도 불구하고 당신은 나를 믿음을 저버린 친구나 이기주의자로 여기지 않으니까요. 난 지금은 열심히 근무하면서 맡은 일을 잘 해내고 있어요. 어제 옙스타피 이바노비치가 내가 옆을 지나가니까 한마디 하긴 하더라고요. 당신에겐 숨기지 않을게요, 아기씨. 나는 빚 때문에, 궁색한 옷차림 때문에 숨통이 조여요. 하지만 이것 역시 괜찮아요. 그러니까 당신에게도 부탁할게요. 절망하지 말아요, 아기씨. 내게 또 50코페이카를 보냈더군요, 바렌카. 이 50코페이카가 내 심장을 쑤셔요. 그러니까 이젠 일이 이렇게 된 거네요, 일이 이렇게 됐어요! 내가, 이 늙은 바보가 천사인 당신을 돕는 게 아니라 가엾은 고아인 당신이 나를 도와주다니! 페도라가 돈을 구해오다니, 참 잘했네요. 난 아직 어디서고 돈이 들어올 가망이 전혀 없어요, 아기씨. 만일 조금이라도 어떤 희망이 보이면 자세히 말해줄게요. 근데 소문이, 소문이 날까 봐 정말 걱정이에요. 잘 있어요, 나의 천사님. 당신의 손에 입을 맞춥니다. 부디 건강을 회복해요. 서둘러 출근해야 해서 자세히 못 썼어요. 결근을 했으니 열심히 노력해서 잘못을 만회해야지요. 나머지 모든 일과 장교들과 있었던 사건에 관해서는 저녁에 마저 쓰리다.

당신을 존중하고 진심으로 사랑하는

마카르 제부시킨

7월 28일

아아, 바렌카, 바렌카! 지금 이번만큼은 당신에게 잘못이 있고, 당신이 양심에 가책을 느껴야 해요. 당신의 편지는 날 완전히 망연자실하게 하고 어리둥절하게 했어요. 차분히 내 마음속을 헤집어본 지금에야 내가 옳았다는 걸 알게 됐네요. 내가 전적으로 옳았어요. 술주정을 말하는 게 아니라

(그건 끔찍해요, 아기씨, 끔찍해요!) 내가 당신을 사랑한다는 것, 당신을 사랑한 것이 무분별한 일이 아니었다는 겁니다. 무분별한 게 전혀 아니에요. 당신은, 아기씨, 아무것도 몰라요. 이게 다 무슨 연유인지, 어째서 내가 당신을 사랑할 수밖에 없는지 당신이 알았더라면 그런 말들은 하지 않았을 겁니다. 당신은 죄다 이치에 맞는 말만 하고 있지만, 속마음은 그렇지 않다는 걸 난 확신해요.

나의 아기씨, 장교들과 있었던 일은 나도 모르겠고 잘 기억도 안 나요. 말해둘 필요가 있는 건, 나의 천사님, 내가 그 전까지 끔찍이도 불안한 상태였다는 겁니다. 상상해봐요, 벌써 한 달이나 말하자면 실 한 가닥으로 버티고 있었거든요. 극도로 비참한 상황이었지요. 당신에게는 감추고 있었고 하숙집에서도 그랬지만, 주인 여자가 야단법석이었어요. 근데 그런 건 괜찮아요. 몹쓸 아낙네가 소리 지르라고 하죠. 근데 창피한 건 그렇다 쳐도, 문제는 그 여자가 대체 어떻게 알아냈는지 우리의 관계를 알아버리고는 집이 떠나가게 험한 말을 떠들어낸 거예요. 난 아쩔해서 귀를 틀어막았지만 사람들은 그러기는커녕 오히려 귀를 쫑긋 세웠지요. 아기씨, 난 이제 어디로 숨어야 할지 모르겠어요….

그래서, 나의 천사님, 이 모든 게, 이런 온갖 재난이 한데

138
도스토옙스키

겹쳐서 날 완전히 궁지로 내몬 거예요. 근데 또 갑자기 페도라한테서 이상한 말을 듣기를, 어떤 돼먹지 못한 자가 당신을 찾아와서 돼먹지 못한 제안을 하며 당신을 모욕했다고 하더군요. 그자가 당신을 모욕했다고, 심하게 모욕했다고 했어요. 나 자신도 심하게 모욕 당해본 적이 있어서 그게 뭔지 알아요, 아기씨. 그러자 난 돌아버렸어요, 내 천사님, 정신이 완전히 나가버렸어요. 나의 친구 바렌카, 난 전에 없이 광분해서 뛰쳐나갔어요. 그 벌 받을 놈한테 가려고 했지요. 무슨 짓을 저지를지 몰랐어요. 왜냐면 난 당신을, 나의 천사를 무례하게 대하는 게 싫거든요! 참담했어요! 근데 마침 비도 오고, 질퍽거리고, 끔찍이도 우울했어요…! 그만 되돌아가려고 했는데… 근데 거기서 넘어가버린 거예요, 아기씨. 에멜랴를 마주쳤어요, 에멜리얀 일리치를. 그 사람도 관리인데, 그러니까 관리였었는데 지금은 관리가 아니에요. 우리 관에서 쫓겨났어요. 뭘 하는지, 어쩌고 사는지는 모르겠는데, 아무튼 그 사람이랑 같이 가게 된 거예요. 그러다가—아유, 말해 뭐 해요, 바렌카. 친구의 불행과 재난을, 유혹에 빠졌던 얘기를 읽는 게 재미가 있겠어요? 사흘째 되던 날 저녁에 에멜랴가 날 부추겨서 그 사람한테, 그 장교한테 갔어요. 주소는 우리 집 관리인한테서 알아냈지요. 말이 나왔으니 말인데, 아가씨, 난 그 젊은이를 오래전부터 주목하고 있었어요. 우리 집에 세 들어 살 때부터 지켜봤었어요. 지금 생각해보니 내가 점잖지 못한 짓을 한 것 같아요. 그 사람에게 내가 왔다고 전할 때부터 난 이미 제정신이 아니었거든요. 난 정말이지 아무것도 기억 안 나요, 바렌카. 기억나는 건 거기에 장교들이 아주 많았다는 건데, 아니면 내 눈에 겹쳐 보였던 건지도 모르지요. 내가 무슨 말을 했는지는 기억이 안 나고, 그저 의분에 차서 말을 많이 했다는 것만 알겠어요. 그러자 날 내쫓았어요, 날 계단 밑으로 내던졌어요. 그러니까 그게 아예 내던진 건 아니고 좀 밀쳤지요. 집에 어떻게 돌아왔는지는 당신도 이미 알고 있고, 바렌카, 그게 다예요. 물론 내가 망신당할 짓을 하고 자존심에도 상처를 입긴 했지만, 아무도 몰라요. 당신 말고 다른 사람들은 아무도 몰라요. 그러니 이런 경우엔 아무 일도 없었던 거나 마찬가지예요. 아마 그런 거겠죠, 바렌카, 어떻게 생각해요? 내가 확실히 알고 있는 게 있는데, 작년에 우리 관에서 악센티 오시포비치가 이런 식으로 표트르 페트로비치를 감히 비판했어요. 근데 비밀리에, 비밀리에 그랬어요. 그가 그를 경비실로 오라고 자꾸만 불렀어요. 내가 문틈으로 다 봤지요. 거기서 할 말 다 하면서, 하지만 예의를 지키면서 따지더라고요. 왜냐면 보는 눈이 없었으니까요, 나만 빼고. 뭐, 난 괜찮아요. 그러니까 내 말은, 나도 아무한테도 말하지 않았다고요. 근데 그 후로도 표트르 페트로비치와 악센티 오시포비치는 사이가 괜찮았어요. 표트르 페트로비치는 자존심이 센 사람이라 아무한테도 말 안 했지요. 그래서 그 사람들은 지금도 서로 인사하고 악수도 해요. 나는 다투려는 게 아니에요, 바렌카, 난 당신과 감히 다툴 수 없어요. 난 추락했었어요. 그리고 무엇보다 끔찍한 건 내 자신의 견해를 지키지 못했다는 거예요. 하지만 이게 내가 태어날 때부터 정해진 일인가 봅니다, 이게 운명인가 봐요. 그리고 당신도 알다시피 운명을 벗어날 순 없지요. 자, 이렇게 내가 당한 불행과 재난에 관해 자세히 설명했어요, 바렌카. 차라리 안 읽었으면 하는 것들이지만, 어쩔 수 없지요. 내가 몸이 좀 안 좋아요, 아기씨, 유쾌한 기분도 전혀 없고요. 그래서 이만 당신을 향한 나의 애정과 사랑과 존중을 확언하며 줄입니다, 나의 경애하는 바르바라 알렉세예브나.

당신의 가장 충실한 종
마카르 제부시킨

7월 29일

경애하는 마카르 알렉세예비치!

당신의 편지 두 통을 읽고 정말 놀랐어요! 들어보세요, 나의 친구님, 제게 뭔가 말씀을 안 하신 게 있는 건지, 아니면 여러 좋지 않은 일들 중에 일부만 써주신 것 같네요, 아니면… 정말이지, 마카르 알렉세예비치, 당신의 편지에서 낙담 같은 게 느껴져요…. 저희 집에 오세요, 제발요, 오늘 오세요. 제 말 좀 들어보세요. 그냥 대놓고 저희 집에 식사하러 오세요. 어떻게 지내고 계신지, 주인 여자와는 해결을 잘 보셨는지 모르겠네요. 이런 것들에 대해선 도무지 쓰지도 않으시고 일부러 말씀을 안 하시는 것 같아요. 그럼 안녕히 계세요, 내 친구님. 오늘 꼭 오세요. 저희 집에 늘 오셔서 식사하시면 좋잖아요. 페도라가 요리를 아주 잘해요. 안녕히 계세요.

당신의 바르바라 도브로숄로바

8월 1일

아기씨, 바르바라 알렉세예브나!

도스토옙스키

당신은 즐거운 것이지요, 아기씨. 하느님이 당신에게 기회를 주셔서 이젠 당신 차례가 되어 선을 선으로 갚고 내게 보답할 수 있어서요. 난 그렇다고 믿어요, 바렌카. 천사같이 착한 당신의 마음을 믿어요. 나무라는 게 아니에요. 다만 그때처럼 나더러 늙어서 맥을 못 춘다고 야단치지는 말아요. 이미 잘못을 저질렀으니, 어쩌겠어요! 그래도 꼭 그래야겠다면, 그것이 또 잘못은 아니지요. 하지만 나의 친구님, 당신한테서 그런 말을 듣는 것은 참 힘들어요! 이런 말 한다고 화내지 말아요. 난 가슴이 다 미어집니다, 아기씨. 가난한 사람들은 변덕스러워요. 태생적으로 그렇게 생겼어요. 예전부터 그렇다고 느꼈었는데 이번엔 더더욱 크게 느꼈어요. 가난한 사람은 까탈스러워요. 하느님이 지으신 세상도 다른 식으로 보고, 지나가는 사람들도 삐딱하게 쳐다보고, 불안한 눈빛으로 주변을 살피고, 말 한마디 한마디에 귀를 기울이면서 사람들이 혹시 자기에 대해 말하는 건 아닐까 해요. "저 사람은 왜 저리 볼품없지? 저 사람은 지금 기분이 어떨까? 저 사람은 가령 이쪽에서 보면 어떤 모양새고, 저쪽에서 보면 어떤 모양새일까?" 다들 아는 사실이에요, 바렌카. 가난한 사람은 걸레보다도 못하고 그 누구에게서도 존중이란 걸 받을 수 없어요, 뭐라고 쓰든 간에! 그자들이, 그

삼류 작가들이 뭐라고 쓰건 간에 가난한 사람의 상황은 전과 같을 겁니다! 왜 여전히 똑같을까요? 왜냐면 그들 생각엔 가난한 사람은 전부 까발려져야 되거든요. 감춰야 할 게 있어서도 안 되고, 자존심 같은 것도 절대 안 되지요! 에멜랴가 얼마 전에 한 말인데, 어디선가 그를 수혜 대상자로 올려줬대요. 근데 10코페이카 한 닢까지 일종의 공식적인 검열을 했다네요. 그들은 에멜랴에게 자신의 10코페이카를 거저 주는 거라고 생각했겠지만, 아니올시다. 그들은 가난한 사람을 구경하는 대가를 지불한 거예요. 요즘은, 아기씨, 자선도 좀 이상하게 행해지고 있어요…. 아니, 어쩌면 늘 그래왔을지도 몰라요, 누가 알겠어요! 혹은 일을 제대로 못 하는 건지, 혹은 대단한 전문가들인 건지 — 둘 중에 하나겠죠. 당신은 이런 건 몰랐을 텐데, 거참 보라니까요! 우리가 다른 일은 몰라서 패스를 해도 이런 일은 알고 있지요! 근데 가난한 사람은 왜 이런 걸 알고 있고, 이런 것만 생각할까요? 왜 그렇겠어요? 겪어봤거든요! 어떻게 아느냐 하면, 가령 어떤 신사가 옆에 있는데 레스토랑인지 어딘지 가면서 혼잣말을 해요. "이 가난뱅이 관리는 오늘 뭘 먹으려나? 나는 소테-파피요트[36]를 먹을 긴데 이 사람은 어쩌면 죽에 버터도 못 넣고 먹겠지." 근데 내가 죽에 버터를 넣지 않고 먹는 게 그 사람이랑 뭔 상관이래요? 이런 사람도 있답니다, 바렌카, 계속 이런 생각만 하는 사람이 있어요. 그리고 천박한 풍자꾼들은 돌아다니면서 '저 사람이 돌바닥에 발 전체를 대고 걷는지 뒤꿈치를 드는지 보자. 저기 저 관리는 어떤 관의 9등 문관인데 부츠에 맨 발가락이 삐죽 나왔군. 팔꿈치도 해어졌네.' 하다가 나중에 이런 걸 다 자세히 써서 쓰레기 같은 걸 찍어내지요…. 내 팔꿈치가 해진 게 자기랑 무슨 상관이랍니까? 무례한 말을 쓰는 걸 용서해요, 바렌카. 가난한 사람은 이런 일에 있어서는, 예를 들어 말하자면 당신이 느끼는 창피함, 처녀의 창피함과 똑같은 것을 느낀단 말입니다. 당신이 다들 보는 앞에서, 무례한 말을 용서해요, 옷을 벗지는 않을 거잖아요. 그것과 마찬가지로 가난한 사람은 다른 사람들이 '저 사람은 가족 관계가 어떻게 되나' 하면서 자신의 누추한 집을 들여다보는 걸 좋아하지 않는단 말이에요. 그런데 그때 나를 속상하게 했던 것은, 바렌카, 당신이 정직한 사람의 명예와 자존심을 실추시키는 내 원수들과 한패가 되었다는 겁니다!

게다가 오늘은 근무하면서 곰 새끼마냥, 털 뽑힌 참새마냥 풀 죽어 있었는데 나 자신이 창피스러워서 타버릴 것만 같았어요. 난 창피했어요, 바렌카! 누구든 팔꿈치가 닳아

맨살이 보이고 단추가 실에 대롱대롱 달려 있으면 주눅이 드는 게 당연하지요. 근데 마침 내 꼴이 바로 그렇게 엉망이었어요! 어쩔 수 없이 사기가 떨어져요. 그런데…! 스테판 카를로비치가 일 문제로 먼저 나한테 말을 걸었어요. 한창 말을 하다가 우연인 듯 "어휴, 바튜시카 마카르 알렉세예비치!"라고 하더니 뭔가 하려던 말을 마저 안 하더군요. 근데 내가 알아서 다 짐작하고는 얼굴이 새빨개졌어요, 아주 대머리까지 빨개졌어요. 사실 별것 아니긴 해도 어쨌든 불안해요. 고통스러운 생각이 몰려들어요. 이 사람들이 뭔가 알아챈 게 아닐까! 하느님 맙소사, 근데 어떻게 알게 된 걸까! 솔직히 말해 의심스러운, 심히 의심스러운 사람이 하나 있어요. 그런 악당들은 떠벌리는 게! 일도 아니에요! 남의 사생활을 아무렇지 않게 다 떠벌리지요. 고상한 면이라곤 아예 없어요.

　누구 짓인지 난 알아요. 라타자예프 짓이에요. 그가 우리 관의 누군가를 알고 있는데, 맞아요, 틀림없어요. 그 사람이랑 얘기하다가 부록까지 보태서 전한 거예요. 혹은 어쩌면 자기 관에서 얘기했는데 그게 우리 관에까지 흘러들었든지. 우리 집에선 자잘한 것까지 다들 모르는 게 없어요. 손가락으로 당신 창문을 가리키기도 해요. 손가락질하는 걸 내가 알고 있어요. 어제도 당신 집에 식사하러 가는데 다들 줄줄이 창밖으로 머리를 내밀고, 주인 여자는 악마 같은 놈이 어린애랑 교제한다고 합디다. 당신에게도 상스러운 말을 했어요. 하지만 이런 건 라타자예프의 추악한 흉계에 비하면 아무것도 아니에요. 그자는 우리를 자기 작품에 써서 날카롭게 풍자하려고 해요. 그가 직접 말했다는데 우리 집의 착한 사람들이 내게 알려줬어요. 난 이제 아무 생각도 못 하겠어요, 아기씨. 어떤 결정을 내려야 할지 모르겠어요. 죄를 숨길 순 없어요. 우리가 주 하느님을 노엽게 한 거예요, 나의 천사! 나한테 무슨 책인가를 보내준다고 했네요, 아기씨, 심심할 때 보라고. 책 따윈 필요 없어요, 아기씨! 그게 뭐라도 됩니까, 책 따위가? 다 꾸며낸 얘기예요! 소설도 헛소리, 한가한 사람들이나 읽으라고 쓴 헛소리예요. 내 말을 믿어요, 아기씨, 내 오랜 경험을 믿어요. 사람들이 "봐, 문학에는 셰익스피어가 있어." 하면서 무슨 셰익스피어 같은 소리를 피곤하게 늘어놓는다면, 그 셰익스피어도 헛소리예요. 그런 건 다 말짱 헛소리예요, 오로지 풍자를 목적으로 쓰인 겁니다!

당신의 마카르 제부시킨

8월 2일

경애하는 마카르 알렉세예비치!

아무 걱정하지 마세요, 주 하느님이 다 해결해주실 거예요. 페도라가 일감을 산더미처럼 가져와서 저희는 아주 즐겁게 일하고 있어요. 형편이 나아질 수도 있을 것 같아요. 페도라는 최근에 제가 겪은 불쾌한 일들이 다 안나 표도로브나와 관련됐을 거라고 의심하고 있어요. 하지만 전 이제 상관없어요. 오늘은 왠지 평소와 다르게 기분이 아주 좋아요. 돈을 빌리겠다고 하시는데, 맙소사, 그러지 마세요! 나중에 갚아야 할 때 어려움이 크실 거예요. 차라리 저희와 더 가까이 지내시면서 저희 집에 더 자주 오세요. 주인 여자는 신경 쓰지 마시고요. 다른 원수들이나 악의를 가진 사람들에 대해서는, 제 생각엔 당신이 괜한 의심으로 괴로워하시는 게 분명해요, 마카르 알렉세예비치! 그리고 지난번에도 말씀드렸지만, 쓰시는 글이 몹시 거칠어요. 그럼 다음에 뵐 때까지 안녕히 계세요. 꼭 오시길 기다리고 있을게요.

당신의 ᄇ. ᄃ.

8월 3일

나의 천사, 바르바라 알렉세예브나!

나의 생명, 당신에게 서둘러 알립니다. 내게 얼마간의 희망이 생겼어요. 그런데 잠깐만, 나의 딸, 나의 천사님, 돈을 빌리지 말라는 건가요? 내 비둘기, 그러지 않고서는 불가능해요. 나도 사정이 안 좋은데 당신한테 갑자기 무슨 일이라도 생기면 어떡해요! 당신은 몸이 약하잖아요. 그래서 내가 돈을 꼭 빌려야 된다고 한 거예요. 그럼 하려던 말을 이어갈게요.

말해두지만, 바르바라 알렉세예브나, 관에서 일할 때 난 에멜리얀 일리치 옆자리에 앉아요. 당신이 아는 그 에멜리얀은 아니에요. 이 사람도 나처럼 9등 문관이고, 우리 둘 다 관에서 나이가 거의 제일 많은 선임이에요. 착하고 사리사욕 없는 사람인데 말수도 적고 늘 곰처럼 침울해 보여요. 대신에 일은 잘하지요. 서체가 깔끔한 영국식 서체인데, 사실대로 말하자면, 쓰는 솜씨가 나보다 나쁘지 않아요, 훌륭한 사람이에요! 우린 그동안 가까이 지낸 적도 없고 단지 예의상 안녕히 가세요, 안녕하세요 하는 정도였어요. 종종 칼이 필요하면 '에멜리얀 이바노비치, 칼 좀 주세요.' 부탁이나 하고, 한 마디로 필요할 때 물건이나 같이 쓰는 정도였어요.

그런데 오늘은 그가 "마카르 알렉세예비치, 무슨 생각을 그리 하세요?"라고 묻더라고요. 보아하니 사람이 좋은 마음으로 묻길래 "이러이러해서요, 에멜리얀 이바노비치." 하고 솔직히 말했어요. 그러니까 전부 다 말한 건 아니고. 맙소사, 그러면 안 되지요, 절대 말 못 해요, 말할 기운도 없고. 그냥 좀 형편이 곤란하다, 뭐 그런 식으로 조금 털어놨어요. 그러자 에멜리얀 이바노비치가 말해주더군요. "아, 그렇다면, 바튜시카, 돈을 빌려보지 그래요. 표트르 페트로비치한테라도 빌려보세요. 그 사람이 이자 놀이를 해요. 나도 빌렸었는데 이자도 적당히 받아서 큰 부담은 안 돼요." 바렌카, 난 심장이 다 쿵쾅거렸어요. 만일 주께서 은인 표트르 페트로비치의 마음을 움직여주신다면 내게 돈을 빌려줄 거라고 생각했어요. 난 벌써 속으로 계산해봤어요. 주인 여자한테 하숙비도 치르고, 당신도 도와주고, 내 옷도 전부 수선해야겠다고 생각했지요. 너무 창피해서 자리에 앉아 있기조차 불편하고, 게다가 조롱꾼들이 비웃으니까요. 그러라고 해요! 하지만 종종 각하께서 우리 책상 옆을 지나치시는데, 하느님 맙소사, 날 힐끗 쳐다보시고 내 몰골이 눈에 띄기라도 하면! 그분은 청결함과 단정함을 중요하게 여기세요. 사실 아무 말씀 안 하시겠지만 난 창피해서 죽을 거예요, 그렇게 되고 말 겁니다. 잠시 후 난 마음을 다잡고 수치심은 구멍 난 주머니에 감추고는 표트르 페트로비치한테 갔어요. 희망에 부풀기도 하고, 어떻게 할까 안절부절못하기도 하고 그랬지요. 그런데 이것 참, 바렌카, 전부 허사가 돼버렸어요! 그 사람은 무슨 일인가로 바빴는데 페도세이 이바노비치랑 얘기 중이었어요. 난 옆으로 다가가서 그의 소매를 잡아낭기며 "표트로 페트로비치, 저기, 표트로 페트로비치!" 하고 불렀어요. 그가 돌아보자 난 말을 이어갔어요. "이러이러하니 30 루블 정도만…." 그는 처음엔 이해를 못 하다가 내가 설명을 다 하고 나자 웃음을 터뜨렸어요. 그러더니 아무 말 않고 입을 다물었어요. 난 다시 똑같이 말했지요. 그러자 그가 "담보는 있어요?"라고 물었어요. 근데 몰두해서 서류만 쓰고 있고 난 처다보지도 않잖아요. 난 좀 당황스러웠어요. "아뇨, 표트로 페트로비치, 담보는 없어요." 하면서 설명을 했죠. "봉급이 나오면 갚을게요, 반드시 갚을게요, 제일 먼저 갚을게요." 근데 누군가가 그 사람을 불렀고, 난 그 자리에서 기다렸어요. 그는 돌아와서 마치 날 못 본 척 펜을 다듬기 시작했어요. 내가 재차 말을 꺼냈어요. "표트르 페트로비치, 어떻게 좀 안 될까요?" 근데 그는 못 들은 척 아무 말이 없고, 난 계속 서 있다가 마지막으로 시도해보자 생각하고는 그의 소매를 잡아당겼어요. 한데 뭐라고 말이라도 해줄 것이지, 펜을 다듬고서 다시 서류를 작성하길래 난 이만 물러났어요. 그 사람들은, 아가씨, 보다시피 훌륭한 사람들일 수도 있지만 거만해요, 아주 거만하답니다. 나는 상대가 안 되죠! 우리 같은 사람들이 상대나 되겠어요, 바렌카? 내가 그래서 이렇게 죄다 당신한테 쓰는 거예요. 에멜리얀 이바노비치도 웃으면서 고개를 젓더라고요. 그래도 그 착한 사람이 내게 희망을 줬어요. 에멜리얀 이바노비치는 훌륭한 사람이에요. 어떤 사람에게 날 추천해주기로 약속했어요. 비보르크스카야 거리에 사는 사람인데, 바렌카, 그 역시 이자 놀이를 하고 14급 관리[37]인가 그렇다네요. 에벨리얀 이바노비치 말로는 그 사람은 확실히 빌려줄 거래요. 내일 가볼까 하는데, 어때요, 천사님? 당신은 어떻게 생각해요? 빌리지 못하면 큰일이에요! 주인 여자는 집에서 날 쫓아내려고 하고 식사도 안 주겠다고 해요. 부츠는 정말 볼썽사납고, 아가씨, 단추도 다 떨어지고…. 더는 남아난 게 없어요! 상관 중에 누구든 이런 흉한 꼴을 보면 어떡하나요? 큰일이에요, 큰일, 바렌카, 정말 큰일이에요!

마카르 제부시킨

8월 4일

친절하신 마카르 알렉세예비치!

제발, 마카르 알렉세예비치, 가능한 한 급히 얼마라도 돈을 좀 빌려보세요. 지금 형편이 어떠신지 잘 알기에 당신께는 절대 도움을 청하고 싶지 않았지만, 제 상황이 어떤지 당신이 아셨더라면! 저흰 도저히 이 집에 머무를 수 없어요. 너무나 끔찍한 일들이 있었어요. 제가 지금 얼마나 혼란스럽고 불안한지 모르실 거예요! 상상해보세요, 내 친구님, 오늘 아침 저희 집에 어떤 모르는 사람이 찾아왔어요. 노인이라 해도 될 만큼 나이가 많은 사람인데 훈장을 여럿 달고 있었어요. 전 이 사람이 대체 무슨 일로 저희 집에 온 건지 의아했어요. 페도라는 그때 상점에 나가고 없었고요. 그 사람은 제가 어떻게 사는지, 무슨 일을 하는지 캐묻더니 대답을 기다리지도 않고 자기가 그 장교의 숙부라고 밝혔어요. 조카의 행실이 좋지 않았고, 또 그가 저희에 대해 안 좋은 소문을 퍼뜨린 것을 알고는 조카에게 화가 많이 났다고 했어요. 조카는 경박한 애송이고, 자기가 제 보호자가 돼줄 마음이 있대요. 또 젊은 사람들의 말은 듣지 말라면서 덧붙이길, 아버지 입장에서 제가 안타깝고, 제게 부성애를 품고 있으며, 뭐든 도울 준비가 돼 있다고 했어요. 저는 얼굴이 온통 새빨개져서 무슨 생각을 어떻게 해야 할지도 몰랐지만 서둘러 고맙다는 말은 하지 않았어요. 그런데 그 사람이 제 손을 억지로 잡고 제 뺨을 쓰다듬고는 제가 너무 예쁘다고, 제 뺨에 보조개가 있어서 굉장히 흡족하다고 했어요(대체 무슨 말을 하는 건지!). 그러더니 자기는 이제 늙은이라면서 제게 키스하려 했어요(정말 역겨웠어요!). 그때 페도라가 들어왔지요. 그 사람은 조금 당황하더니 다시 말을 꺼냈어요. 제 겸손함과 반듯한 품행에 대해 존중심을 느낀다고, 자기를 피하지 않길 바란다고 했어요. 그리고 페도라를 한쪽으로 부르더니 뭔가 이상한 구실을 대면서 돈 얼마를 주려 했어요. 페도라는 당연히 받지 않았지요. 그는 드디어 집에 가려고 나서면서 확언을 되풀이했어요. 다음에 또 오겠다, 귀걸이를 갖다 주겠다(그 사람도 많이 긴장했나 봐요), 제안하는데 집을 옮기는 게 어떻겠냐, 아주 좋은 집을 봐 둔 게 있다, 돈은 전혀 안 내도 된다, 당신이 정직하고 현명한 아가씨라서 당신을 좋아하게 된 것이다, 충고하는데 방탕한 젊은이들을 조심해라, 그러곤 마침내 밝히기를, 그가 안나 표도로브나를 알고 있으며 안나 표도로브나가 제게 전하라고 했대요. 그녀도 직접 찾아오겠다고요. 그제야 전 다 이해가 됐어요. 제가 어떻게 돼버렸었나 봐요. 그런 상황은 생전 처음 겪었어요. 전 미치도록 화가 나서 그 사람한테 심하게 무안을 줬어요. 페도라도 저를 도와서 그 사람을 집에서 쫓아 내다시피 했지요. 저흰 이게 다 안나 표도로브나의 소행이라고 결론 내렸어요. 그렇지 않다면 그 사람이 어떻게 저희를 알았겠어요?

이젠 당신께 부탁드려요, 마카르 알렉세예비치, 당신께 도움을 빌어요. 제발 절 이런 상황 속에 내버려두지 마세요! 돈을 빌리세요, 단 얼마라도 좀 구해보세요. 저희는 이 집에서 나갈 만한 형편이 안 돼요. 하지만 더 이상 여기에 있을 순 없어요. 페도라도 그렇게 하자고 해요. 저흰 최소한 25루블 정도가 필요해요. 제가 갚을게요. 제가 벌면 돼요. 페도라가 곧 일감을 더 가져온다고 했어요. 그러니까 만일 이자가 높아서 멈칫하시더라도, 그런 건 신경 쓰지 마시고 뭐든 동의하세요. 제가 다 갚을게요. 제발 절 버려두지 마시고 도와주세요. 당신도 상황이 안 좋으신데 저까지 걱정 끼쳐 드려서 마음이 참 어려워요. 하지만 전 당신밖엔 희망이 없어요! 안녕히 계세요, 마카르 알렉세예비치. 저에 대해 생각해 주세요. 하느님께서 당신에게 성공을 주시길!

ㅂ. ㄷ.

8월 4일

나의 비둘기, 바르바라 알렉세예브나!

예상치도 못한 그런 불행한 일이 있었다니 난 충격에 빠졌어요! 그런 끔찍한 재앙들이 내 영혼을 죽이려 드네요! 가당치도 않은 아첨꾼들과 영감탱이들이 떼거리로 몰려와서 천사 같은 당신을 병상에 눕히려 하다니요. 게다가 그것도 모자라서 그 아첨꾼들이 나까지 끝장내려 하네요. 끝장내고 말고요, 단언컨대 끝장내고 말 겁니다! 당신을 돕지 못할 바엔 난 차라리 죽어버리겠어요! 당신을 돕지 못하면 난 그냥 죽음이에요, 바렌카, 진짜로 깨끗이 죽어버리겠어요. 하지만 돕게 된다면 당신은 내게서 훌쩍 날아가 버리겠지요. 마치 부엉이나 맹금에게 쪼여 먹힐 뻔했던 아기 새가 둥지를 떠나듯이요. 난 그게 괴로워요, 아기씨. 그런데, 바렌카, 당신도 참 냉정합니다! 어떻게 그럴 수 있어요? 사람들이 당신을 괴롭히고 모욕하는데, 아기 새 같은 당신은 고통을 당하면서도 내게 걱정 끼치는 것 때문에 또 애달파하다니, 게다가 일해서 빚을 갚겠다니, 그건 솔직한 말로, 내가 기한 내에 돈을 갚을 수 있도록 그 허약한 몸으로 죽도록 일하겠다는 뜻이잖아요. 바렌카, 자신이 무슨 말을 하는 건지 생각을 좀 해요! 바느질은 대체 왜 하려고요, 왜 일을 해서 가엾은 머리를 고생시키고 그 예쁜 눈을 망치고 건강을 해치려는 건가요? 아아, 바렌카, 바렌카, 내 비둘기, 보다시피 난 아무짝에도 쓸모없어요. 내가 쓸모없다는 걸 나도 알아요. 하지만 이젠 쓸모가 있도록 할 겁니다! 뭐든 해내겠어요. 다른 일도 알아보고, 작가들에게 원고도 정서해주고, 직접 찾아가서 일거리를 얻어낼 겁니다. 그들은 좋은 필기사를 찾으니까요, 아기씨, 찾고 있다는 걸 내가 알아요. 그래서 당신이 과로하지 않도록 하겠어요. 그런 파괴적인 계획을 실행에 옮기지 못하도록 하겠어요. 나의 천사, 돈을 꼭 빌릴게요. 빌리지 못하면 죽어버리겠어요. 내 비둘기, 이자가 높아도 겁내지 말라고 했는데 난 겁먹지 않아요, 아기씨. 겁 안 내요, 이젠 아무것도 겁나지 않아요. 아기씨, 난 지폐 40루블을 빌릴까 해요. 그리 많진 않겠죠, 바렌카, 어떻게 생각해요? 처음 보는 사람을 믿고 40루블을 줄까요? 그니까 내가 하고 싶은 말, 당신은 내가 첫인상으로 믿음과 신뢰를 줄 수 있다고 생각하는지? 내 생김새와 첫인상으로 호감을 살 수 있을지? 한 번 떠올려 봐요, 천사님, 내가 과연 그런 인상을 줄 수 있을까요? 당신은 개인적으로 어떻게 생각해요? 난 정말 두려워요. 솔직히 말하면 고통스러울 만큼 두려워요! 40루블에서 25루블은 바렌카 당신한테 떼어주고, 은화 2루블은 주인 여자 주고, 나머지는 내가 필요한 데 쓰려고 해요. 주인 여자한테 더 많이 줄 수도 있지만, 사실 그렇게 해야만 하지만, 내 형편을 생각해봐요, 아기씨. 내게 필요한 걸 일일이 세보면 그 이상은 도무지 줄 수 없다는 걸 알 겁니다. 그러니 이 얘긴 안 해도 되고 언급할 필요도 없지요. 은화 1루블로는 부츠를 살 거예요. 부츠가 너무 낡아서 당장 내일 출근이나 할 수 있을지 모르겠네요. 크라바트[38]도 필요하게 될 거예요, 지금 쓰는 게 곧 1년이 다 돼가니까요. 근데 당신이 오래된 앞치마로 크라바트랑 마니시카[39]를 만들어준다고 했으니까 크라바트에 대해선 더 이상 생각 안 하렵니다. 그러니까 부츠랑 크라바드는 있는 셈이에요. 그리고 단추가 필요해요, 나의 친구님! 당신도 알다시피, 내 귀염둥이, 단추가 없으면 안 되잖아요. 근데 난 앞섶에 단추가 거의 반이나 떨어져 나갔어요! 각하께서 이런 엉망인 꼴을 보시면 어쩌나, 뭐라고 하실 텐데! 생각만 해도 바르르 떨려요. 난 아기씨, 뭐라 하셔도 듣지 못할 거예요. 왜냐면 죽을 거니까요. 죽을 거예요, 그 자리에서 죽을 거예요. 생각만 해도 창피해서 그냥 확 죽어버릴 겁니다! 아아, 아기씨! 그리고 필요한 데 다 쓰고 나면 3루블이 남아요. 그건 생활비랑 담배 반 푼트 사는 데 써야지요. 왜냐면, 천사님, 난 담배 없이는 못 사는데 벌써 아흐레 나 담배를 입에 물지 못했어요. 사실 양심적으로 말하자면, 담배를 샀더라도 당신한텐 아무 말 안 했을 거예요. 부끄럽 잖아요. 당신은 거기서 불행을 겪으며 마지막 남은 것까지 잃고 있는데 나는 여기서 여러 즐길 거리를 누리자니 말입 니다. 그래서 이렇게 죄다 말해요. 양심의 가책으로 괴로워 하지 않으려고. 솔직히 고백할게요, 바렌카. 난 지금 극도로 비참한 상황이에요. 여태까지 이 정도였던 적은 한 번도 없 었어요. 주인 여자는 날 업신여기고, 다들 존중이란 눈 씻 고 봐도 없어요. 형편은 거덜 나서 빚만 있고, 관에서는 전 에도 동료들 때문에 흥겨운 직장생활은 아니었지만 지금 은, 아기씨, 더 말할 것도 없어요. 난 숨기고 있어요. 모두에 게 죄다 철저히 숨기고 나 자신도 숨어다니지요. 관에 들어 갈 때도 슬금슬금 사람들을 피해요. 당신한테만 털어놓을 용기가 나는 거예요…. 그런데 안 빌려주면 어쩌지요! 아, 아 니에요, 바렌카, 이런 생각은 안 하는 게 좋아요. 이런 생각 들로 미리 괴로워할 필요는 없어요. 그러니까 당신한테도 주의를 주고자 쓰는 거랍니다. 당신도 이런 생각은 하지 말 아요. 나쁜 생각으로 괴로워하지 말아요. 아아, 하느님 맙소 사, 그럼 당신은 어떻게 되는 건가요! 사실 당신이 그 집에서 나가지 못하면 내가 당신과 함께 있을 수는 있지만, 아뇨, 난 그렇다면 돌아오지 않을 겁니다. 그냥 어디론가 꺼져 버릴 거예요, 사라질 거예요. 참 정신없이도 썼네요. 면도를 좀 해야겠어요. 그러면 더 단정해지고, 단정해서 손해 볼 건 없으니까요. 이루어 주소서, 주님! 잠깐 기도하고 나가보렵니다!

ㅁ. 제부시킨

8월 5일

친절하신 마카르 알렉세예비치!

이젠 그만 절망하세요! 그렇잖아도 슬픈 일은 충분하잖아요. 은화 30코페이카를 보내드려요. 이 이상은 드릴 수가 없네요. 내일까지나마 어떻게든 지내실 수 있도록 가장 필요한 걸 구입하세요. 저희도 거의 아무것도 안 남아서 내일은 어떻게 할지 모르겠어요. 우울해요, 마카르 알렉세예비치! 어쨌거나 슬퍼하지 마세요. 안 된 걸 어쩌겠어요! 페도라는 아직은 재앙이 아니라면서 이 집에 좀 더 머물러 있어도 된대요. 이사한다 해도 그들이 어느 정도 예상을 할 것이고, 마음만 먹으면 우리가 어디에 있든 찾아낼 거래요. 그렇더라도 이젠 이곳에 있는 게 썩 좋지 않아요. 우울하지만 않았다면 제가 당신께 무슨 이야기든 더 써드릴 텐데.

당신은 정말 성격이 이상하세요, 마카르 알렉세예비치! 모든 걸 너무 심하게 받아들이세요. 그러시면 늘 가장 불행한 사람이 되고 말아요. 당신의 편지들을 항상 주의 깊게 읽고 있는데 편지마다 저로 인해 괴로워하시고 마음 쓰시는 게 보여요. 자신에 대해선 신경도 안 쓰시면서요. 물론 다들 당신더러 착한 마음씨를 가졌다고 하겠지만, 저는 지나치게 착하시다고 말씀드리고 싶어요. 친구로서 드리는 충고에요, 마카르 알렉세예비치. 전 당신께 감사하고 있어요. 저를 위해 해주신 모든 것에 대해 깊이 감사하고 있어요, 늘 감사하다고 느껴요. 하지만 당신을 보는 제 심정이 어떨지 생각해보세요. 뜻하지 않게 제가 당신의 모든 불행의 원인이 되었음에도 불구하고 당신은 여전히 제가 살아있음으로 인해 사시잖아요. 저의 기쁨으로, 저의 슬픔으로, 저의 마음으로! 남의 일을 그렇게 심각하게 받아들이시고 모든 것에 그렇게 심하게 동정하셨다간, 정말 더없이 불행한 사람이 되실 거예요. 오늘 퇴근 후 저희 집에 오셨을 때 당신을 보고는 깜짝 놀랐어요. 너무나 창백하고 겁에 질리고 절망한 모습이셨어요. 얼굴이 말이 아니셨어요. 그게 다 돈을 빌리는데 실패했다고 말하기가 겁나서, 저를 실망시킬까 봐, 두렵게 할까 봐 겁이 나서 그러신 거잖아요. 하지만 제가 웃음을 터뜨릴 뻔하자 그제야 마음이 한결 가벼워지셨지요. 마카르 알렉세예비치! 슬퍼하지 마세요, 절망하지 마세요, 더슬기로워지세요. 제발 부탁드리고 또 부탁드립니다. 두고 보세요, 다 잘 되고 다 좋아질 거예요. 남이 당한 재앙 때문에늘 우울해하고 아파한다면 사는 게 힘들어지실 거예요. 안녕히 계세요, 나의 친구님. 제발 지나친 제 걱정은 마세요.

ㅂ. ㄷ.

8월 5일

내 비둘기, 바렌카!

좋습니다, 나의 천사님, 좋아요! 내가 돈을 구하지 못한게 아직은 재앙이 아니라고 결론을 내렸네요. 좋아요, 당신이 그렇다니 나도 마음이 놓이고 행복해요! 당신이 이 늙은이를 떠나지 않고 그 집에 남게 돼서 기쁘기까지 하네요. 사실 죄다 털어놓자면, 나에 관해 편지에 그렇게 좋게 써주고 내 동정심에 관해서도 마땅한 칭찬을 해주는 걸 보면서 가슴이 온통 기쁨으로 가득했어요. 우쭐해져서 하는 말이 아니에요. 당신이 날 얼마나 사랑하는지, 내 마음을 얼마나 걱정해주는지 보게 돼서 그래요. 좋아요, 내 마음에 관해선 더 이상 말하지 맙시다! 마음은 마음이고, 근데 나더러 소심해지지 말라고 나무랐네요, 아기씨. 그래요, 내 천사님. 그럴 필요 없다고, 소심해질 필요 없다고 나 스스로 말해요. 하지만 그렇더라도 생각을 해봐요, 아기씨, 내가 내일 어떤 부츠를 신고 출근할지! 바로 그거예요, 아기씨. 그런 생각이 사람을 파멸시킬 수도, 완전히 파멸시킬 수도 있어요. 중요한 건, 내 친근한 사람, 나는 나 자신을 애석해하는 게 아닙니다, 나 자신을 보고 괴로워하는 게 아니에요. 혹독한 추위에 외투도 없이 부츠도 없이 다녀도 난 상관없어요, 다 참고 견딜 수 있어요. 괜찮아요, 난 평범하고 하찮은 인간이니까요. 하지만 사람들이 뭐라고 하겠어요? 외투도 안 입고 다니는 걸 보면 내 원수들이, 그 사악한 혀들이 뭐라고 떠벌리겠어요? 보는 눈이 있으니까 외투도 입고, 부츠도 신는 거예요. 이런 경우에는, 아기씨, 나의 선녀님, 명예와 체면 유지를 위해 부츠가 필요한 거랍니다. 구멍 난 부츠를 신으면 명예도 체면도 잃고 말아요. 내 말을 믿어요, 아기씨, 내 오랜 경험을 믿어요. 세상을 알고 사람을 아는 이 늙은이의 말을 들어요, 무슨 삼류 작가나 글쟁이들의 말을 들을 게 아니라.

근데 오늘 실제로 무슨 일이 있었는지, 내가 오늘 어떤 일을 겪었는지 아직 자세히 얘기를 안 했네요, 아기씨. 다른 사람이라면 일 년에 한 번 겪을까 말까 한 극심한 압박감을 나는 이 한 번의 아침에 견디고 참아냈어요. 그게 어땠는지 설명해줄게요. 일단 그 사람이 집에 있을 때 만나봐야 하고 나도 늦지 않게 출근을 해야 하니 아주 일찍 출발했어요. 오늘은 비도 많이 오고 길도 정말 질퍽거렸지요! 나는, 별님, 외투를 꽁꽁 여미고서 가는 내내 생각했어요. '주님! 내 죄를 용서하시고 내 소원을 이루어 주소서.' N 교회 옆을 지나가면서 성호를 긋고 내 모든 죄를 참회하며 드는 생각이, 나는 주 하느님께 요청할 자격이 없더군요. 난 생각에 깊이 빠져서 아무것도 보고 싶지 않았어요. 그렇게 길도 자세히 살피지 않으며 그저 걸었지요. 거리는 텅 비었고, 누굴 마주치기라도 하면 죄다 바쁘고 근심스러워 보였어요. 놀랄 일은 아니지요. 그리 이른 시간에, 더군다나 그런 날씨에 산책을 나올 리는 없잖아요! 옷이 더러운 노동자 무리와 마주쳤는데 그 사내놈들이 날 밀치고 갔어요! 난 소심해지고 무서워져서 더 이상 돈에 관해선 생각도 하기 싫었어요. 운에 맡길 일이니 운에 맡기자! 했지요. 보스 크레셴스키 다리에 이르러서는 신발 밑창이 떨어져서 어떻게 계속 걸었는지도 모르겠네요. 근데 마침 우리 관의 서기인 예르몰라프를 마주쳤는데, 그가 몸을 쭉 펴고 서더니 마치 보드카나 마시게 한 푼만 달라는 듯 날 쳐다보잖아요. 나는 '아휴, 이 사람아, 보드카는 무슨 보드카!' 생각했지요. 난 너무 지쳐서 잠깐 멈춰 쉬었다가 다시 걷기 시작했어요. 딴생각이나 하면서 기분도 좀 풀고 기운을 내려고 일부러 두리번거렸는데 도무지 다른 생각을 할 수가 없었어요. 게다가 덤으로 옷까지 더러워져서 창피해졌어요. 마침내 저 멀리에 전망대 모양의 중이층이 있는 노란 목조 건물을 발견했어요. '에멜리얀 이바노비치가 말한 대로네, 마르코프의 집이구나.' 생각했지요. (마르코프는 이자 놀이를 한다는 바로 그 사람이에요, 아기씨.) 난 너무 긴장해서 그게 마르코프 집인 줄 알면서도 보초 서고 있던 순경한테 저 집이 누구 집이냐고 물었어요. 보초가 어찌나 무례하던지, 누구한테 화라도 난 것처럼 마지못해 퉁명스럽게 대답하더라고요, 마르코프의 집이라고. 보초들은 왜 다들 그리 매정한 건지, 근데 보초가 문제가 되나요? 그래도 어쨌든 기분이 좀 나쁘고 불길한 것이, 안 좋은 일이 겹친다는 말이 있잖아요. 뭐를 보든 자기 상황과 비슷한 것만 눈에 들어오지요, 늘 그래요. 나는 그 집 앞 거리를 세 번이나 왔다 갔다 했는데, 걸으면 걸을수록 더 안 좋아졌어요. '아니, 안 줄 거야, 절대 안 줄 거야! 그 사람한테 나는 모르는 사람이고, 이게 까다로운 일이기도 하고, 내가 인물도 없고. 어쨌거나 운명에 맡기자. 나중에 후회하기도 싫고, 시도해본다고 해서 날 잡아먹을 것도 아니잖아.' 그러고는 조용히 담장 문을 열었어요. 근데 또 다른 재앙이 있었지요. 더럽고 멍청한 마당 개가 나한테 달려들어서 미친 듯이 짖어대잖아요! 항상 이렇게 추하고 시답잖은 일들이 사람을 짜증 나게 해요, 아기씨, 주눅 들게 해요, 고민하고 결단한 것을 다 무너뜨려요. 난 혼이 다 빠져서 집 안으로 들어갔는데 들어가자마자 또 재앙이에요. 안이 어두컴컴했는데 문지방 앞에 뭐가 있는지 살피지 못하고 발을 내디뎠다가 그만 어떤 아낙네랑 부딪쳤어요. 그 아낙네는 우유통에 든 우유를 병에 따르다가 우유를 다 엎질러버렸지요. 멍청한 아낙이 "어딜 겨들어 와, 바튜시카, 무슨 일이야?" 빽빽 소리를 지르더니 한탄스레 울었어요. 이런 얘기를 왜 하느냐 하면, 아기씨, 나한텐 항상 이런 비슷한 일이 일어났어요. 이렇게 정해져 있는 게 틀림없어요. 늘 뭔가 쓸데없는 일에 엮이고 말지요. 요란한 소리가 나자 마귀할멈 같은 핀란드계 주인 여자가 내다보길래 마르코프가 여기 사느냐고 곧장 물어봤어요. 그녀는 아니라고 하더니 잠깐 서서 날 찬찬히 살펴보더군요. "그 사람은 왜 찾는데요?" 나는 이러이러해서 에멜리얀 이바노비치 소개로 볼 일이 있어 왔다고 설명했지요. 노피가 딸을 불렀어요. 그러자 딸이 나왔는데 나이가 적지 않은 소녀가 맨발로 나오더니 "아버지 좀 불러. 아버진 위층 하숙인들한테 가 계세요, 들어오세요." 하고 말해서 난 들어갔어요. 방은 꽤 괜찮더라고요. 벽엔 그림들이 걸려 있는데 다 무슨 장군들 초상화고, 소파가 있고, 원형 탁자, 목서초, 봉선화, ─ 난 계속 '도망칠까, 혼쭐나기 전에 그만두고 나갈까, 갈까 말까?' 생각했어요. 정말이지, 아기씨, 도망치고 싶었어요! '내일 오는 게 낫겠어. 날씨도 더 좋을 테고 난 좀 기다리면 돼. 오늘은 우유도 엎지르고, 장군들도 화난 듯이 쳐다보네…' 그래서 문으로 향했는데 그 사람이 들어왔어요. 머리는 허옇고, 교활한 눈빛에, 때가 탄 가운을 입고 허리끈으로 묶고, 그냥 평범했어요. 그 사람이 무슨 일로 왔냐고 물어서 대답했어요. 이러이러해서 에멜리얀 이바노비치 소개로 왔는데 40루블 정도가 필요하다, 일이 좀 생겼다고 하면서 말을 제대로 맺지 못했어요. 그 사람 눈을 보니까 안 되겠다 싶더라고요. "안 돼요, 어쩝니까, 내가 돈이 없어요. 담보는 뭔가요, 어떤 겁니까?" 나는 담보는 없다고, 근데 에멜리얀 이바노비치가 소개했다고, 아무튼 돈이 필요하게 됐다고 설명했어요. 그는 내 말을 다 듣더니 "안 돼요, 에멜리얀 이바노비치가 무슨 소용이랍니까! 나 돈 없어요." 하더군요. 나는 '그렇지, 다 그런 거지.' 생각했어요. 이렇게 될 줄 알았어요, 예상했다고요. 아무튼, 바렌카, 난 차라리 땅속으로 꺼져버렸으면 싶었어요. 춥기는 또 어찌나 춥던지 발은 꽁꽁 얼고 등도 오싹오싹하고. 내가 그 사람을 쳐다보는데 그 사람도 날 쳐다보면서 꼭 이렇게 말하는 것 같더군요. '어서 나가, 이 사람아, 더 있어봤자 소용없어.' 다를 때 이런 일이 있었으면 난 몹시 창피했을 거예요. "근데 돈은 왜, 어디에 필요한 거요?" (참나, 이런 것까지 물어봤어요, 아기씨!) 난 가만히 서 있기도 뭣해서 입을 열었는데 그 사람은 들으려고도 않고 "없다고요, 돈 없어요. 있었다면 기꺼이 줬을 거요." 난 계속 사정을 하고 또 하면서 조금만 빌려달라, 기한 맞춰 갚겠다, 기한이 되기 전에 갚겠다, 이자를 얼마 부르든 상관없다, 하느님께 맹세코 갚겠다, 했어요. 난, 아기씨, 그 순간에 당신을 떠올렸어요. 당신의 온갖 불행과 급한 형편을 떠올리고 당신이 줬던 50코페이카를 떠올렸어요. 근데 그 사람이 말하길 "안 돼요, 이자는 무슨. 담보라도 있으면 모를까! 암튼 난 돈 없어요, 하느님께 맹세코 없어요. 있으면 내가 기꺼이 빌려주지." 하느님께 맹세까지 하다니, 강도 같은 놈이!

아무튼 그다음엔, 내 친근한 사람, 기억이 안 나요. 거기서 어떻게 나왔는지, 비보르크스카야 거리를 어떻게 지나왔는지, 보스크렌스키 다리에 어떻게 들어섰는지. 지칠 대로 지치고, 꽁꽁 얼고, 바들바들 떨면서 열 시가 되어서야 관에 출근할 수 있었어요. 흙을 좀 털어내려니까 수위인 스네기료프가 솔을 망친다며 안 된대요. "나리, 솔이 관용 물건이라서요." 저자들이 이젠 이렇다니까요, 아기씨. 그 양반들한텐 내가 발 닦는 걸레만도 못해요. 내가 뭐 때문에 죽겠는지 알아요, 바렌카? 돈 때문이 아니라 이런 일상적인 불안감, 이런 수군거림과 조소와 농담 때문에 죽겠는 거예요. 각하께서 만에 하나 나를 눈여겨보신다면, ― 아아, 아기씨, 난 이제 좋은 때는 다 지났어요! 오늘은 당신이 보낸 편지들을 다시 읽었어요. 슬프네요, 아기씨! 그럼 잘 있어요, 친근한 사람, 주께서 당신을 지키시길!

ㅁ. 제부시킨

P. S. 바렌카, 농담을 섞어가며 쓰려고 했는데 애석하게도 난 그게 잘 안 되네요, 농담 말이에요. 당신을 즐겁게 해주고 싶었어요. 집에 들를게요, 아기씨, 꼭 들를게요, 내일 갈게요.

8월 11일

바르바라 알렉세예브나! 내 비둘기, 아기씨! 난 망했어요. 우리 둘 다, 둘 다 같이 망했어요, 돌이킬 수 없이 망했어요. 내 이름도 내 체면도 다 잃었어요! 난 죽었어요. 당신도 죽었어요, 아기씨. 당신도 나도 돌이킬 수 없이 죽었어요! 내가, 내가 당신을 파멸로 이끈 거예요! 사람들이 날 핍박하고 있어요, 아기씨. 경멸하고 웃음거리로 삼고, 주인 여자는 아예 욕을 해대기 시작했어요. 오늘 나한테 소리소리 지르고 계속 야단을 치면서 날 나무 쪼가리보다 하찮게 여겼어요. 또 저녁에는 라타자예프 방에 모인 사람들 중에 누군가가 내가 당신한테 쓴 편지를 큰 소리로 읽었어요. 초안으로 쓴 것인데 어쩌다 주머니에서 떨어뜨렸나 봐요. 나의 아기씨, 그들이 어찌나 조롱하던지! 우리의 이름을 불러가며 어찌나 깔깔대던지, 배신자들! 난 그 방으로 가서 라타자예프의 배신을 폭로했어요, 그에게 배신자라고 했어요! 그러자 라타자예프가 대답하길, 배신자는 바로 나이며 내가 온갖 콘케트*나 하고 있대요. "당신이 우리한테 숨긴 거잖습니까, 당신은 로벨라스**예요." 그래서 이젠 다들 날 로벨라스라고 불러요. 나한테 이제 다른 이름은 없어요! 들어봐요. 나의 천사님, 들어봐요, 그들은 이제 다 알고 있어요, 죄다 알고 있어요. 당신에 관해서도 알고 있고, 내 친근한 사람, 전부 다, 당신에 관해서도 전부 다 알고 있어요! 게다가! 팔도니까지 그자들과 합세했어요. 내가 오늘 소시지 가게에서 뭘 좀 가져오라고 시켰는데 바쁘다면서 가지도 않잖아요! "자네가 해야 하는 일이잖아."라고 했더니, "아니죠, 해야 하는 건 아니죠. 우리 주인 마님께 돈도 안 내시잖아요. 그러니까 저도 안 해도 되죠."라고 했어요. 나는 무식한 사내놈한테 모욕당한 게 참을 수 없어서 그놈한테 바보라고 했어요. 그랬더니 그놈이 "바보한테 한 소리 들으셨네요." 난 그놈이 술에 취해서 그렇게 무례한 말을 하는 줄 알고 "자네 취했어, 이 사람아!"라고 했어요. 그러자 그놈이 "저한테 술이라도 주셨나

---

* 프랑스어로 conquête, 정복, 쟁취, 매혹이라는 뜻.
** 영어로 Lovelace. 18세기에서 19세기 초반 러시아에서 큰 인기를 끌었던 영국 작가 새뮤얼 리처드슨(1689~1761)의 소설 『클라리사 할로Clarissa, or the History of a Young Lady』에 등장하는 호색한 '러블레이스'를 가리킨다. 이 이름은 여자들을 유혹하는 난봉꾼의 대명사로 쓰였다.

요? 자기는 해장술 마실 돈도 없으면서, 여자한테 10코페이카를 구걸하다니." 그러면서 덧붙였어요. "어휴, 주제에 나리라고!" 보세요, 아기씨, 일이 이 지경이 됐어요! 바렌카, 난무슨 미치광이가 된 것처럼 사는 게 수치스러워요! 신분증없는 부랑자만도 못해요. 처참한 재난이에요! 난 죽었어요, 그냥 죽었어요! 돌이킬 수 없이 죽었어요.

п. з.

8월 13일

친절하신 마카르 알렉세예비치! 우리에겐 불행에 불행만덮치네요. 저도 어떻게 해야 할지 모르겠어요! 당신은 이제어떻게 되시는 건가요? 저도 가망이 없어요. 오늘 다림질하다가 왼손을 데었어요. 어쩌다가 다리미를 놓쳐서 타박상도 입고 데이기도 했어요. 일을 전혀 할 수 없어요. 페도라는 벌써 사흘째 앓고 있고요. 전 너무나 괴롭고 걱정이 돼요. 당신께 은화 30코페이카를 보내드려요. 이게 저희가 가진 거의 마지막 돈이에요. 어려운 형편에 놓이신 당신을 제가 얼마나 간절히 돕고 싶은지 하느님은 아실 거예요. 눈물이 나도록 속상해요! 안녕히 계세요, 나의 친구님! 오늘 저희 집에 와주신다면 큰 위안이 될 것 같아요.

ㅂ. ㄷ.

8월 14일

마카르 알렉세예비치! 대체 왜 그러세요? 당신은 하느님이 두렵지도 않으신 거예요, 틀림없어요! 저를 아주 미치게 하시네요. 부끄럽지도 않으신가요! 당신은 자신을 망가뜨리고 있어요. 제발 체면을 생각하셔야죠! 당신은 정직하고 고상하고 자존심 강한 분이시잖아요. 그런데 이제 다들 어떻게 생각하겠어요! 당신은 부끄러워서 죽고 싶은 심정이어야만 해요! 흰머리가 애석하지도 않으세요? 하느님이 무섭지도 않으신 건가요? 페도라는 더 이상 당신을 도와주지 않겠다고 했어요. 저도 이젠 돈을 드리지 않을 거예요. 어쩜 저를 이렇게 속상하게 하시나요, 마카르 알렉세예비치! 그렇게 추하게 처신을 하셔도 제가 괜찮을 거라고 생각하시나봐요. 당신은 제가 당신 때문에 어떤 어려움을 겪고 있는지 모르세요! 전 이 집에서 계단을 오르내릴 수도 없어요. 다들 저를 보며 손가락질하고 끔찍한 말들을 해요. 네, 아예 대놓고 제가 술주정뱅이랑 사귄다고 해요. 그런 말을 듣는 게 어떻겠어요! 당신이 실려 오면 다들 경멸하며 손가락질해요, 저 관리가 또 실려 왔네 하면서요. 당신 때문에 부끄러워서 견딜 수가 없어요. 맹세컨대 전 이곳을 떠날 거예요. 어디로든 가서 하녀가 되든 세탁부가 되든 하지, 여긴 안 있을 거예요. 제가 저희 집에 들르시라고 썼는데 당신은 오시지도 않았어요. 그러니까 당신한텐 제 눈물이나 부탁이 아무것도 아닌 거군요, 마카르 알렉세예비치! 그리고 돈은 어디서 나신 건가요? 창조주를 봐서라도 제발 몸조심하세요. 그러시다간 큰일 나요, 정말 큰일 난다고요! 이게 대체 무슨 망신이에요! 어젠 주인 여자가 당신을 아예 방에 못 들어가게 해서 현관에서 주무셨다는 것도 알고 있어요. 이런 걸죄다 알게 됐을 때 제 마음이 얼마나 무거웠는지 모르실 거예요. 저희 집에 오세요. 여기 오시면 기분이 좋아지실 거예요. 같이 책도 읽고 옛 추억도 떠올리고 해요. 페도라가 성지 순례 다녀온 얘기를 해줄 거예요. 제발, 내 비둘기, 저를 봐서라도 자신을 망치지 마시고 저도 망치지 말아주세요. 저는 오로지 당신만 보고 살잖아요, 당신을 위해 곁에 남아 있잖아요. 그런데 당신이 이러시면! 고상한 분이 돼주세요,

불행 중에도 굳센 분이 돼주세요. 가난은 죄가 아니라는 걸 기억하세요. 그리고 절망할 필요 있나요, 다 잠시일 뿐이에요! 하느님께서 다 잘 되게 해주실 테니 당신은 버티기만 하세요. 20코페이카를 보내드리니 담배를 사시든, 아니면 뭐든 사고 싶은 거 사세요. 제발 나쁜 곳엔 쓰지 마시고요. 저희 집에 오세요, 꼭 오세요. 어쩌면 예선과 마찬가지로 부끄러우실 수도 있지만 부끄러워 마세요, 그건 거짓된 수치심이에요. 다만 진심으로 참회하시면 좋겠어요. 하느님을 의지하세요. 그분께서 더 좋은 것으로 마련해주실 거예요.

ㅂ. ㄷ.

8월 19일

바르바라 알렉세예브나, 아기씨!

부끄럽네요, 나의 별님, 바르바라 알렉세예브나. 완전히 부끄럽게 되고 말았어요. 그런데 이게 뭐 그리 대수로운 일인가요, 아기씨? 마음을 홀겹게 하지 않을 이유가 있나요? 그렇게 하면 신발 밑창에 관해서는 생각 안 해요. 왜냐면 밑창은 하찮은 것이고 앞으로도 평범하고 추하고 더러운 밑창일 뿐이에요. 부츠도 하찮은 것이죠! 그리스의 현인들도 부츠를 안 신었는데 나 같은 놈이 그런 몹쓸 물건에 신경을 쓰면 되겠어요? 근데 왜 날 속상하게 합니까, 왜 날 경멸하느냐 말이에요? 아아, 아가씨, 아가씨, 쓸거리를 참 잘도 찾았네요! 페도라한테는 이렇게 전해요. 싸움닭 같은 아낙이 시끄럽고 사나운 데다가 멍청하기까지 하다고요. 말 못 하게 멍청해요! 내 흰머리에 관해 말하자면, 당신이 잘못 짚었어요, 내 친근한 사람아. 왜냐면 난 당신이 생각하는 것만큼 늙은이는 아니거든요. 에멜랴가 당신한테 인사 전하래요. 당신은 비통해하며 울었다고 썼네요. 나도 쓸게요, 나도 비통해하며 울었어요. 이만 마치며 당신의 건강과 안녕을 빕니다. 나에 관해 말하자면, 나도 건강하고 안녕해요, 나의 천사님.

당신의 친구
마카르 제부시킨

8월 21일

친절한 친구, 경애하는 바르바라 알렉세예브나!

내가 잘못했음을 느껴요, 당신에게 잘못을 저질렀음을 절감하고 있어요. 한데 당신이 뭐라 한들, 아기씨, 내가 잘못을 느낀다 한들 아무 소용이 없을 것 같네요. 예전에도 내 과오를 느끼고 있었지만, 이젠 아예 낙담해버려서 잘못이라는 걸 알면서도 무너져버렸어요. 나의 아기씨, 난 악랄하지도 않고 매정하지도 않아요. 당신의 심장을 갈기갈기 찢으려면, 내 비둘기, 어느 정도 피에 굶주린 호랑이가 돼야 하는데 내 마음은 양처럼 순해요. 그리고 난, 당신도 알다시피, 잔혹해지고 싶다는 욕망이 없어요. 따라서 나의 천사님, 내 마음에도 내 생각에도 잘못이 없듯 나의 과오에도 그리 큰 잘못은 없는 겁니다. 그러니 무엇에 잘못이 있는지 모르겠어요. 정말 애매한 일이에요, 아기씨! 당신은 내게 은화 30코페이카를 보내고, 그다음엔 또 20코페이카를 보냈었지요. 고아인 당신이 준 돈을 보며 난 심장이 미어졌어요. 당신은 손도 데었고 곧 굶게 될 텐데 나더러는 담배를 사라고 하다니요. 이런 상황에서 난 어떻게 해야 했을까요? 혹은 이렇게된 이상, 날강도처럼 양심의 가책도 없이 고아인 당신의 돈을 약탈해야 할까요! 난 그래서 낙담한 겁니다, 아기씨. 그러니까 처음엔, 내가 아무 쓸모도 없고 어떤 사람들에겐 신발 밑창보다 나을 게 없음을 부득이하게 느끼면서 나 자신을 뭔가 중요한 존재로 여기는 게 점잖지 못한 일이라고 여겼다면, 이젠 오히려 내가 내 자신을 점잖지 못하고 얼마간 상스러운 존재로 여기기 시작한 겁니다. 자신을 향한 존중심을 잃고, 자신의 선한 자질과 존엄성을 부정해버렸으니, 이젠 죄다 망가지고 추락할 일만 남았지요! 이건 이미 운명으로 정해진 것이고, 그러니 내 잘못이 아니에요. 처음엔 바람 좀 쐬러 밖으로 나갔어요. 그런데 줄줄이 안 좋게 된 거예요. 풍경은 너무나 눈물겨워 보이고, 날씨는 춥고, 비도 내리고, 그런데 에멜랴를 또 마주쳤어요. 그 사람은, 바렌카, 가진 걸 전부 저당 잡혔어요, 다 제자리 찾아갔지요. 내가 그 사람을 만났을 땐 벌써 이틀이나 입에 풀칠도 못 해서 도저히 담보로 맡길 수 없는 것까지 맡기려고 했어요. 그런 건 담보가 될 수 없는데도 말이에요. 아무튼, 바렌카, 난 나 자신의 욕구를 따르기보단 인류를 향한 연민으로 양보했어요. 그러다 보니 그런 죄를 저지른 거예요, 아기씨! 그 사람이랑 나랑 어찌나 울었던지! 우린 당신에 관해서도 생각했어요. 그는 참 착해요, 정말 착한 사람이고 아주 동정심 많은 사람이에요. 나도, 아기씨, 그런 마음이에요, 나한테 이런 일들이 일어나는 이유도 내가 다 그런 마음이어서 그래요. 내 비둘기, 난 내가 당신에게 어떤 빚을 지고 있는지 알아요! 우선 당신을 알고 나서 난 나 자신을 더 잘 알게 됐고 당신도 사랑하게 됐어요. 당신을 알기 전까지는, 천사님, 난 혼자였어요. 세상을 사는 게 아니라 마치 잠을 자는 것 같았어요. 그들은, 그 악독한 사람들은 내 몸뚱이마저 점잖지 않다면서 날 무시했어요. 그래서 나도 나 자신을 무시하게 됐지요. 나더러 둔하다고 해서 나도 내가 둔한 줄 알았어요. 그런데 당신이 나타나서는 내 어두컴컴한 인생을 밝혀줬어요. 내 가슴과 영혼이 환해지고 마음에 평화가 찾아들었어요. 내가 다른 사람들보다 못한 게 아님을 알게 됐어요. 비록 아무 재능도 없고 외모도 없고 체통도 없지만, 어쨌든 나도 사람임을, 가슴이 뛰고 생각을 하는 사람임을 알게 됐어요. 그런데 이젠 운명이 날 내몰고 천대한다는 느낌이 들어서 나 자신의 존엄성을 부정해버렸어요. 불행에 짓눌린 나는 낙담해버렸지요. 이젠 당신도 다 알게 됐으니까, 아기씨, 눈물을 머금고 부탁해요. 이번 일에 더 이상 관심 두지 말아요. 심장이 미어지니까요. 쓰디쓰고 괴롭습니다.

아기씨, 당신에게 경애를 표하며
당신의 진실한 마카르 제부시킨

9월 3일

지난번엔 편지를 다 쓰지 못했었어요, 마카르 알렉세예비치. 쓰는 게 너무 힘들었거든요. 가끔 저는 온전히 혼자 있는 게 좋을 때가 있어요. 혼자 슬퍼하고 혼자 우울해하면서요. 그리고 그런 때가 점점 더 자주 찾아오네요. 제 회상 속엔 설명할 수 없는 무언가가 있어서 무심결에 저를 강하게 사로잡아요. 그래서 몇 시간이고 제 주위에 있는 모든 것들에 무감각해지고 모든 걸, 현재의 모든 걸 잊어버려요. 현재의 삶 속에서 받는 인상들은 기쁜 것이든 힘들고 슬픈 것이든 제가 과거에 느꼈던 것과 비슷한 무언가를 떠오르게 해요. 특히나 어린 시절, 황금 같은 어린 시절이요! 그런데 이런 회상의 순간들이 지나면 항상 힘들어져요. 약해지는 것 같아요. 공상이 절 몹시 피곤하게 하네요. 가뜩이나 건강이 점점 더 나빠지고 있는데 말이에요.

하지만 오늘은 이곳에선 보기 드문 상쾌하고 맑고 반짝이는 가을 아침이 제게 생기를 줘서 기쁘게 아침을 맞았답니다. 이제 벌써 가을이에요! 전 시골의 가을을 정말 좋아했어요! 아직 어린애였지만, 벌써 그때부터 많은 걸 느끼곤했어요. 전 아침보다는 가을의 저녁을 더 좋아했어요. 저희집 바로 근처에 산 아래로 호수가 있었던 게 생각나요. 그

호수가 지금도 눈에 선해요. 아주 크고 수정처럼 맑고 깨끗했어요! 조용한 저녁이면 호수도 잠잠했지요. 호숫가에 자라는 나무들도 움직임이 없고, 물은 거울처럼 잔잔했어요. 상쾌하고 쌀쌀했어요! 풀잎에 이슬이 내리고, 호숫가 주변 통나무집들엔 불이 켜지고, 가축 떼가 몰려들어요. 전 그럴 때 살며시 집에서 나와 호수를 보러 갔지요. 넋 놓고 바라보곤 했어요. 물가엔 어부들이 피워놓은 모닥불이 있고, 불빛이 수면 위로 멀리멀리 퍼져요. 하늘은 아주 차갑고 푸른데 끄트머리엔 타오르는 불처럼 새빨간 띠들이 드리워 있어요. 그 띠들은 점점 희미해지고, 둥근 달이 떠올라요. 공기가 아주 청명해서 새가 놀라서 푸드득 날아가는 소리, 살랑바람에 갈대가 흔들리는 소리, 물고기가 찰방거리는 소리까지 다 들렸어요. 푸른 수면 위로 하얀 김이, 여리고 투명한 김이 피어올라요. 먼 곳은 캄캄해지고 모든 게 안개 속에 묻히는데 가까운 곳은 마치 조각칼로 도려낸 듯 또렷해요, 보트도 호숫가도 섬들도. 호숫가에 버려진 오래된 나무통이 물결에 살며시 흔들리고, 이파리 노란 버들가지가 갈대밭에 엉켜 있고, 때늦은 갈매기가 날아오르더니 다시 차가운 물속으로 들어갔다가 다시 날아올라 안개 속에 모습을 감춰요. 저는 멍하니 바라보며 귀를 기울였지요, ― 신기하게도

181

좋았어요! 근데 전 아직 어린애였어요, 아이였어요…!

전 가을을 정말 좋아했어요, 늦가을이요. 곡식도 이미 거두어들이고, 일도 다 끝나고, 농가에선 모임이 시작되고,[40] 다들 겨울을 기다리는 때지요. 그때가 되면 모든 게 칙칙해지고, 하늘은 구름으로 찌뿌드드하고, 노란 이파리들이 벌거숭이 숲의 오솔길을 뒤덮고, 숲은 시퍼렇고 새카매져요. 특히 저녁에 축축한 안개가 내리깔리면 나무들이 마치 거인처럼, 형체 없는 무서운 유령처럼 안개 속에서 아른거려요. 산책하다 좀 뒤처져서 다른 사람들과 떨어지면 혼자 서둘러 걸었어요, ─ 무서웠지요! 몸이 이파리처럼 바르르 떨리고, 나무 구멍에서 금방이라도 뭔가 무서운 게 튀어나올 것 같아요. 또 마침 숲에 바람이 일어서 소란스레 윙윙거리고, 애처로이 울부짖고, 야윈 나뭇가지에서 이파리를 한 아름 떨어내어 공중에 소용돌이치게 만들어요. 그 너머로 사납고 시끄럽게 짖어대는 새들이 길고도 넓게 떼를 지어 날아가서 하늘을 온통 새카맣게 뒤덮어요. 무서워져요. 그리고 어떤 목소리가 들리는 듯해요. 누군가 속삭이듯 해요. '애야, 달리렴, 달려. 늦으면 안 돼. 여긴 곧 무서워진단다. 달리렴, 애야!' 그럼 심장이 쿵 내려앉고 숨이 막히도록 달리고 또 달려요. 가쁜 숨을 몰아쉬며 집으로 달려 들어오면 집 안은 떠들썩하고 흥겨운 분위기예요. 우리 아이들에게도 일거리가 주어졌는데 콩이나 양귀비를 까는 일이었지요. 눅눅한 장작이 난로 속에서 타닥거리고, 어머니는 우리가 신나게 일하는 모습을 흐뭇하게 지켜보고, 늙은 유모 울랴나는 옛날이야기, 마녀나 죽은 사람이 나오는 무서운 얘기를 들려줘요. 우리 아이들은 서로에게 찰싹 달라붙지만 입가엔 다들 미소를 띠고 있어요. 그러다 갑자기 입을 다물어요…. 쉿! 소리가 나! 누군가 문을 두드리는 것 같아! 그런데 별일 아니었어요. 늙은 할멈 프롤로브나가 물레로 실을 잣는 소리였어요. 얼마나 웃었던지! 하지만 밤이 되면 무서워서 잠도 못 자고 아주 무서운 꿈을 꿨어요. 자다가 깨면 꼼짝도 못 하고 새벽까지 이불 속에서 덜덜 떨었어요. 아침엔 꽃송이처럼 싱그러운 기분으로 일어나요. 창밖을 보면 들판이 온통 추위에 잠기고, 벌거벗은 나뭇가지엔 가을 서리가 엷게 내리고, 호수에도 이파리처럼 얇은 살얼음이 덮이고, 하얀 김이 수면 위로 피어오르고, 새들은 흥겹게 노래해요. 태양이 사방에 환한 빛을 비추면, 그 햇살에 살얼음이 마치 유리처럼 산산이 깨져요. 환하고 밝고 흥겨워요! 난로엔 또다시 불꽃이 타닥거리고, 다들 사모바르 곁에 둘러앉고, 밤새 추위에 떨었을 우리 집 검둥이 폴칸은 반갑게 꼬리를 흔들며 창문 안을 들여다봐요. 한 남자가 기운 센 말을 타고 나무를 하러 창문 앞을 지나쳐 가요. 다들 참 행복하고 즐거웠어요…! 아아, 정말 황금 같은 어린 시절이었어요…!

전 추억에 잠겨서 어린애처럼 울고 말았답니다. 정말 생생하게, 모든 게 정말 생생하게 떠올랐어요. 과거는 전부 선명하게 제 앞에 떠오르는데, 현재는 너무나 흐릿하고 너무나 캄캄해요…! 어떻게 되는 걸까요, 정말 어떻게 되는 걸까요? 제가 이번 가을에 죽을 거라는 어떤 확신이, 믿음이 들어요. 전 많이, 많이 아파요. 죽게 될 거라는 생각을 자주 하지만 이렇게 죽는 건 싫어요. 여기 이 땅에 묻히는 건 싫어요. 어쩌면 지난봄처럼 다시 앓아누울 것 같아요. 아직 다 회복되지도 않았는데 말이에요. 전 요즘 정말 힘들어요. 페도라는 오늘 온종일 외출 중이고 저 혼자 있어요. 근데 언제부터인지 혼자 있는 게 무서워요. 방에 누군가 다른 사람이 있는 것 같고, 누군가 저랑 얘기하는 것 같아요. 특히 뭔가에 대해 곰곰이 생각하다가 갑자기 상념에서 깨어날 때면 더욱 그래서 정말 무서워져요. 당신께 편지를 이렇게 길게 쓴 것도 그 때문이에요. 편지를 쓰면 그런 느낌이 사라지거든요. 안녕히 계세요. 종이도 없고 시간도 없어서 이만 줄입니다. 옷가지와 모자를 마련하려고 두었던 돈에서 이젠 은화 1루블밖에 안 남았어요. 주인 여자에게 은화 2루블을 주셨다니 잘 하셨어요. 이젠 잠시나마 조용하겠네요.

어떻게든 옷을 좀 단정히 해보세요. 그럼 안녕히 계세요. 정말 피곤하네요. 왜 이리 약해지는지 모르겠어요. 조금만 뭘 해도 진이 빠져요. 일이 들어온들 할 수나 있을까요? 이런 것이 절 죽도록 괴롭힙니다.

ㅂ. ㄷ.

9월 5일

나의 비둘기, 바렌카!

내 천사님, 난 오늘 많은 것들을 느꼈어요. 우선, 온종일 머리가 아팠어요. 바람을 좀 쐬야 할 것 같아서 폰탄카 강변로로 산책을 나갔어요. 아주 어둑어둑하고 습한 저녁이었지요. 아직 여섯 시도 안 됐는데 날이 저물다니, 벌써 그럴 때가 됐네요! 비는 안 왔지만 비 못지않은 안개가 꼈었어요. 하늘엔 길고 널따란 띠 모양의 먹구름이 떠다녔어요. 강변로엔 수많은 사람이 돌아다니는데 다들 꼭 약속이나 한 듯 아주 무서운, 침울함을 불러일으키는 표정이었어요. 술에 취한 사내들, 맨머리에 부츠를 신은 핀란드계 들창코 아낙들, 짐꾼들, 마차꾼들, 무슨 볼일이 있어 나온 관리, 소년들, 허약하고 삐쩍 마른 몸에 줄무늬 가운을 걸치고 얼굴은 새카만 기름 범벅에 손엔 자물쇠를 든 철공소 견습생, 키가 1사젠[41]이나 되는 퇴역 군인 — 다 이런 사람들이었어요. 시간대가 그래서인지 다른 사람들은 보이지 않았나 봐요. 배가 다니는 운하 폰탄카! 바지선이 끝도 없이 많아서 이게 다 어디서 나온 건지 이해가 안 되지요. 다리마다 축축한 비스킷과 썩은 사과를 파는 아낙네들이 앉아 있는데 죄다 지저분하고 옷도 젖어 있어요. 폰탄카를 산책하는 게 지루했어요! 발밑엔 축축한 화강암, 양옆엔 시커멓게 그을린 높은 건물들, 발밑에도 안개, 머리 위에도 안개. 오늘 저녁은 정말 우울하고 정말 어두웠어요.

고로호바야 거리로 접어들자 날이 이미 완전히 저물어서 가로등에 불을 켜기 시작하더군요. 고로호바야 거리는 참 오랜만이었어요. 갈 일이 없었지요. 떠들썩한 거리예요! 점포와 상점들이 어찌나 고급스럽던지 죄다 반짝반짝 빛이 나고, 원단이며, 유리 상자에 담긴 꽃들이며, 리본 달린 갖가지 모자들이며. 이런 건 다 장식용으로 진열된 거라고 생각할 수 있겠지만 그렇지 않아요. 이런 걸 사서 아내한테 선물하는 사람들이 있으니까요. 부유한 거리예요! 독일인 제빵사들이 고로호바야 거리에 아주 많이 살아요. 그들도 꽤 여유로운 사람들일 거예요. 마차들이 쉴 새 없이 지나다니는데 포장도로가 그걸 다 어떻게 견뎌내는지 모르겠어요! 마차들이 아주 화려해요. 유리창은 거울 같고 내부는 벨벳과 실크예요. 귀족의 하인들은 견장도 달고 칼도 차고 있어요. 마차가 지나갈 때마다 힐끗 들여다봤는데 호화롭게 차려입은 부인들이 앉았더군요. 아마 공작 부인이나 백작 부인들이겠죠. 시간대가 그래서인지 다들 무도회나 모임에 바삐 가는 것 같았어요. 공작 부인이나 그런 귀부인을 가까이서 보면 어떨지 궁금하네요. 아주 좋겠죠. 난 이렇게 마차나 들여다봤을 뿐이지 한 번도 본 적이 없어요. 곧장 당신이 떠올랐어요. 아아, 나의 비둘기, 나의 친근한 사람! 당신을 떠올리기만 하면 가슴이 저려와요! 바렌카, 당신은 왜 그렇게 불행한가요? 나의 천사! 당신이 그들보다 못한 게 뭔가요? 당신은 착하고 예쁘고 학식도 있는데 왜 그리 가혹한 운명을 져야 한답니까? 좋은 사람은 황폐함 속에 있는데 그렇지 않은 사람에겐 행복이 절로 달라붙는 이런 일이 왜 생기는 걸까요? 알아요, 알아, 아기씨. 이런 생각을 하는 건 좋지 않고 이런 게 자유사상이란 것을요. 하지만 솔직하게, 있는 사

187

가난한 사람들

실대로 보자면, 왜 누구는 아직 모태에 있을 때부터 운명의 까마귀가 행복을 점지해주고, 누구는 보육원 출신으로 세상에 나와야 한단 말입니까? 바보 이바누시카[42]한테 행운이 돌아가는 일이 자주 있잖아요. "바보 이바누시카, 너는 할아버지의 자루를 뒤지면서 노래나 부르고 먹고 놀아라. 하지만 너 그렇고 그런 애는 입맛이나 다시고 있어. 넌 그게 마땅해, 넌 그런 놈이야!" 죄스러워요, 아가씨, 이런 생각을 하는 건 죄스럽지만 나도 모르게 죄가 마음속으로 기어들어요. 당신도 이런 마차를 타고 다니면 좋으련만, 내 친근한 사람, 별님. 우리 같은 관리가 아니라 장관들이 당신의 고운 눈빛을 보면 좋으련만. 낡은 아마포 옷이 아니라 실크나 황금빛 옷을 입으면 좋으련만. 지금처럼 마르고 허약한 게 아니라 감미롭고 싱그럽고 혈색이 돌고 풍만한 몸이 되면 좋으련만. 그렇다면 난 거리에 서서 환히 빛나는 창문 너머로 당신을 보는 것만으로, 당신의 그림자를 보는 것만으로도 행복할 겁니다. 당신이 그곳에서 행복하고 즐겁게 지낼 거라는 생각만으로도, 나의 어여쁜 새여, 흥이 날 거예요. 그런데 이게 뭔가요! 악랄한 자들이 당신을 망하게 한 것도 모자라서 이젠 무슨 쓰레기 같은 난봉꾼까지 당신을 모욕하다니. 멋들어진 연미복을 입었다 해서, 황금빛 손잡이 안

경 너머로 당신을 본다 해서, 파렴치한 놈, 그자가 무슨 짓을 해도 괜찮고, 그자의 점잖지 못한 말까지 너그러이 들어줘야 한단 말입니까! 그만하면 됐잖소, 이 사람들아! 그런데 왜 이런 것일까요? 왜냐면 당신은 고아니까요, 왜냐면 당신은 무방비하니까요, 왜냐면 당신은 든든한 의지가 되어줄 힘 있는 친구가 없으니까요. 아무렇지도 않게 고아를 모욕하다니, 그런 게 무슨 사람입니까? 그런 건 사람이 아니라 쓰레기예요, 그냥 쓰레기예요. 그저 이름만 있을 뿐이지 실제로는 없는 자들이에요, 난 그렇다고 확신해요. 그들은 그런 사람들이에요! 내 생각엔, 친근한 사람아, 내가 오늘 고로호바야 거리에서 만난 샤르만카[43] 악사가 차라리 그자들보다 더 존경받을 만해요. 그 사람은 생계를 위해 온종일 진이 빠져라 돌아다녀요. 돈으로도 안 쳐주는 오래된 땡전 한 푼 기대하면서. 하지만 자기가 자기의 주인이고 스스로 먹고살아요. 구걸하려고 하지 않아요. 대신에 사람들의 즐거움을 위해 시동 걸린 기계처럼 일을 하지요. 자신이 할 수 있는 것으로 즐거움을 준다면서요. 그 사람은 거지예요, 아무튼 거지인 건 분명해요. 하지만 고상한 거지랍니다. 지치고 추위에 얼었어도 계속 일을 해요. 본인만의 방식이긴 하나 어쨌든 일하는 거예요. 그리고 정직한 사람들도 많답니다, 아기씨. 그들은 비록 자신의 노동 가치와 쓸모에 따라 적은 돈을 벌긴 하지만, 그 누구에게도 굽실대지 않고 그 누구에게도 빵을 구걸하지 않아요. 나도 그 샤르만카 악사랑 똑같아요. 그러니까 내가 그 사람과 전적으로 똑같다는 건 아니지만, 고상함이나 품위 면에서, 그런 의미에서 나도 그 사람과 마찬가지로 능력껏, 할 수 있는 만큼 일하고 있지요. 그 이상은 내게서 나올 게 없어요, 없는데 어쩌겠어요.

내가 이 샤르만카 악사에 관해 말을 꺼낸 이유는, 아기씨, 오늘 내 가난함을 갑절이나 절절히 느낀 일이 있어서예요. 난 샤르만카 악사를 보려고 멈춰 섰어요. 머릿속에 자꾸만 이런저런 생각이 들어서 떨쳐내려고 멈춘 거지요. 나도 섰고, 마부들도 섰고, 어떤 처자랑 온통 지저분한 어린 소녀도 있었어요. 샤르만카 악사는 어느 집 창문 앞에 자리를 잡고 있었어요. 그런데 한 열 살쯤 되는 작은 소년이 눈에 들어왔어요. 원래는 참 예뻤을 텐데, 몸이 정말 허약하고 아파 보였어요. 속셔츠 한 장에 신발 같지도 않은 걸 신어서 맨발이나 마찬가지로 서 있는데 입을 헤벌리고 음악을 듣더군요. 어린 나이잖아요! 아이가 그 독일 사람의 인형들이 춤추는 걸 넋 놓고 보는데, 손발이 꽁꽁 얼고 바들바들 떨면서 소매 끝을 물어뜯더라고요. 아이의 손엔 무슨 종이 쪼가리가 있었어요. 한 신사가 지나가다가 악사에게 작은 동전 한 닢을 던졌는데 동전이 상자 속에 떨어졌어요. 밭 모양으로 꾸며진 상자 속에서 프랑스인과 부인들이 춤을 추고 있었지요. 동전이 쨍그랑 소리를 내자 아이가 소스라치고는 조심스레 주변을 둘러보더니, 내가 동전을 던졌다고 생각했나 봐요. 나한테 쪼르르 달려왔는데, 손도 바들바들 목소리도 바들바들 떨면서 종이를 불쑥 내밀었어요. "쪽지요!" 나는 쪽지를 펼쳤어요. 뭐, 다 뻔한 일이지요. '은인이시여, 애들 엄마인 저는 죽어가고 아이 셋은 굶고 있습니다. 저희 좀 도와주세요. 제가 죽거든, 제 새끼들을 잊지 않으신 은혜 저세상에서도 잊지 않겠습니다.' 뭐, 별거겠어요, 다 알 만한 일, 생활고인 것이죠. 근데 내가 뭘 줄 수 있겠어요? 아무것도 못 줬어요. 어찌나 애석하던지! 불쌍한 어린애가 추위에 새파래져서, 아마 배도 고팠을 텐데. 그 아이가 거짓말한 건 아니에요, 거짓말은 절대 아니에요. 내가 그런 건 알아요. 그럼에도 불구하고 나쁜 것은, 이런 못돼 먹은 어머니들은 왜 자식을 애지중지하지 않고 헐벗은 몸에 쪽지만 쥐어서 이 추위에 밖으로 내보내느냐는 것이죠. 어쩌면 그 여자는, 멍청한 데다가 성격도 약해빠진 아낙일지도 몰라요. 어쩌면, 그 여자를 돌봐줄 사람이 전혀 없어서 정말로 아파서 집에 앉아만 있을 수도 있어요. 그래도 도움받을 수 있는 곳에 문의를 해봐야죠. 그런데 어쩌면, 그냥 사기꾼일 수도 있어요. 사람들을 속이려고 일부러 굶주리고 허약한 아이를 내보내서 병에 걸리게 하는 거예요. 게다가 불쌍한 애가 이런 쪽지나 가지고 다니면서 뭘 배우겠어요? 여기저기 돌아다니면서 구걸을 하니 마음만 모질어져요. 행인들은 시간이 없잖아요. 사람들은 심장이 돌 같고, 하는 말도 냉정해요. "저리 가! 꺼져! 안 된다니까!" 이게 그 애가 사람들한테서 듣는 말이에요. 아이 마음이 모질어질 수밖에요. 겁에 질린 불쌍한 소년이 추위에 떨어도 소용없어요. 꼭 망가진 둥지에서 떨어진 아기 새 같아요. 손발이 다 얼고 숨도 힘겹게 쉬어요. 두고 봐요, 이내 기침을 하고 오래 기다릴 것도 없이 질병이 더러운 파충류처럼 아이의 가슴으로 기어들 겁니다. 그럼 벌써 죽음이 머리맡에, 악취 나는 방구석 어딘가에 와 있어요. 보살핌도 없고 도움도 없지요. 이게 그 아이의 일생이에요! 이런 것도 인생이라고 있다니요! 아아, 바렌카, '그리스도를 위해'[44]라는 말을 듣고서도 곁을 지나치는 것은, 아무것도 못 주고 말로만 '하느님이 주실 거다'라고 하는 것은 괴로워요. 어떤 종류의 '그리스도를 위해'는 그나마 괜찮아요. ('그리스도를 위해'라는 말에도 여러 종류가 있으니까요, 아기씨.) 어떤 말은 오래 묵고, 지속적이고, 익숙하고, 상투적이고, 대놓고 거지스러워요. 그런 말에는 주지 않아도 그렇게 괴롭진 않아요. 그 사람은 오래 묵은 거지, 옛날부터 직업이 거지예요. 그런 사람은 익숙해져서 견딜 수 있고, 어떻게 견딜지 본인도 알고 있다는 생각이 들지요. 하지만 또 어떤 종류의 '그리스도를 위해'라는 말은 낯설고 거칠고 무서워요. 바로 오늘 내가 소년한테서 쪽지를 받아들었을 때 그랬지요. 담장 옆에 다른 사람도 있었는데 아이는 사람마다 구걸하지는 않고 내게 말하더군요. "나리, 그리스도를 위해 한 푼만 주세요!" 거친 목소리로 띄엄띄엄 내뱉는데 왠지 모를 무서운 느낌에 몸이 부르르 떨렸어요. 근데 난 한 푼도 못 줬어요, 없어서. 근데 또 부유한 사람들은 가난뱅이들이 운명의 제비가 안 좋은 게 뽑혔다며 하소연하는 걸 싫어해요. 불편하대요, 집요하대요! 근데 가난이란 게 늘 집요하지요. 배고픈 자들의 신음이 자는 데 방해라도 된답니까!

솔직히 말하면, 내 친근한 사람, 내가 이런 것들을 부분적으로나마 묘사하는 것은 속을 좀 털어놓으려는 것도 있지만, 그보다는 내 글의 문체가 좋아졌음을 보여주고 싶었기 때문이랍니다. 왜냐하면 당신도 아마 인정할 테니까요, 아기씨, 얼마 전부터 내 문체가 나아지고 있다는 것을요. 하

193

지만 지금은 우울감이 심하게 들어서 내 생각에 깊은 연민을 느끼고 있어요. 비록, 아기씨, 이런 연민으로 극복될 문제가 아니라는 건 알지만, 어쨌든 어느 정도는 자신에게 정당성을 부여할 수 있으니까요. 실제로, 내 친근한 사람아, 인간은 아무 이유도 없이 자꾸만 저 자신을 망가뜨리고, 한 푼가치도 없는 것으로 여기고, 무슨 나무 쪼가리보다 못한 존재로 자신을 등급 매기잖아요. 비교해서 표현을 해보자면, 나한테 구걸하던 그 가엾은 소년처럼 아마 나 자신도 겁에질리고 내몰려서 이런 일이 일어나는 것일 수도 있어요. 내가 예를 들어 비유적으로 말해볼 테니까, 아기씨, 한 번 들어봐요. 내 친근한 사람, 나는 이른 아침에 바삐 출근하다가도시를 바라볼 때가 있어요. 도시가 잠에서 깨어나 일어나고, 연기를 내뿜고, 들끓고, 요란한 소리를 내지요. 종종 그런 광경 앞에서 나 자신이 작아져요. 마치 호기심으로 들이민 코끝에 딱밤을 맞은 것처럼. 그럼 쥐 죽은 듯 가만가만발걸음을 옮기며 갈 길을 가요, 신경 쓰지 말자, 하면서! 그런데 그 시커멓게 그을린 커다란 공동주택들 안에서 무슨일이 벌어지는지 한번 들여다봐요, 잘 헤아려 봐요. 그럼 공연히 자신에게 등급을 매기고서 쓸데없는 부끄러움을 느끼는 게 합당한 일인지 판단할 수 있을 겁니다. 바렌카, 내가 직접적으로 말하는 게 아니라 비유적으로 말하고 있다는 걸 염두에 둬요. 자, 그럼 그런 집들에 뭐가 있는지 볼까요? 어느 연기 자욱한 귀퉁이에서, 편의상 집이라고 불리는 눅눅하고 누추한 곳에서 한 기술자가 잠에서 깼어요. 근데 가령 어제 잘못 재단한 부츠가 밤새 꿈에 보인 거예요. 꼭 그런 고약한 꿈을 꿔야만 했던 건지! 어쨌든 그는 기술자고 제화공이니까 늘 한 가지 생각만 하는 게 잘못은 아니지요. 아이들은 앵앵 울고 아내도 배가 고프고, 그리고 제화공들만 종종 그런 상태로 일어나는 것은 아니에요, 내 친근한 사람. 이런 건 별 일도 아니고 따로 쓸 필요도 없었을 겁니다. 그런데 상황이 어떠하냐 하면, 아기씨, 바로 그 집 위층이나 아래층에 황금 궁궐 같은 곳에 사는 엄청난 부자도 밤에 똑같이 부츠 꿈을 꾸었을 수도 있다는 것이죠. 그러니까 모양과 양식은 다르지만, 어쨌든 부츠는 부츠예요. 여기서 내가 암시하고자 하는 뜻은, 아기씨, 내 친근한 사람, 우린 전부 어느 정도 제화공을 닮았다는 것이에요. 그리고 이것도 별 일 아니었을 거예요. 하지만 한 가지 안 좋은 점은, 그 엄청난 부자의 곁엔 귀에 대고 이렇게 속삭여줄 사람이 없다는 것이지요. "그런 생각은 그만해. 자기만 생각하고 자기만을 위해 사는 건 그만해. 넌 제화공이 아니잖아. 넌 애들도 건강하고 아내도 먹을 걸 내놓으라고 하지 않아. 주위를 둘러봐. 부츠보다는 좀 더 고상한 일에 신경 써야겠다는 생각이 안 들어?" 내가 비유적으로 말하고자 했던 게 이거예요, 바렌카. 어쩌면 지나친 자유사상일 수도 있어요, 내 친근한 사람. 하지만 이런 생각이 종종 들어요. 종종 이런 생각이 들면 나도 모르게 가슴 속에서 뜨거운 말들이 터져 나와요. 그렇기 때문에 소란함과 요란함에 겁을 먹고는 자신을 한 푼 가치도 없는 것으로 평가할 필요가 없다는 겁니다! 끝으로, 아기씨, 당신은 내가 남을 헐뜯고 있다고, 아니면 우울 감에 빠져서 이러는 거라고, 아니면 어떤 책에서 보고 베꼈다고 생각할지도 모르겠어요. 아니에요, 아기씨, 그런 건 아니니까 확신하지 말아요. 난 남을 헐뜯는 걸 싫어하고, 우울감에 빠진 것도 아니고, 어느 하나 책에서 베끼지도 않았어요, 그렇답니다!

나는 슬픈 기분으로 집에 돌아왔어요. 책상 앞에 잠깐 앉았다가 주전자를 데우고 차나 한두 잔 마시려고 했어요. 그런데 고르시코프가 불쑥 들어오더군요, 그 가난한 세입자 말이에요. 그 사람은 웬일인지 아침에도 자꾸만 다른 하숙인들 근처를 왔다 갔다 하고 나한테도 오려고 했었어요. 잠깐 말해두지만, 아기씨, 이 사람 생활 형편은 나보다 훨씬 안 좋아요. 어련하겠어요! 아내랑 애들까지 있는데! 내가 만일 고르시코프였다면 그 같은 처지에서 어떻게 해야 할지 몰랐을 겁니다! 아무튼 고르시코프가 들어와서 인사하는데 늘 그렇듯 눈물이 그렁그렁하고, 속눈썹엔 고름이 껴 있고, 걸으면서 발을 끌어요. 그런데 도통 말을 못 꺼내더라고요. 난 그 사람을 의자에 앉혔어요. 망가진 의자긴 하지만 다른 게 없었어요. 차 좀 들라고 했지요. 그는 미안하다, 한참을 미안하다 하더니 마침내 찻잔을 들었어요. 설탕을 안 넣고 마시려 해서 내가 설탕을 넣으라고 권하니까 또 미안하다고 하기 시작했어요. 한참을 극구 사양하다가 끝내는 제일 작은 설탕 조각을 넣더니만 차가 유별나게 달다고 하더군요. 허어, 가난이 사람을 이렇게까지 굴욕적으로 만들어요! 내가 "그래, 무슨 일이세요, 바튜시카?"라고 물었어요. "그게, 이러저러해서, 나의 은인 마카르 알렉세예비치, 주님의 긍휼을 베풀어주세요, 이 불행한 가정을 좀 도와주세요. 애들이랑 아내가 먹을 게 없어요. 아비인 제 맘이 어떻겠습니까!" 내가 말을 꺼내려고 하자 그가 끊고 다시 말했어요. "저는 여기 사람들이 다 무섭습니다, 마카르 알렉세예비치. 그러니까 무섭다기보다는 좀 창피해요. 다들 거만하고 우쭐대잖아요. 바튜시카, 저의 은인, 당신을 곤란하게 하고 싶진 않았어요. 당신도 안 좋은 일들이 있었고 많이 주실 수 없다는 것도 알지만, 얼마라도 좀 빌려주세요. 당신은 마음씨 착한 분이니까 이렇게 부탁을 드릴 용기를 냈어요. 당신도 부족한 형편이었고 지금도 어려움을 겪고 계시지만, 그러니까 동정심도 느낄 줄 아시잖아요." 그리고 말을 마치면서 "저의 뻔뻔함과 무례함을 용서하세요, 마카르 알렉세예비치."라고 했어요. 나는 기꺼이 돕고 싶지만 나도 아무것도 없다고, 전혀 없다고 대답했어요. "바튜시카, 마카르 알렉세예비치," 그가 말했어요. "제가 많은 걸 바라는 게 아닙니다. 그러니까 이러저러해서 (그는 얼굴이 새빨개졌어요) 아내랑 애들이 굶고 있는데, 한 10코페이카만이라도 부탁드려요." 난 가슴이 저며 왔어요. 이 사람들은 나보다 훨씬 어렵구나! 생각했지요. 하지만 내게 남은 건 20코페이카가 전부였고, 그것도 쓸 데가 있는 돈이었어요. 내일 가서 최소한으로 필요한 것들을 사려고 했거든요. "이보시오, 안 돼요, 저도 사정이 이러이러합니다." "바튜시카, 마카르 알렉세예비치, 그래도 얼마라도 좀, 10코페이카만이라도." 난 서랍에서 20코페이카를 꺼내서 다 줘버렸어요, 아기씨. 어쨌든 좋은 일 하는 거잖아요! 허어, 가난이란 게 참! 난 그 사람과 이야기를 나눴어요. 어쩌다가 형편이 그리 어렵게 된 건지, 그런 처지에 어떻게 은화 5루블짜리 방에 세 들어 사는 건지 물었어요. 그가 설명해줬는데 반년 전에 방을 얻으면서 석 달 치를 선불로 냈대요. 근데 나중에 사정이 안 좋아져서 이도 저도 어렵게 됐다는군요. 이때쯤 돼서 소송이 끝나기만을 기다렸대요. 근데 그 소송이란 게 안 좋은 일이에요. 그 사람은, 바렌카, 무슨 일인가로 법적 책임을 지고 있어요. 어떤 상인이랑 법정에서 다투고 있는데 그 상인이 공금으로 사기 계약을 맺었대요. 사기인 게 밝혀져서 상인은 재판에 넘겨졌고, 그놈이 벌인 강도짓에 고르시코프도 어쩌다 엮인 거지요. 근데 사실 고르시코프 잘못은 태만과 부주의, 국고 손실을 알아차리지 못했다는 것뿐이에요. 벌써 몇 년째 소송 중인데 고르시코프에게 불리한 장애물들이 계속 생기고 있대요. "제가 덮어쓴 불명예스러운 일에서" 고르시코프가 말했어요. "제가 잘못한 것은 없습니다, 추호도 없어요. 사기를 치거나 도둑질하지 않았단 말입니다." 그는 이 일로 평판이 조금 안 좋아져서 관에서 쫓겨났어요. 비록 그가 중대 잘못을 저지른 건 아니지만, 그래도 완전히 무죄 판결이 나기 전에는 그가 받아야만 하는, 소송 중에 있는 거액을 그 상인에게서 받아낼 수 없대요. 난 이 사람을 믿어요. 하지만 법정에선 말만으로는 믿어주지 않지요. 일이 참 복잡한 게, 갈

고리와 매듭으로 얽히고설켜서 100년이 걸려도 안 풀려요. 조금 풀었다 싶으면 상인이 낚시를 던지고 또 던져요. 난 고르시코프를 진심으로 응원해요, 내 친근한 사람, 그 사람을 동정해요. 그는 일할 곳이 없어요. 못 미덥다고 받아주질 않는대요. 남아 있던 돈은 다 까먹어버리고, 소송은 얽히고, 그 와중에 난데없이 덜컥 애가 태어나서 비용이 들고, 아들이 아파서 비용이 들고, 죽어서 비용이 들고, 아내도 아프고, 그 사람도 무슨 고질병으로 건강이 안 좋아요. 한 마디로 고생이에요, 말도 못 할 고생이에요. 아무튼 소송에서 곧 좋은 결과가 나올 거라며, 이젠 전혀 의심하지 않는댔어요. 딱하디딱해요, 그 사람이 정말 딱해요, 아기씨! 난 그를 따뜻하게 격려했어요. 그는 버림받은, 인생이 꼬여버린 사람이에요. 후원을 바라고 있어요. 그래서 내가 따뜻하게 대해줬지요. 그럼 잘 있어요, 아기씨. 그리스도께서 당신과 함께하시길. 건강해요, 내 비둘기! 당신을 떠올리기만 하면 이 아픈 가슴에 약을 얹은 것 같아요. 당신 때문에 힘들긴 하지만, 당신 때문에 고생하는 건 수월하답니다.

당신의 진실한 친구
마카르 제부시킨

9월 9일

아기씨, 바르바라 알렉세예브나!

정신없이 씁니다. 끔찍한 사건 때문에 난 몹시 흥분돼 있어요. 머리가 빙빙 돌아요. 내 주변도 전부 빙빙 도는 것 같아요. 아아, 내 친근한 사람, 당신한테 말해줄 게 있어요! 우리가 예감하지 못했던 일이에요. 아니, 예감하지 못했다고는 할 수 없어요, 난 다 예감하고 있었어요. 마음속으론 벌써 다 예상하고 있었어요! 심지어 얼마 전엔 꿈에서도 비슷한 걸 봤으니까요.

이런 일이 있었답니다! 문체는 신경 쓰지 않고 그저 생각나는 대로 적을게요. 오늘 관에 출근했지요. 도착해서 자리에 앉아 정서를 했어요. 미리 알아둘 것은, 아기씨, 내가 어제도 역시 정서를 했다는 것이에요. 그러니까 어제 나한테 티모페이 이바노비치가 와서 직접 지시를 내렸어요, 급히 필요한 서류라면서요. "마카르 알렉세예비치, 이것 좀 정서해 주세요, 깔끔하고 빠르고 정확하게. 오늘 결재 올려야 됩니다." 말해두지만, 천사님, 난 어제 굉장히 불안해서 아무것도 쳐다보기 싫었어요. 슬픔과 우울감이 몰려들었지요! 가

슴은 시리고, 마음은 어두컴컴하고, 머릿속은 온통 당신 생
각이었어요, 나의 가엾은 별님. 아무튼 정서를 시작했어요.
깔끔하고 훌륭하게 썼지요. 다만 정확히 뭐라고 해야 할지
모르겠는데 악령이 날 홀린 건지, 아니면 어떤 신비스러운
운명에 의해 정해진 일이었는지, 아니면 그냥 그렇게 되려고
했던 것인지, 한 줄을 통째로 빠뜨렸어요. 뜻이 하나도 안
맞고, 그냥 이상한 게 돼 버렸지요. 어제는 서류 제출하기엔
늦었었고 오늘에야 각하게 결재를 올리게 됐어요. 난 오늘
아무 일도 없다는 듯 평소대로 출근해서 에멜리얀 이바노
비치 옆에 앉았어요. 말해두지만, 내 친근한 사람, 난 얼마
전부터 갑절은 더 부끄럼을 타고 수치심을 느끼기 시작했어
요. 요즘엔 아무도 안 쳐다봤어요. 어디서 의자가 삐거덕하
기만 해도 안절부절못했지요. 오늘도 마찬가지로 책상에 딱
붙어서 숨죽이고 고슴도치마냥 앉아 있는데 예핌 아키모비
치가 (세상에 이만한 싸움닭은 또 없을 겁니다) 다 들리도록 말
했어요. "마카르 알렉세예비치, 왜 그렇게 우--우--울하게 앉
았습니까?" 게다가 아주 우스꽝스러운 표정을 지어서 주위
에 있던 사람들이 죄다 폭소를 터뜨렸어요, 당연히 나를 향
해서요. 그렇게 웃어 대기 시작했어요! 난 귀를 틀어막고 눈
을 질끈 감고, 꼼짝도 안 했어요. 그렇게 하는 게 내 의례예

요, 그래야 빨리 그만두거든요. 근데 갑자기 소란스러운 소리가 들리더니, 다들 뛰어다니고 난리가 났어요. 내 이름을 부르는데 난 내 귀가 잘못됐나? 했어요. 나를 찾아내라 하고, 제부시킨을 부르고. 심장이 마구 떨리는데 내가 왜 겁을 먹은 건지도 모르겠고, 아무튼 그렇게 놀란 적은 생전 처음이었어요. 난 의자에 착 달라붙어서 아무 일 없는 듯, 나는 아니라는 듯 있었어요. 그런데 또다시 부르기 시작하면서 소리가 점점 가까워졌어요. 바로 내 귓전에서 "제부시킨! 제부시킨! 제부시킨 어딨나?" 눈을 들어보니 내 앞에 옙스타피 이바노비치가 서 있었어요. "마카르 알렉세예비치, 각하께 가보세요, 얼른! 당신이 서류를 망쳐놨어요!" 딱 그 한마디 했는데 그걸로 충분했어요. 그랬겠죠, 아기씨, 충분했겠죠? 난 죽은 듯 굳어서 아무 느낌도 안 들고, 그냥 멍해져서 갔어요. 나를 데리고 방 하나를 통과하고, 또 다른 방을 통과하고, 세 번째 방을 통과해서 각하의 사무실에 들어섰어요! 그때 내가 무슨 생각을 했었는지는 당신에게 확실히 전해줄 수가 없네요. 보니까 각하께서 서 계시고 그분 주위에도 다들 높으신 분들이 있었어요. 난 아마 인사도 안 했던 것 같아요, 잊어버렸어요. 어찌나 당황했던지 입술이 떨리고 다리도 후들거리고. 그럴 만했어요, 아기씨. 첫째로는, 부끄러웠어요. 오른쪽으로 고개를 돌려 거울을 봤는데 거울에 비친 내 모습에 아주 그냥 미칠 노릇이었지요. 둘째로는, 난 늘 내가 마치 이 세상에 없는 것처럼 행동해왔어요. 각하께서 내 존재에 관해서는 거의 모르시도록 말이죠. 관에 제부시킨이라는 사람이 있다는 걸 얼핏 들으셨을 수는 있지만, 이렇게 가까이서 저를 보신 적은 한 번도 없었어요.

그분께서 노하며 말씀하셨어요. "대체 어떻게 이럴 수 있습니까! 어딜 보고 있었어요? 중요한 서류고 급히 처리해야 되는데 당신이 망쳐놨어요. 그리고 당신도 대체," 그러면서 각하는 옙스타피 이바노비치를 향해 말했어요. 난 그저 들려오는 소리를 듣고 있을 뿐이었어요. "이건 태만입니다! 부주의란 말이에요! 불상사를 일으키다니!" 나는 무슨 말이든 하려고 입을 뗐어요. 용서를 구하려 했지만, 못 했어요. 도망치고 싶었지만, 엄두도 못 냈어요. 그런데… 그런데, 아기씨, 무슨 일이 벌어졌냐 하면, 지금도 너무 창피해서 간신히 펜을 쥐고 있네요. 내 단추가 — 빌어먹을 단추 같으니라고 — 실에 매달려 있던 단추가 갑자기 뜯어지면서 휙 날아가더니 (내가 어쩌다 그걸 건드렸나 봐요) 바닥에 톡톡 튀었다가 곧장, 그야말로 곧장 그 망할 것이 각하의 발 앞으로 굴러가는 겁니다, 그것도 다들 잠자코 있는 판에! 내 변명, 내 사과, 내 답변, 각하께 드리려던 모든 말씀은 그걸로 끝나 버렸어요! 결과는 끔찍했지요! 각하께서 즉시 내 겉모습과 관복을 주의 깊게 쳐다보셨어요. 난 거울 속의 내 모습을 떠올리고는 단추를 잡으려고 뛰어들었어요! 정말 멍청했지요! 몸을 굽혀 단추를 집으려는데 그게 구르고 돌고 하는 바람에 잡을 수가 없는 거예요. 한마디로, 민첩함마저 눈에 띄어 버렸지요. 난 진이 다 빠지고, 다 끝장났다고 생각했어요! 평판도 끝장나고, 사람 하나가 완전히 망한 거예요! 게다가 난데없이 귓속에서는 테레자와 팔도니의 목소리가 차례로 울리기 시작했어요. 난 마침내 단추를 잡아 쥐고는 허리를 펴고 곧추섰어요. 아, 그럼 바보가 차렷 자세를 하고 가만히 나 있을 것이지! 그렇지 않았답니다. 난 단추를 끊어진 실에 대고 꾹꾹 누르기 시작했어요, 그렇게 하면 붙기라도 한다는 듯. 게다가 실실 웃으면서, 실실 웃으면서요. 각하는 처음엔 돌아서시더니 날 다시 쳐다보시고는 옙스타피 이바노비치를 향해 말씀하셨어요. "아니, 대체…? 저 사람 모습 좀 보세요…! 어떻게 저렇습니까…! 왜 저래요…!" 아아, 내 친근한 사람, 이젠 별수 없어요 — 어떻게 저렇게? 왜 저렇게? 라니, 눈에 띄고 만 거예요! 옙스타피 이바노비치가 대답했어요. "주의받은 적은 없습니다, 주의받은 적은 전혀 없어요. 행실도 바르고, 봉급도 충분합니다, 지정된 급여대로…"
"그럼 어떻게든 형편을 좀 봐줘야지," 각하께서 말씀하셨어요. "가불을 해주든가…" "가불받았습니다, 일정 기간 앞당겨서 가불받았다고 합니다. 형편이 안 좋은 건 맞지만, 행실도 바르고 주의받은 적은 없습니다, 한 번도 없어요." 천사님, 난 몸이 타들어 갔어요. 지옥에서 활활 타는 듯했어요! 죽을 것 같았어요! 각하께서 큰소리로 말씀하셨어요. "아무튼, 얼른 새로 써야 돼요. 제부시킨, 이리 오세요, 실수 없이 다시 새로 쓰세요. 그리고 여러분은…" 각하가 다른 사람들을 향해 돌아서서 이것저것 지시를 내리시자 다들 흩어졌어요. 사람들이 나가니까 각하께서 급히 지갑을 여시더니 100루블짜리 지폐를 꺼내셨어요. "자, 내가 줄 수 있는 만큼입니다. 좋을 대로 쓰세요…" 이렇게 말씀하시면서 내 손에 쥐여주셨어요. 난 소스라쳤어요, 천사님, 영혼까지 다 떨렸어요. 내가 어떻게 됐나 봅니다, 그분의 손을 잡으려고 했거든요. 근데 그분께서 얼굴이 새빨개지시더니, 내 비둘기, ─ 이건 한 치의 오차도 없는 사실이에요, 내 친근한 사람, ─ 미천한 내 손을 잡고 흔드셨어요, 말 그대로 손을 잡고 흔드셨어요. 마치 자신과 동등한 사람에게 하시듯, 마치 자신과 같은 장관에게 하시듯 "가보세요, 내가 줄 수 있는 만큼이니…. 실수하지 마세요. 그럼 이걸로 마무리합시다."

난 말이죠, 아기씨, 이렇게 결심했습니다. 당신과 페도라에게 부탁할게요. 내게 자식들이 있었다면 자식들한테도 시켰을 겁니다, 하느님께 기도드리라고요. 그러니까 이렇게 말이죠, 친아비를 위해 기도하지 말고 각하를 위해 하루도 빠짐없이 영원히 기도하라고! 또 하나 엄숙하게 말할 게 있어요, 아기씨. 내 말 잘 들어봐요, 아기씨. 맹세컨대, 비록 내가 불행의 혹독한 날들 속에서 당신과 당신의 재앙, 또 나자신과 내 굴욕, 내 무능력을 보며 정신적인 고통으로 죽어갔어도, 그 모든 것에도 불구하고 맹세컨대, 100루블은 그리 귀하지 않아요. 각하께서 친히 이 지푸라기 같은 놈, 주정뱅이의 미천한 손을 잡고 악수해주신 것에 비하면요! 그로써 그분은 나를 나 자신으로 되돌려 놓으셨어요. 그 행동으로 내 영혼을 부활시키셨고, 내 인생을 영원토록 달콤하게 만드셨어요. 난 굳게 믿어요. 지극히 높으신 하느님 앞에서 내 죄가 아무리 크다 해도 각하의 행복과 행운을 비는 기도는 하느님의 보좌에 상달될 겁니다…!

아기씨! 난 지금 몹시 혼란스럽고 몹시 흥분돼 있어요! 심장이 두근거리고 가슴 밖으로 튀어나오려 해요. 몸도 왠지 좀 약해진 것 같네요. 당신에게 지폐 45루블을 보냅니다.

20루블은 주인 여자에게 주고, 35루블은 내 몫으로 남기고요. 20루블로 의복을 좀 단정히 하고 15루블은 생활비로 남겨 둘 거예요. 아침에 겪은 일들이 이제야 내 존재 전부를 흔들어대고 있어요. 좀 누워야겠네요. 어쨌거나 난 평온합니다, 아주 평온해요. 단지 가슴이 좀 저며요. 저 깊은 곳에서 내 영혼이 떨며 살아 움직이는 소리가 들려요. 당신한테 곧 갈게요. 지금은 이 모든 감정에 흠뻑 취해 있어요…. 하느님은 다 보고 계세요, 나의 아기씨, 더없이 귀한 내 비둘기!

당신의 어엿한 친구

마카르 제부시킨

9월 10일

친절하신 마카르 알렉세예비치!

당신의 행운에 이루 말할 수 없이 기쁘고 상관분의 선행도 정말 훌륭하세요, 나의 친구님. 그렇다면 이젠 고뇌는 내려놓으시고 좀 쉬세요! 하지만 제발 다시는 돈을 허투루 쓰지 마세요. 조용히 지내세요, 가능한 한 검소하게요. 그리고 오늘부터 조금씩이라도 저축을 하세요, 불행이 갑자기 다시 들이닥치지 않도록. 저희에 대해서는 제발 걱정하지 마세요. 저와 페도라는 어떻게든 살 거예요. 저희에게 돈을 왜 이렇게 많이 주셨어요, 마카르 알렉세예비치? 저흰 전혀 필요하지 않아요. 지금 있는 것으로도 만족해요. 사실 이 집에서 이사를 나가려면 곧 돈이 필요하겠지만, 페도라가 아주 옛날에 빌려줬었던 돈을 받을 수 있을 거라고 하네요. 어쨌든 만일을 위해 20루블은 가지고 있을게요. 나머지는 돌려 드려요. 제발 돈을 아끼세요, 마카르 알렉세예비치. 안녕히 계세요. 이젠 평온하게, 건강하고 즐겁게 지내세요. 더 쓰고 싶지만 너무나 피곤해요. 어젠 온종일 침대서 일어나지도 못했어요. 집에 들르겠다고 약속하셔서 좋네요. 꼭 찾아와 주세요, 마카르 알렉세예비치.

ㅂ. ㄷ.

9월 11일

사랑스러운 나의 바르바라 알렉세예브나!

제발 부탁입니다, 내 친근한 사람, 지금 와서 나랑 헤어지려고 하지 말아요. 난 이제야 온전히 행복하고 모든 게 만족스럽단 말입니다. 내 비둘기! 페도라 말은 듣지 말아요. 당신이 원하는 건 내가 다 해줄게요. 행실도 바르게 하겠어요. 각하를 향한 존경심에서라도 행실을 바르고 분명히 할 겁니다. 우린 다시 행복한 편지를 주고받을 것이고, 서로의 생각과 즐거움을 확인하고, 염려가 있다면 염려도 털어놓고, 둘이서 화목하고 행복하게 살 거예요. 문학도 읽고요…. 나의 천사! 내 운명은 완전히 바뀌었어요, 모든 게 좋게 바뀌었어요. 주인 여자랑 말도 잘 통하고, 테레자는 똑똑해지고, 팔도니까지 좀 날쌔졌다니까요. 라타자예프와도 화해했어요. 좋은 일도 있었고 해서 내가 그 사람한테 갔어요. 그는 정말이지 좋은 사람이에요, 아기씨. 사람들이 그에 관해 나쁘게 말한 건 다 헛소리였어요. 죄다 비열한 모함이었다는 걸 이제야 알게 됐어요. 그는 우리에 관해 쓸 생각이 전혀 없었대요, 직접 말해줬어요. 나한테 새로 쓴 작품도 읽어줬어요. 전에 나더러 로벨라스라고 했던 건, 그건 욕이나 무슨 모욕적인 용어가 아니래요, 나한테 설명해줬어요. 그 말은 외국어에서 따온 말인데 날렵한 젊은이란 뜻이래요. 좀 더 멋지게 문학적으로 말하자면 '젊은이여, 처신을 똑바로 하라' 이런 거래요! 뭔가 안 좋은 그런 건 아니래요. 악의 없는 농담이었대요, 나의 천사님. 내가 무식하고 멍청해서 마음

210

이 상했던 거예요. 그래서 내가 그 사람한테 사과했지요…. 오늘은 날씨도 정말 훌륭하네요, 바렌카, 정말 좋아요. 사실 아침엔 안개비가 조금 내렸는데 꼭 밀가루를 체에 치는 것 같았지요. 괜찮아요! 대신 공기가 좀 더 상쾌해졌으니까요. 부츠를 사러 다녀왔는데 아주 좋은 부츠를 샀어요. 넵스키 대로를 따라 산책도 했고요. "꿀벌*"도 읽었어요. 참! 중요한 걸 잊고 얘길 안 했네요.

이런 일이 있었답니다.

오늘 아침에 에멜리얀 이바노비치, 악센티 미하일로비치 와 함께 각하에 관한 이야기를 나눴어요. 그래요, 바렌카, 그분이 나 한 사람에게만 그리 자비롭게 대해주신 게 아니 었어요. 나 한 사람에게만 은혜를 베푸신 게 아니라 온 세 상이 그분의 선한 마음을 알고 있더군요. 수많은 곳에서 그 분으로 인해 찬양을 올려드리고 감사의 눈물을 흘리고 있 어요. 그분 집에서 한 고아 소녀가 양육을 받았대요. 아이가 정착하게끔 해주셨는데 각하 밑에서 특별 임무를 맡고 있 던 어떤 유명한 관리랑 결혼까지 시켜주셨대요. 또 과부의 아들을 어느 관청에 취직시켜주시고, 그밖에도 여러 좋은

* 1825년부터 1864년까지 상트페테르부르크에서 발행된 반동보수 성향의 일간지《북방 의 꿀벌Северная пчёла》을 가리킨다.

일들을 많이 하셨다고 해요. 난, 아기씨, 내 얘기도 털어놓는 게 마땅하다고 생각해서 사람들한테 다 들리도록 각하께서 행하신 일을 말했어요. 죄다 말하고 아무것도 숨기지 않았어요. 부끄러움은 주머니에나 넣어 뒀어요. 이런 상황에서 창피함이 다 뭐고 자존심이 다 뭐겠습니까! 아무튼 큰소리로 말했어요 — 각하의 선행이 칭송받기를! 난 심취해서 말했어요, 열정적으로 말했어요. 얼굴이 빨개지지도 않았고, 오히려 이런 얘기를 할 수 있다는 게 자랑스러웠어요. 난 죄다 말했어요(당신에 관해서만은 현명하게 입을 다물었지요, 아기씨). 우리 집 주인 여자에 관해, 팔도니에 관해, 라타자예프에 관해, 부츠에 관해, 마르코프에 관해 — 다 말했어요. 몇몇은 서로 쳐다보며 슬쩍슬쩍 웃었지요. 사실 다들 슬쩍 웃긴 했어요. 근데 그건 아마 내 겉모습에서 뭔가 우스운 걸 발견했다거나 아니면 부츠 때문에, 부츠 때문에 그런 걸 거예요. 뭔가 안 좋은 의도로 그럴 수는 없었어요. 다들 젊은 나이여서, 아니면 부유한 사람들이어서 그런 거지 절대 나쁘고 악한 의도로 내 말을 비웃었을 리는 없어요. 그러니까 뭔가 각하에 관련돼서 말이에요, 그건 절대로 그럴수가 없지요. 그렇지 않겠어요, 바렌카?

난 아직도 정신을 차릴 수가 없어요, 아기씨. 이 모든 사건이 날 세차게 흔들어놨어요! 당신 집에 땔감은 있나요? 감기 걸리지 말아요, 바렌카, 감기 걸리는 거 금방이에요. 어휴, 나의 아기씨, 당신의 그런 슬픈 생각들이 날 괴롭게 해요. 난 하느님께 기도해요, 당신을 위해 간절히 기도하고 있어요, 아기씨! 가령 털양말 같은 건 있나요, 아니면 옷가지라도 좀 따뜻한 게 있는지. 조심해요, 내 비둘기. 뭐라도 필요한 게 생기면 부디 창조주를 봐서라도 이 늙은이 속상하게 하지 말고 말해요. 곧장 나한테 알려요. 이제 안 좋은 시간들은 지났어요. 내 걱정은 하지 말아요. 앞으론 다 훤하게 밝고 좋을 겁니다!

분명 우울했던 시간이었지요, 바렌카! 하지만 상관없어요, 다 지나갔으니! 세월은 흐를 것이고, 이 시기를 떠올리며한 숨 한 번 내쉬게 될 거예요. 젊었던 시절이 떠오르네요. 그땐 더했어요! 어쩔 땐 1코페이카도 없었으니까요. 춥고 배고팠지만 흥겨웠어요, 정말 그랬지요. 아침에 넵스키 대로를 지나다가 잘생긴 사람을 마주치기만 해도 온종일 행복했어요. 참 좋았던, 좋았던 시절이었지요, 아기씨! 세상살이가 참좋아요, 바렌카! 특히 페테르부르크에서는요. 난 어제 눈물을 흘리며 주 하느님 앞에 참회했어요. 우울했던 날들에 지은 내 모든 죄를 — 불평, 자유사상, 술주정과 노름을 용서

해주시길 빌었어요. 기도하면서 당신에 관해서도 감격스레 떠올렸어요. 오직 당신만이, 천사님, 나를 굳세게 했고, 당신만이 나를 위로했고, 선한 조언과 충고로 내 길에 함께 해주었어요. 난 절대 잊을 수 없어요, 아기씨. 오늘은 당신이 보낸 편지들에 전부 입을 맞췄어요, 내 비둘기! 그럼 잘 있어요, 아기씨. 어딘가 멀지 않은 곳에서 옷을 판다고 하네요. 가서 좀 봐야겠어요. 잘 있어요, 천사님. 잘 있어요!

당신에게 진심으로 충실한

마카르 제부시킨

9월 15일

경애하는 마카르 알렉세예비치!

전 온통 끔찍한 불안감에 사로잡혀 있어요. 저희에게 무슨 일이 있었는지 좀 들어보세요. 전 어떤 치명적인 일을 예감하고 있어요. 직접 판단해 보세요, 더없이 귀한 친구님, 비코프 씨가 페테르부르크에 있대요. 페도라가 그 사람과 마주쳤다고 해요. 그가 마차를 타고 가다가 멈추더니 페도라한테 직접 다가와서는 어디서 사냐고 물으면서 집에 찾아오려고 했대요. 그녀는 처음엔 말을 안 했어요. 그런데 그가 히죽 웃으면서 집에 누가 살고 있는지 안다고 했대요(안나 표도로브나가 다 말해줬겠죠). 그러자 페도라는 참지 못하고 길 한복판에서 그 사람을 야단치고 꾸짖었어요. 그 사람더러 부도덕한 인간이며 제 모든 불행의 원인이라고 했대요. 그가 대답하길 인간이 돈 한 푼 없으면 당연히 불행하다고 했대요. 페도라는 제가 일을 해서 먹고살 수도 있었고, 결혼을 할 수도 있었고, 그러면 이렇게 어렵게 자리를 구할 필요도 없었을 텐데 이젠 영영 행복을 놓쳐버렸다, 게다가 아파서 곧 죽을 거라고 했어요. 그러자 그가 대꾸하기를 제가 아직도 너무나 어리고, 아직도 머릿속에서 헤매기나 하고, 저희의 도덕성이 흐리멍덩해졌대요(그 사람 표현이에요). 저와 페도라는 그 사람이 저희 집을 모르는 줄 알았어요. 그런데 어제 제가 고스티니 드보르에 장을 보러 나가자마자 갑자기 그가 저희 방에 들어왔대요. 저를 집에서 맞닥뜨리긴 싫었나 봐요. 저희가 어떻게 생활하는지 이것저것 물어보고, 방안도 둘러보고, 제가 하는 일도 보더니 마침내 "당신들과 알고 지낸다는 그 관리는 누군가요?"라고 물었대요. 때마침 당신이 마당을 지나치셔서 페도라가 당신을 가리켰는데 그가 보고는 히죽 웃었다네요. 페도라는 가뜩이나 제가 상심으로 인해 몸이 안 좋은데 그가 집에 와 있는 걸 보면 굉장히 불쾌해할 테니 제발 나가달라고 했어요. 그는 잠시 말이 없더니 할 일도 없고 해서 그냥 들른 것이라며 페도라한테 25루블을 주려고 했대요. 그녀는 당연히 받지 않았지요. 이게 무슨 뜻일까요? 저희 집엔 왜 온 걸까요? 그 사람이 어떻게 저희에 대해 전부 알고 있는지 모르겠어요! 도무지 짐작이 안 돼요. 페도라 말로는 우리 집에 오는 자기 시누이 악시냐가 세탁부 나스타샤랑 아는 사이인데, 그 나스타샤의 사촌 오빠가 안나 표도로브나의 조카의 지인이 근무하는 관청에 수위로 있대요. 그래서 소문이 어쩌다 그렇게 흘러든 게 아닐까 하더라고요. 어쨌든 페도라가 잘못 짚었을 가능성이 크지만, 저흰 어떻게 해야 할지 모르겠어요. 정말로 저희 집에 다시 오려는 걸까요? 생각만 해도 끔찍해요! 어제 페도라가 얘기를 해주는데 전 너무 겁이 나고 무서워서 기절할 뻔했어요. 그 사람들은 뭐가 더 필요한 걸까요? 전 이제 그자들을 아는 척도 하기 싫어요! 가엾은 제게 무슨 볼일이 있을까요! 아아! 전 지금 공포에 사로잡혀 있어요. 비코프가 금방이라도 들어올 것만 같아요. 전 어떻게 될까요! 운명이 또 저를 어떻게 하려는 것일까요? 제발 그리스도를 위해 지금 곧장 와주세요, 마카르 알렉세예비치. 와주세요, 제발 와주세요.

ㅂ. ㄷ.

9월 18일

아가씨, 바르바라 알렉세예브나!

금일에 우리 집에 더없이 비탄하고 그 무엇으로도 설명
되지 않는 뜻밖의 사건이 일어났습니다. 우리의 가엾은 고
르시코프가 (미리 말해둬야 할 일이에요, 아가씨) 완전히 무죄
가 됐어요. 판결은 이미 오래전에 났는데 오늘은 최종 결정
문을 들으러 다녀왔대요. 소송은 그에게 아주 유리하게 끝
났어요. 태만과 부주의로 인한 과실 같은 게 완전히 다 무
혐의 처리됐어요. 상인에게는 그에게 거액의 돈을 지급하
라는 선고가 내려졌어요. 그래서 고르시코프는 형편도 아
주 좋아지고, 실추된 명예도 회복되고, 다 좋게 됐어요. 한
마디로 완벽한 소원성취가 된 것이죠. 그는 오늘 오후 세 시
에 집에 돌아왔어요. 얼굴이 말이 아니었어요. 아마포처럼
창백하고 입술은 바르르 떨리는데 미소를 지으면서 아내와
아이들을 끌어안았지요. 우린 축하해주려고 전부 몰려갔

어요. 그는 우리의 행동에 몹시 감격해서 사방에 고개 숙여 인사하고 한 사람씩 돌아가며 몇 차례나 악수했어요. 내 눈엔 심지어 그가 키도 커지고, 몸도 쭉 펴지고, 눈가에 진물도 없어진 것 같았어요. 그는 심하게 흥분된 상태였어요, 가엾은 사람. 한순간도 자리에 가만히 있질 못하더군요. 뭐든 손에 잡히는 대로 집었다가 다시 내려놨다가, 끊임없이 미소를 지으면서 인사를 하고, 앉았다가 일어났다가 다시 앉았다가, 무슨 소린지도 모를 말을 하는데 "내 명예, 명예, 체면, 내 아이들" 이러면서 울기까지 했어요! 우리도 대부분 눈물을 흘렸지요. 라타자예프는 그를 격려하고 싶었는지 "바튜시카, 먹을 것도 없는 마당에 명예가 무슨 소용입니까. 돈이 중요해요, 바튜시카, 돈이. 그러니 그것에 대해 하느님께 감사하세요!"라고 하고는 고르시코프의 어깨를 토닥였어요. 내가 볼 땐 고르시코프가 마음이 상한 것 같았어요. 그러니까, 불편함을 말로 드러내지는 않았지만 라타자예프를 좀 이상하게 쳐다보면서 어깨에서 그의 손을 떼어냈어요. 예전 같았으면 이렇게 하진 않았을 거예요, 아기씨! 어쨌거나 성격들도 참 다양하지요. 가령 나 같으면 기쁜 일을 축하하는 그런 자리에서 거드름을 피우진 않았을 겁니다. 왜냐면, 내 친근한 사람, 때때로 과하도록 고개를 숙이고 자신을 낮추는 것은 다른 이유에서가 아니라 착한 심성이 격발해서, 마음이 지나치게 여려서 그런 것이거든요…. 아무튼 내가 상관할 일은 아니고! 고르시코프는 "그래요, 돈도 좋지요. 하느님께 영광을, 하느님께 영광을!"이라고 하더니, 나중에도 우리가 있는 내내 되풀이했어요. "하느님께 영광을, 하느님께 영광을…!" 그의 아내는 식사를 좀 더 고급스럽고 넉넉하게 주문했어요. 우리 주인 여자가 직접 요리했지요. 우리 주인 여자도 어느 정도는 착한 여자예요. 그런데 고르시코프는 식사 때까지 자리에 가만히 있질 못했어요. 자기를 불렀든 부르지 않았든 온 집을 방마다 돌아다녔어요. 그냥 들어가서 웃고, 잠깐 앉아 무슨 말인가를 하거나 어쩔 땐 아무 말도 없이 도로 나갔어요. 해군 소위의 방에서는 카드까지 손에 들었어요. 네 번째 사람으로 끼어줬대요. 그는 놀이를 하던 중에 뭔가 어이없는 실수를 하더니만 서너 차례 패를 내고는 그만뒀대요. "안 되겠어요. 난 그냥, 그냥 한번 해본 거예요." 그러고는 방에서 나왔어요. 복도에서 나를 마주치자 그는 내 두 손을 덥석 쥐고 눈을 똑바로 쳐다봤어요, 아주 감동스럽게요. 나와 악수를 하고 지나갔는데 계속 미소를 짓고 있었어요. 다만 좀 힘겹고 기묘한 미소였지요, 마치 죽은 사람처럼. 그의 아내는 기뻐서 울고, 집 안이 온통 명절 분위기로 흥겨웠어요. 그들은 곧 식사를 했어요. 식사를 마치고 그가 아내한테 말했대요. "저기, 여보, 나 잠깐 누울게요." 그러고는 침대로 갔어요. 딸아이를 불러다 아이 머리에 손을 얹고 오래오래 머리를 쓰다듬었어요. 그다음엔 다시 아내에게 말하길 "페첸카는 어때요? 우리 아들 페차, 페첸카는…?" 아내는 성호를 긋고는 아들이 죽었지 않냐고 대답했어요. "그래요, 그래. 나도 알아요, 다 알아요. 페첸카는 이제 하늘나라에 있어요." 아내는 그가 이번 일로 크게 충격을 받아서 제정신이 아닌 걸 이해하고는 말했어요. "여보, 눈 좀 붙이세요." "그래요, 알았어요, 잠깐만… 나 조금만." 그러고는 돌아누워 잠시 있더니, 또다시 돌아보고는 무슨 말인가를 하려고 했대요. 아내는 못 알아들어서 "뭐라고 했어요, 내 친구님?" 하고 물었어요. 그는 대답이 없었어요. 그녀는 잠깐 남편의 대답을 기다리다가 잠들었겠거니 하고는 잠깐 주인 여자한테 가 있었어요. 한 시간 뒤에 돌아와 보니 남편은 아직 깨지 않고 꼼짝없이 그렇게 누워 있더래요. 그녀는 남편이 자는 줄 알고 앉아서 일거리를 손에 들었어요. 한 30분 정도 일하면서 골똘히 생각에 잠겨 있었는데 자기가 무슨 생각을 했었는지 기억도 안 나고 남편도 아예 잊고 있었대요. 그런데 왠지 불안한 느낌에 정신이 번

쩍 들고, 방 안이 무덤처럼 조용하다는 게 우선 충격이었어
요. 침대를 보니 남편은 여전히 똑같은 자세로 누워 있었어
요. 그녀가 남편에게 다가가 이불을 들쳤는데 그는 이미 차
갑게 식어 있더래요. 죽은 거예요, 아기씨, 고르시코프가 죽
었어요, 갑자기 죽었어요, 날벼락을 맞은 듯 죽었어요! 뭣 때
문에 죽은 건지는 하느님만 아시겠지요. 난 너무나 충격을
받아서 아직도 정신을 차릴 수가 없어요. 사람이 그리 간단
히 죽을 수 있다니, 왠지 믿어지지 않아요. 정말 불쌍해요,
고르시코프는 정말 불운한 사람이에요! 아아, 운명은, 운명
은 왜 이렇답니까! 아내는 겁에 질려 울고 있어요. 딸아이는
방구석 어딘가에 숨었고요. 그 집은 지금 난리예요, 부검을
할 거라는데… 확실히는 모르겠네요. 그런데 불쌍해요. 아
아, 너무나 불쌍해요! 생각할수록 슬프네요, 사실 이렇게 하
루 앞도 한 시간 앞도 모른다니…. 이렇게나 어이없이 죽다
니….

당신의 마카르 제부시킨

9월 19일

경애하는 바르바라 알렉세예브나!

서둘러 알립니다, 나의 친구님. 라타자예프 소개로 어떤 작가에게서 일거리를 받게 됐어요. 누군가가 그를 찾아왔는데 굉장히 두꺼운 수기 노트를 가져왔어요. 하느님께 영광을, 일이 많아요. 다만 알아보기 꽤 어렵게 쓰여 있어서 일을 어떻게 해야 할지 모르겠네요, 빨리해달라는데. 내용도 죄다 좀 이해가 안 되는 것들이고…. 장당 40코페이카로 얘기됐어요. 이제 부수입이 생기게 됐음을 알리고자 이렇게 씁니다, 내 친근한 사람. 그럼 잘 있어요, 아기씨. 바로 일을 시작해야겠네요.

당신의 진실한 친구

마카르 제부시킨

9월 23일

나의 귀한 친구, 마카르 알렉세예비치!

당신께 벌써 3일째, 내 친구님, 아무것도 쓰지 못했네요. 근데 그동안 정말 많이 근심하고 많이 초조했답니다.

엊그제 저희 집에 비코프가 왔었어요. 전 혼자였고 페도라는 외출 중이었어요. 문을 열어줬는데 그 사람인 걸 보고는 기겁해서 꼼짝도 할 수 없었어요. 제 얼굴이 새파랗게 질린 게 느껴질 정도였지요. 그는 평소처럼 큰소리로 웃으면서 들어와서는 의자를 가져다가 앉았어요. 저는 한동안 정신을 못 차리다가 마침내 일을 하려고 구석으로 가 앉았어요. 그는 이내 웃음을 멈췄어요. 제 모습에 충격을 받은 듯했어요. 최근에 제가 심하게 말랐잖아요. 볼과 눈이 푹 꺼지고 얼굴은 백지장처럼 창백하고…. 정말이지, 1년 만에 절 보는 사람은 알아보기 어려울 거예요. 그 사람은 한동안 저를 빤히 쳐다보더니 이윽고 다시 기분이 좋아졌어요. 그가 무슨 말인가를 해서 제가 대답했는데, 뭐라고 대답했는지 기억은 안 나지만 그가 다시 크게 웃었어요. 그는 저희 집에 한 시간이나 머물렀어요. 저와 한참을 이야기하고 이것저것 물어보기도 했지요. 마침내 집을 나서기 전에 제 손을 잡고 말했어요(당신께 빠짐없이 전부 말씀드릴게요). "바르바라 알렉세예브나! 우리끼리 하는 말이지만, 당신의 친척이고 내 가까운 지인이자 친구인 안나 표도로브나는 굉장히 비열한 여자랍니다." (그녀에 대해 또 다른 점잖지 못한 말도 했어요.) "당신의 사촌 동생도 잘못된 길에 빠지게 하고 당신도 망가뜨렸어요. 나로서도 이번 일에 있어서는 비열한 놈이었지만,

허나 뭐, 세상사가 그런 것이죠." 그러고선 집이 떠나가라 웃었어요. 그다음엔 자기는 말을 멋지게 하는 재주가 없다, 중요한 건, 귀족으로서 책임이 있기에 자신이 이미 공언한 바에 대해 입 다물고 있어선 안 됨을 설명해야만 했다, 나머지 얘기는 짧게 시작하겠다, 했어요. 그러고선 제게 청혼한다면서 선언하길 제 명예를 회복시켜주는 것을 자신의 의무로 여기고 있다, 자신은 부자이다, 식을 올린 후엔 초원이 있는 자신의 시골로 데려가겠다, 자신은 거기서 토끼사냥을 하고 싶다, 페테르부르크는 불결해서 다시는 안 올 것이다, 여기 페테르부르크에 (그의 표현대로 쓰자면) 개망나니 조카가 있는데 조카의 상속권을 박탈하겠노라고 맹세했다, 바로 그일 때문에, 즉 법정 상속인들을 두고자 해서 청혼하는 것이다, 이게 가장 중요한 청혼 이유다, 했어요. 그다음엔 저더러 너무 가난하게 산다, 이런 움막 같은 곳에서 지내고 있으니 아픈 것도 놀라운 일이 아니다, 이렇게 한 달이라도 더 있간 죽음을 피할 수 없을 것이다, 페테르부르크 집들은 불결하다, 그리고 마지막으로, 뭐 필요한 건 없냐, 물었어요.

전 그의 청혼에 충격을 받은 나머지, 저도 왜 그랬는지 모르겠지만, 울어버렸어요. 그는 그걸 감사의 눈물로 받아들이고는 제가 착하고, 고마움도 알고, 박식한 처녀임을 확신하고는 있었지만, 어쨌든 근래의 제 행실을 자세히 알아보기 전까지는 이런 결정을 내릴 수 없었다고 했어요. 그리고 당신에 대해서도 물어보면서 다 들었고, 당신은 기품 있는 사람이고, 그의 입장에서 당신에게 빚지고 싶지 않으며, 당신이 제게 해주신 모든 것들에 대한 대가로 500루블이면 충분하겠냐고 물었어요. 제가 당신이 제게 해주신 것은 돈으로는 절대 갚을 수 없는 것이라고 하자 그는 그런 말은 다 쓸데없는 것이다, 다 소설 같은 것이다, 제가 아직 어려서 시나 읽고 있다, 소설이 어린 아가씨들을 망가뜨린다, 책은 도덕성을 해칠 뿐이며 자신은 책이라면 지긋지긋하다, 했어요. 또 자기 나이 정도나 살아보고 사람들이 어떻다 말하라면서 "그때가 돼 봐야 사람들에 대해서도 알게 될 겁니다."라고 덧붙였어요. 그다음엔 자신의 제안에 대해 심사숙고하라고, 이런 중요한 일을 분별없이 결정 내린다면 몹시 불쾌할 거라고 했어요. 또 덧붙이기를 미숙한 젊은이들이 무분별과 감정에 빠져서 망가진다, 하지만 자신은 호의적인 답변을 간절히 기대하겠다, 마지막으로, 그렇지 않을 경우엔 모스크바에 있는 한 상인의 딸과 혼인할 수밖에 없는데, 왜냐하면 망나니 조카 녀석의 상속권을 박탈하겠노라고 맹세했기 때문이다, 했어요. 그 사람은 기어이 제 자수틀 위에

500루블을 내려놓으면서 캔디나 사먹으라고 했어요. 제가 시골에 가면 빵처럼 살이 오르고, 배부르고 등 따숩게 살 거래요. 자신은 요즘 할 일이 태산이라 온종일 돌아다니고 있는데 잠깐 짬을 내어 들른 거래요. 그러고는 갔어요. 전 한참을 생각했어요. 이것저것 많이 생각해봤어요. 생각하면서 정말 괴로웠지만, 친구님, 마침내 결정을 내렸어요. 친구님, 전 그 사람과 결혼할 거예요. 그의 청혼을 승낙해야만 해요. 제 수치를 씻어내고, 제 명예를 되돌리고, 앞으로 제게서 가난과 고난과 불행을 막아줄 사람이 있다면, 그건 그 사람이 유일해요. 앞으로 무얼 더 기대할 수 있을까요, 운명에 무얼 더 요구할 수 있을까요? 페도라는 행복을 놓쳐선 안 된다고, 이런 상황에서 행복이 과연 무엇이겠냐고 했어요. 저는 아무래도 저 자신을 위한 다른 길은 찾지 못할 것 같아요, 더없이 귀한 나의 친구님. 제가 뭘 할 수 있을까요? 일 때문에 건강을 다 망쳐서 일도 꾸준히 못 해요. 남의 집 일꾼으로 들어갈까요? 그럼 우울감에 더 쇠약해질 거고, 게다가 전 아무짝에도 쓸모가 없어요. 태생적으로 병약해서 사람들에게 늘 짐만 돼요. 물론 제가 천국에 간다고 할 순 없어요. 하지만 제가 뭘 할 수 있겠어요, 친구님, 뭘 할 수 있겠어요? 과연 선택의 여지가 있을까요?

당신께 조언을 구하지는 않았어요. 저 혼자 생각하고 싶었어요. 지금 읽고 계신 제 결정은 바뀌지 않을 것이고 곧장 비코프에게 알릴 거예요. 어서 최종 답변을 달라고 재촉하고 있거든요. 일 때문에 한시바삐 떠나야 하는데 사소한 일로 일정을 미룰 순 없다고 했어요. 하느님은 아시겠죠, 제가 행복할지 아닐지. 제 운명은 그분의 헤아릴 수 없는 거룩한 권한 속에 있으니까요. 어쨌든 전 결심했어요. 사람들 말로는 비코프가 좋은 사람이고 절 존중해줄 거래요. 저 역시 그 사람을 존중하게 될 수도 있겠죠. 이 결혼에서 그 이상 뭘 더 기대할 수 있겠어요?

당신께 모든 걸 알려드렸어요, 마카르 알렉세예비치. 제 마음이 얼마나 무거운지 이해하실 거라 믿어요. 제 결심을 무너뜨리려고 하진 마세요. 애쓰셔도 소용없어요. 제가 이렇게 할 수밖에 없는 모든 사정을 마음 깊이 헤아려주세요. 처음엔 정말 불안했는데 지금은 마음이 좀 편해졌어요. 제 앞에 무엇이 있을지 전 몰라요. 일어날 일은 일어나겠죠, 하느님이 정하시는 대로…!

비코프가 왔어요. 마무리도 못 하고 편지를 마칩니다. 더 많은 얘길 하고 싶었는데. 비코프가 벌써 들어왔어요!

ㅂ. ㄷ.

9월 23일

아기씨, 바르바라 알렉세예브나!

아기씨, 서둘러 회신합니다. 아기씨, 서둘러 말할게요, 난 몹시 당황스러워요. 이게 다 왠지 아닌 것 같아요… 어제 우린 고르시코프의 장례식을 치렀어요. 그래요, 맞아요, 바렌카, 맞아요, 비코프가 기품 있게 행동했어요. 근데, 내 친근한 사람, 당신은 그렇게 승낙을 하는군요. 물론 모든 게 하느님의 뜻이에요. 맞아요, 반드시 그래야만 해요, 그러니까 이것에는 반드시 하느님의 뜻이 있어야만 해요. 조물주의 섭리나 은총은 당연히 헤아릴 수 없고, 운명도 그러하고, 하느님 역시 그러한 분이시죠. 페도라도 당신을 격려하고 있군요. 당연해요, 당신은 이제 행복해질 겁니다, 아기씨, 풍족해질 거예요, 내 비둘기, 내 별, 보고 또 봐도 어여쁜 당신, 나의 천사님. 다만, 바렌카, 왜 이리 급한 건가요…? 그래요, 일 때문에… 비코프 씨가 일이 있으니까 당연해요, 누군들 일이 없겠어요, 그 사람도 여러 일이 있을 수 있지요…. 그가 당신 집에서 나오는 걸 내가 봤어요. 풍채 좋은 남자더군요, 심히 풍채 좋은 남자예요. 다만 이 모든 게 왠지 아닌 것 같아요. 풍채 좋은 남자라서 문제라는 게 아니라, 내가 지금 좀 제정신이 아니에요. 그러면 이제 우린 어떻게 서로에게 편지를 쓰나요? 나는, 나는 어떻게 혼자 남아 있나요? 나는, 천사님, 다 헤아리고 있어요, 죄다 헤아리고 있어요. 당신이 내게 썼던 내용을 전부 마음속에 헤아려 보고 있어요, 그런 이유들을. 정서도 벌써 스무 장이나 마쳤는데 그 와중에 이런 일이 생기다니! 아기씨, 곧 떠나야 하면 사야 할 것도 여러 가지로 많을 텐데, 신발도 여럿 사고, 옷도 그렇고. 마침 고로호바야 거리에 내가 잘 아는 상점이 있어요, 전에 당신한테 자세히 말해준 거 기억할 거예요. 아니, 안 돼요! 어떻게 하려고요, 아기씨, 어쩌려고요! 지금 가면 안 되잖아요, 절대 불가능해요, 절대 그럴 수 없어요. 사야 할 것도 많고 마차도 구해야 하잖아요. 게다가 지금은 날씨도 안 좋아요. 좀 봐요, 양동이로 들이붓듯 비가 쏟아지는데, 아주 척척한 비가, 게다가 또… 또 추울 겁니다, 나의 천사님, 가슴이 시릴 거라고요! 당신은 낯선 사람을 무서워하잖아요, 그런데 가다니요. 그럼 난 누굴 위해 여기 혼자 남아 있나요? 페도라는 당신이 크게 행복할 거라고 하지만…. 그 난폭한 아낙네가 날 죽이려 드네요. 오늘 저녁 예배에 갈 건가요, 아기씨? 그렇다면 나도 당신을 보러 갈게요. 맞는 말이에요, 아

229

가난한 사람들

기씨, 완전히 맞는 말이에요, 당신은 박식하고 덕이 있고 고마움을 아는 처녀예요. 하지만 그 사람은 상인의 딸이랑 결혼하라고 해요! 당신 생각은 어때요, 아기씨? 그냥 상인의 딸과 결혼하라고 해요! 나의 바렌카, 날이 저무는 대로 잠깐 당신한테 갈게요. 요즘은 날이 일찍 저무니까 곧장 달려갈게요. 오늘은 꼭 잠깐 들를게요, 아기씨. 지금은 당신이 비코프를 기다리는 중이니까, 그 사람이 가고 나면 그때⋯. 기다려요, 아기씨, 달려가리다⋯.

마카르 제부시킨

9월 27일

나의 친구, 마카르 알렉세예비치!

비코프 씨 말로는 제가 네덜란드산 리넨 내의 세 다스는 꼭 가지고 있어야 한대요. 그래서 두 다스 정도 만들어 줄 재봉사를 가능한 한 빨리 구해야 되는데 시간이 너무 촉박해요. 비코프 씨는 화를 내면서 이런 천 쪼가리 때문에 끔찍이도 성가시다고 했어요. 결혼식은 5일 뒤고, 저흰 결혼식 다음 날 떠나요. 비코프 씨는 하찮은 것에 시간을 많이 할애할 필요가 없다면서 서두르고 있어요. 전 일을 분주히 하느라 시달려서 간신히 서 있을 정도예요. 할 일이 산더미 같고, 정말이지, 이런 거 다 안 했으면 좋겠어요. 참, 그리고 또 블론드*와 레이스가 부족해서 좀 더 사야 해요. 비코프 씨가 자신의 아내가 식모처럼 하고 다니길 원치 않는다면서 저더러 "지주 부인들의 코를 납작하게 해야 한다"고 했거든요. 그가 직접 한 말이에요. 그러니, 마카르 알렉세예비치, 제발 고로호보야 거리의 마담 시폰을 찾아가셔서 부탁좀 해주세요. 첫째, 속옷 재봉사를 저희 집으로 보내라 하시고, 둘째, 번거롭겠지만 그녀더러 직접 저희 집에 와 달라고해주세요. 전 오늘 좀 아파요. 새로 이사 온 이 집은 너무나춥고 끔찍이도 어수선해요. 비코프 씨의 고모님은 연로하셔서 숨만 겨우 쉬세요. 저희가 떠나기 전에 돌아가시지 않을까 겁나는데 비코프 씨는 괜찮다고 하네요, 정신이 드실 거래요. 집 안이 정말 끔찍이도 어수선해요. 비코프 씨는 저희와 함께 지내지 않아요. 그래서인지 사람들이 어딜 그렇게 나다니는지 모르겠어요. 페도라 혼자서 일을 거들 때도있어요. 모든 걸 맡아서 살펴야 할 비코프 씨의 하인은 벌

* 프랑스어로 blonde, 실크로 된 레이스이다.

써 사흘째 어디로 갔는지 보이지도 않아요. 비코프 씨는 아침마다 들러서 계속 화만 내고, 어제는 건물 관리인을 때려서 그 때문에 경찰과 안 좋은 일까지 있었어요…. 당신께 편지를 전해줄 사람이 없었어요. 우편으로 보냅니다. 참! 제일 중요한 걸 잊어버릴 뻔했네요. 마담 시폰에게 블론드를 꼭 바꿔 달라고 하세요, 어제 본 견본에 맞는 것으로요. 그리고 저한테 직접 와서 뭘로 정했는지 보여 달라고 하세요. 그리고 또 칸주*에 대해선 제가 생각이 바뀌었다고 전해주세요. 그건 크로셰**로 떠야 돼요. 그리고 또, 숄에 글자는 사슬수로 해야 돼요, 아셨죠? 사슬수예요, 평수가 아니라. 잊으시면 안 돼요, 사슬수예요! 아, 또 깜박 잊어버릴 뻔했네요! 제발 그녀에게 전해주세요. 망토에 나뭇잎은 도톰하게 꿰매고, 넝쿨과 가시는 코르도네***로, 그다음에 옷깃에는 레이스나 넓은 팔발라****를 둘러야 한다고요. 꼭 좀 전해주세요, 마카르 알렉세예비치.

당신의 Б. Д.

---

* 프랑스어로 canezou, 얇은 천이나 레이스로 뜬 숄의 한 종류이다.
** 프랑스어로 crochet, 코바늘이라는 뜻.
*** 프랑스어로 cordonnet, 가는 밧줄, 가는 끈이라는 뜻으로 자수 기법의 한 종류이다.
**** 프랑스어로 falbala, 주름 장식이라는 뜻.

P. S. 자꾸 성가신 부탁을 드려서 너무 죄송해요. 벌써 사흘째 아침마다 뛰어다니시네요. 하지만 어떡하겠어요! 저희 집은 너무나 정신이 없고, 저는 몸이 안 좋아요. 그러니 화내지 말아주세요, 마카르 알렉세예비치. 정말 우울해요! 아아, 어떻게 되는 걸까요, 내 친구님, 나의 사랑하는, 착하신 마카르 알렉세예비치! 저는 미래를 떠올리는 것조차 겁이 나요. 계속 안 좋은 예감이 들고 뭔가에 홀린 듯 멍하니 지내요.

P. S. 제발 내 친구님, 제가 말씀드린 것들 하나도 빠뜨리시면 안 돼요. 실수하지 않으실까 걱정되네요. 기억하세요, 사슬수예요, 평수가 아니라.

ㅂ. ㄷ.

9월 27일

경애하는 바르바라 알렉세예브나!

당신이 부탁한 일들은 다 충실히 이행했어요. 마담 시퐁이 그러는데 자기도 사슬수로 할 생각이었대요, 그게 더 고급스럽다나 뭐라나. 모르겠어요, 내가 이해를 잘 못 했어요. 아, 그리고 당신이 팔발라에 관해 썼었는데 그녀도 팔발라 얘길 하더군요. 근데 그녀가 팔발라에 관해 뭐라고 했는지 내가 그만 잊어버렸어요, 아기씨. 굉장히 말이 많았다는 것만 기억나요. 정말 천박한 아낙이에요! 그게 뭐라더라? 아무튼 그녀가 직접 당신에게 말해줄 겁니다. 난, 아기씨, 완전히 진이 빠져버렸어요. 오늘은 출근도 못 했네요. 그래도 당신은, 내 친근한 사람, 괜히 낙담하지 말아요. 당신을 안심시키기 위해서라면 상점마다 다 뛰어다닐 각오가 돼 있으니까요. 장래를 떠올리기가 무섭다고 썼네요. 오늘 여섯 시 이후에 다 알게 될 겁니다. 마담 시폰이 당신한테 직접 갈 거예요. 그러니까 절망하지 말아요. 희망을 품어요, 아기씨. 분명다 잘 될 겁니다, 두고 봐요. 근데 그 팔발라가 뭐라더라, 에이 빌어먹을 팔발라, 팔발라! 나도 당신한테 가보면 좋을 텐데, 천사님, 가보고말고요, 꼭 갔을 겁니다. 벌써 두어 번이나 당신 집 대문 앞까지 갔었어요. 근데 계속 비코프가, 그러니까 내 말은, 비코프 씨가 계속 화를 낸다고 하니, 그래서는 안 될 것 같고…. 뭐, 어쩌겠어요!

마카르 제부시킨.

9월 28일

경애하는 마카르 알렉세예비치!

제발 지금 곧장 보석상에게 가주세요. 진주랑 에메랄드 귀걸이는 만들 필요 없다고 전해주세요. 비코프 씨가 그건 너무 화려하고 비싸대요. 화를 내면서 가뜩이나 주머니 사정도 그런데 저희가 자기를 약탈한다고 하네요. 어제는 비용이 이렇게 들 줄 미리 알았다면 이 일에 나서지도 않았을 거라고 했어요. 예식이 끝나는 대로 바로 떠날 것이고 하객들도 없을 것이니 저더러 빙글빙글 돌며 춤출 생각은 하지도 말래요, 잔칫날은 아직 멀었다면서. 어쩜 말을 이렇게 할까요! 하느님은 아세요, 제가 이런 걸 다 필요로 했는지! 다 비코프 씨가 직접 주문한 거예요. 그 사람이 정말 불같아서 전 감히 아무 대꾸도 못 해요. 저는 어떻게 되는 걸까요!

ㅂ. ㄷ.

9월 28일

나의 비둘기, 바르바라 알렉세예브나!

내가, 아니 보석상이 그러는데 알겠대요. 나에 관한 말을 먼저 하려고 했네요. 내가 좀 아파서 침대서 일어날 수가 없어요. 이렇게 분주하고 한시가 귀한 때에 감기에 걸리다니, 젠장맞을! 또 하나 알려줄 것은, 설상가상으로 각하께서 엄격해지셨어요. 에멜리얀 이바노비치에게 화를 많이 내시고 소리도 지르셨는데, 막판엔 가엾게도 진이 다 빠져 힘들어하셨지요. 이렇게 당신에게 죄다 알립니다. 다른 얘기도 더 하고 싶은데 당신한테 폐가 될까 봐 겁나요. 난, 아기씨, 멍청하고 단순한 사람이잖아요. 아무거나 막 썼다가 행여나 당신이 좀 그럴까 봐 — 뭐, 좀 그렇다고요!

당신의 마카르 제부시킨

9월 29일

바르바라 알렉세예브나, 내 친근한 사람!

오늘 페도라를 봤어요, 나의 비둘기. 벌써 내일이 당신 결혼식이고, 내일모레 떠나야 해서 비코프 씨가 말을 빌리고 있다고 말해줬어요. 각하에 관해서는 내가 당신한테 얘기했었지요, 아기씨. 아, 고로호바야 상점의 계산서들은 확인 했어요. 다 맞아요, 다만 굉장히 비싸네요. 근데 비코프 씨 는 뭣 때문에 당신한테 화를 낸답니까? 아무튼 행복하세 요, 아기씨! 난 기뻐요. 그래요, 난 기쁠 거예요, 당신이 행 복해진다면. 나도 교회에 가고 싶지만, 아기씨, 허리가 아파 서 못 가겠어요. 근데 계속 편지에 관해 말하지만, 이젠 누 가 우리의 편지를 전달해주나요, 아기씨? 참! 당신이 페도 라에게 은혜를 베풀었더군요, 내 친근한 사람! 좋은 일 했어 요, 친구님, 아주 잘 했어요. 선한 일이에요! 당신의 모든 선 행에 주께서 복을 내리실 겁니다. 선행은 반드시 상을 받게 돼 있고, 언제나 선한 사람이 하느님이 주시는 정의의 면류 관을 쓰게 될 겁니다, 결국에는. 아기씨! 당신에게 쓰고 싶 은 게 많아요, 매시간 매분마다 쓰고 싶어요, 계속 쓰고 싶 어요! 내게 아직 『벨킨 이야기』라는 당신의 책 한 권이 남아 있어요. 그런데, 아기씨, 이 책은 가져가지 말고 내게 선물로 줘요, 내 비둘기. 이 책을 굉장히 읽고 싶어서 그런 건 아니 에요. 하지만 당신도 알다시피, 아기씨, 겨울이 다가오잖아 요, 저녁도 길어질 것이고. 우울할 때 읽으면 좋을 거예요. 난, 아기씨, 이 집에서 당신이 살던 집으로 옮기고 페도라네 세 들어 살 거예요. 앞으로는 이 정직한 여자와 절대 헤어지

지 않으렵니다. 게다가 그녀는 아주 부지런하잖아요. 어제
는 당신의 텅 빈 방을 찬찬히 둘러봤어요. 자수틀이랑 그
위에 자수감이 그대로 남았더군요, 구석에 세워져 있어요.
당신이 수놓은 것을 자세히 들여다봤어요. 또 여러 가지 천
조각들도 있었어요. 내가 보낸 편지 한 통에는 실을 감다 말
았더군요. 탁자 위엔 종이 한 장이 놓였는데 종이에 쓰여 있
기를 "경애하는 마카르 알렉세예비치, 서둘러"— 이게 다였
어요. 가장 재미있어지려는 순간에 누군가 당신을 방해했
나 봅니다. 한쪽 구석 칸막이 뒤엔 당신의 침대가 있어요….
나의 비둘기!!! 그럼 잘 있어요, 잘 있어요. 부디 무슨 말이든
이 편지에 속히 답장해줘요.

마카르 제부시킨

9월 30일

더없이 귀한 나의 친구, 마카르 알렉세예비치!

다 끝났어요! 주사위는 던져졌고, 어떤 것인지는 모르지
만 전 주님의 뜻에 순종하겠어요. 저흰 내일 떠나요. 당신께
마지막 작별인사를 합니다, 더없이 귀한 분, 나의 친구, 나의

은인, 나의 친근한 분! 저 때문에 슬퍼하지 마시고 행복하게 지내세요. 절 기억해주세요. 하느님의 축복이 당신께 임하시기를! 저도 늘 당신을 떠올리며 기도할게요. 이제 이 시절도 끝이 났네요! 지난날의 추억 중에서 즐거운 것들만 조금 새 삶으로 가져가렵니다. 그러면 당신에 대한 추억이 더욱 소중해질 것이고, 당신도 제 가슴속에 더욱 소중할 테니까요. 당신은 저의 유일한 친구세요. 이곳에서 저를 사랑해주신 분은 당신밖에 없었어요. 당신이 얼마나 저를 사랑하시는지 제가 다 보았고, 다 알고 있었어요! 당신은 제 미소 하나만으로도, 제 편지 한 줄만으로도 행복해하셨어요. 이젠 저를 떨쳐내셔야 해요! 이곳에 어떻게 혼자 남아 계실까요! 누굴 보며 여기서 지내실까요, 착하고 더없이 귀한, 하나뿐인 내 친구님! 당신께 제 책과 자수틀, 쓰다 만 편지를 남깁니다. 쓰다 만 첫 두어 줄을 보실 때면 그다음은 머릿속으로 떠올리며 읽어주세요. 당신이 제게서 듣고 싶었던, 또는 읽고 싶었던 모든 것들을요. 제가 당신께 썼을 법한 것들, 하지만 지금은 쓰지 못한 것들을요! 당신을 굳게 사랑했던 가엾은 바렌카를 기억해주세요. 당신에게서 받은 편지들은 페도라의 서랍장에 남겨 놨어요, 첫 번째 서랍에요. 몸이 편찮으시다고 하셨는데, 비코프 씨가 오늘은 절 아무 데도 못

나가게 해요. 편지할게요, 내 친구님, 약속해요. 하지만 무슨 일이 있을지는 하느님만이 아시겠죠. 자, 이제 그럼 영영 작별인사를 해요, 내 친구님, 내 비둘기, 나의 친근한 사람, 영원히…! 아아, 당신을 꼬옥 안아드리면 좋을 텐데! 안녕히 계세요, 내 친구님, 안녕히, 안녕히. 행복하게 사세요, 건강하세요. 항상 당신을 위해 기도할게요. 아아! 전 정말 슬퍼요, 가슴이 정말 먹먹해요. 비코프 씨가 절 부르네요.

당신을 영원히 사랑하는

ㅂ.

P. S. 지금 제 마음은 온통, 온통 눈물로 가득해요…. 눈물로 가슴이 옥죄고 찢기고 있어요. 안녕히 계세요. 하느님 맙소사! 정말 슬퍼요! 기억해주세요, 당신의 가엾은 바렌카를 기억해주세요!

* * * * *

아가씨, 바렌카, 내 비둘기, 더없이 귀한 내 사람! 당신을 데려가는군요, 당신은 떠나는군요! 당신을 내게서 떼어내느니 차라리 내 가슴에서 심장을 떼어갔으면! 어떻게 이럴 수 있나요! 당신은 울고 있잖아요, 그런데도 떠나다니요?! 눈물로 얼룩진 당신의 편지를 지금 막 받았어요. 그러니까, 당신은 떠나고 싶지 않은 거네요. 그러니까, 당신을 억지로 데려가는 거예요. 그러니까, 당신은 내가 안타까운 거군요. 그러니까, 당신은 나를 사랑하는 거예요! 아니 어떻게, 당신은 이제 누구와 함께 지내는 건가요? 거기선 당신의 마음이 슬프고 매스껍고 시릴 겁니다. 우울감이 당신의 심장을 쥐어짜고, 슬픔이 심장을 둘로 쪼갤 거예요. 당신은 거기서 죽을 겁니다, 어머니 대지에 묻힐 거라고요. 거기엔 당신을 위해 울어줄 사람도 없어요! 비코프 씨는 계속 토끼사냥이나 다니겠죠…. 아아, 아기씨, 아기씨! 뭘 보고 그런 결정을 한 겁니까, 어떻게 그런 결정을 내릴 수 있었나요? 무슨 짓을 한 거예요, 무슨 짓을 한 거예요, 당신 자신에게 무슨 짓을 한 거냐고요! 거기선 당신을 무덤으로 내몰 겁니다, 당신을 괴롭힐 거라고요, 천사님. 그런데, 아기씨, 당신은 깃털처럼 약하잖아요! 난 대체 어디 있었던 걸까요? 이 바보는 왜 멍하니 보고만 있었을까요! 보아하니 아이가 고집부리는구나, 아이가 그냥 머리가 아픈 게로구나! 그런 거라면 간단했을 텐데 — 하나 아니었네요. 이 바보 천치는 마치 내가 옳은 듯, 마치 나랑은 상관없는 일인 듯 아무것도 생각 안 하고, 아무것도 보지 않았어요. 팔발라나 쫓아다니면서…! 안돼요, 바렌카, 난 일어날 겁니다. 어쩌면 내일이면 몸이 나을 수도 있으니 일어날 거예요…! 난, 아기씨, 바퀴에 몸을 던지렵니다, 못 가게 하겠어요! 안 돼요, 이게 대체 무슨 일이랍니까? 무슨 권한으로 일이 이렇게 되는 거랍니까? 나도 당신과 같이 가겠어요. 날 데려가지 않으면 마차를 쫓아 달릴 겁니다. 있는 힘껏 달릴 거예요, 숨이 끊어질 때까지. 당신은 거기가 어떤 곳인지, 어디로 가는지 알고나 있나요, 아기씨? 모를 수도 있어요, 그러니 나한테 물어봐요! 내 친근한 사람, 거긴 초원이에요, 초원. 민둥한 초원, 내 손바닥처럼 민둥한 초원이라고요! 그곳엔 무정한 아낙네와 무식한 남정네가 돌아다녀요, 주정뱅이가 돌아다녀요. 거긴 이제 나뭇잎도 다 떨어졌고, 거긴 비가 오고, 거긴 추워요. 근데 거기로 가다니요! 비코프 씨는 거기서 할 일이 있어요, 토끼나 쫓아다닐 겁니다. 하지만 당신은요? 당신은 지주의 아내가 되고 싶은 건가요, 아기씨? 하지만 나의 케루빔[45]! 자신을 좀 봐요, 지주의 아내를 닮았는지…? 대체 어떻게 이런 일이 있을 수 있나요, 바렌카! 난 대체 누구한테 편지를 쓰나요, 아기씨? 그래요! 한번 생각해봐요, 아기씨. '그분은 대체 누구한테 편지를 쓰실까?' 난 이제 누구를 아기씨라 부르나요, 누구의 이름을 다정히 부르나요? 앞으론 당신을 어디서 찾아야 하나요, 내 천사님? 난 죽을 겁니다, 바렌카, 틀림없이 죽을 거예요. 내 심장은 이런 불행을 견디지 못해요! 난 당신을 주님의 빛인 듯 사랑했어요. 내 친딸인 듯 사랑했어요. 당신의 모든 길 사랑했어요, 아기씨, 내 친근한 사람! 오로지 당신 하나만을 위해 살았어요! 일을 하고, 서류를 쓰고, 걷고, 산책하고, 내가 관찰한 것들을 다정한 편지 형식으로 종이에 옮겼어요. 이게 다 당신이, 아기씨, 이곳에, 맞은편에, 가까이에 살았기 때문이에요. 당신은 이걸 몰랐을 수도 있지만, 난 분명히 그랬던 겁니다! 아니, 들어봐요, 아기씨, 한번 생각해봐요, 내 사랑스러운 비둘기. 당신이 우리를 떠난다니 어떻게 이런 일이 있을 수 있나요? 내 친근한 사람, 당신은 길을 나서면 안 돼요, 불가능해요. 그냥 절대 아무런 가능성이 없다고요! 비가 오잖아요, 근데 당신은 몸이 약해서 감기에 걸릴 거예요. 당신이 탄 마차도 다 젖을 거예요, 틀림없이 젖을 거예요. 도시의 관문을 나가자마자 마차가 부서질 거예요, 보란 듯이 부서질 거예요. 여기 페테르부르크에선 마차를 형편없이 만들거든요! 내가 마차 제작자들을 죄다 알아요. 그 사람들은 견본품이나 무슨 장난감 같은 거나 만들어서 튼튼하지가 않아요! 장담컨대 튼튼하게 안 만들어요! 나는, 아기씨, 비코프 씨 앞으로 달려가 무릎을 꿇겠습니다. 그 사람한테 해명하겠어요, 다 해명하겠어요! 당신도 해명해요, 아기씨, 그 사람에게 이유를 대며 해명해요! 여기에 남겠다고, 떠날 수 없다고 얘기해요…! 아아, 그 사람은 왜 모스크바 상인의 딸과 결혼하지 않았을까요? 그 여자랑 결혼하라고 내버려뒀어야 해요! 그자에겐 상인의 딸이 나아요, 그 여자가 훨씬 잘 어울려요, 난 그 이유를 알지요! 그랬다면 당신을 여기 내 곁에 붙잡아둘 수 있었을 텐데. 아기씨, 당신한테 비코프가 다 뭐랍니까? 왜 갑자기 그 사람을 좋게 본 거예요? 어쩌면 그가 당신한테 팔발라를 많이 사줘서 그랬을 거예요, 그 때문일 수 있어요! 아니, 팔발라가 대체 뭔데요? 팔발라는 뭣 하려고? 그건, 아기씨, 하찮은 거잖아요! 지금 사람 목숨에 관한 얘기가 오가는데 그건, 아기씨, 천 조각이잖아요, 팔발라는. 그건, 아기씨, 팔발라는 천 쪼가리예요. 나도 봉급을 받는 대로 팔발라를 사줄게요. 내가 그걸 사준다고요, 아기씨. 내가 잘 아는 상점도 있어요, 봉급 받을 때까지만 기다려요, 나의 케루빔, 바렌카! 아아, 주님 맙소사, 주님 맙소사! 당신은 이렇게 틀림없이 비코프 씨와 초원으로 떠나는군요, 돌아올 수 없는 길을 떠나는군요! 아아, 아기씨…! 안 돼요, 나한테 또 편지를 써요, 편지에 전부 다 써요. 그리고 떠나거든 거기서 도 편지해요. 그렇지 않으면, 내 하늘 천사님, 이게 마지막 편지가 되잖아요. 이게 마지막 편지였다니 절대 그럴 순 없 어요. 이게 어떻게, 이리 갑자기, 확실히, 틀림없이 마지막이 라니! 그렇지 않아요, 나도 쓸 테니까 당신도 써요…. 나도 이젠 문체가 좋아지고 있어요…. 아아, 내 친근한 사람, 문 체가 다 무슨 소용이에요! 난 이제 모르겠어요, 내가 뭘 쓰 고 있는지 도무지 모르겠어요. 아무것도 모르겠고 다시 읽 어보지도 않아요, 문장을 고치지도 않아요. 그저 쓰기 위해 쓰고 있어요, 그저 당신에게 더 많이 쓰기 위해…. 내 비둘 기, 내 친근한 사람, 내 아기씨!

(1845년)

옮긴이 주

---

1. 송골매 용사
러시아 민화에 자주 등장하는 힘센 용사로 송골매로 변신하는 능력이 있다.

2. 나는 왜 새가 아닐까, 맹금이 아닐까!
러시아의 시인·소설가인 미하일 레르몬토프(1814~1841)의 「소원」이라는 시의 첫 행을 패러디한 것이다.

3. 다 해야 24루블 50코페이카예요.
당시 은화 1루블은 지폐 3루블 50코페이카에 해당되는 값이었고, 1루블은 100코페이카이다. 방세와 식비를 전부 지폐로 환산하면 24루블 50코페이카이다.

4. 비싸지 않아요.
봉선화와 제라늄은 당시 가장 저렴한 꽃이어서 주로 가난한 사람들이 구매했다.

5. 푼트
옛 중량단위로 약 410그램.

6. 페가수스는 대체 왜 타고 다닌 걸까요?
페가수스는 그리스 신화에 등장하는 날개 돋친 천마로, 시적인 감상에 젖거나 시를 쓰는 것을 비양조로 '페가수스를 탄다'고 표현한다.

7. 사모바르
러시아 전래의 특유한 주전자. 내부의 관에 숯불을 넣어 물을 끓인다.

8. 툴라의 배심원과 결혼한 누이
알렉산드르 푸시킨의 운문소설 「예브게니 오네긴」에 나오는 구절 "왜 툴라의 배심원처럼 난 마비 상태로 누워 있지 않은가?"에서 따옴. '툴라'는 모스크바에서 남쪽으로 약 190킬로미터 떨어진 러시아의 가장 오래된 도시 중 하나이다. 해군 소위의 누이가 부유한 고위급 관리와 결혼했으나 그 남편이 중병에 걸린 처지임을 나타내는 뜻으로 해석된다.

9. 크론시타트
상트페테르부르크 코틀린섬에 위치한 항구 도시로 발틱 함대의 해군기지였다.

10. 소돔
구약 성서에 등장하는 팔레스티나 사해 근방의 도시로, 도덕적으로 부패하고 타락해서 신의 심판을 받아 멸망한다. 러시아어에서는 극도로 난잡하고 소란스러운 것을 가리키는 말로도 사용된다.

11. 볼코보
상트페테르부르크에 있는 볼코보 공동묘지.

12. 페테르부르크 구區
현재의 페테로그라드스키 구에 해당하는 상트페테르부르크시의 행정구역으로 인근에 여러 섬이 위치해 있다. 당시 주로 가난한 사람들이 거주하는 열악한 지역이었다.

13. 로몽드 문법책
로몽드가 집필한 프랑스어 문법책으로 당시 대표적인 프랑스어 교재였다.

14. 자폴스키의 책
프랑스어 번역가이기도 했던 러시아 작가 자폴스키가 발간한 프랑스어 교재.

15. 김나지야
중·고등 교육기관.

16. 책배
책을 꽂았을 때 제목이 보이는 면을 '책등', 그 반대쪽 책이 펼쳐지는 부분을 '책배'라고 한다.

17. 고스티니 드보르
'손님의 뜰'이라는 뜻으로, 길게 뻗은 2층짜리 상가 건물을 전통적으로 일컫는 말이다. 18세기와 19세기에 걸쳐 지어졌으며 대도시에는 여러 개의 '고스티니 드보르'가 존재한다.

18. 은화 10루블
지폐로 환산하면 35루블이다.

19. 페트루샤
아들 포크롭스키의 이름인 '표트르'의 또 다른 애칭.

20. 고인의 머리띠
정교회 장례에서 고인의 이마에 두르는, 종이나 천으로 된 띠. 예수 그리스도, 성모 마리아, 세례 요한의 그림과 기도문이 새겨져 있다.

21. 마카르 알렉세예비치를 온 관청에서 속담 거리로 만들었어요.

'마카르'라는 이름은 여러 속담과 구전문학에 등장하는데 대부분 어리석고, 가난하고, 운이 없고, 압박당하는 인물로 그려진다.

22. 정서

초안으로 쓰인 글이나 문서를 반듯하고 깨끗하게 옮겨 적는 걸 뜻한다.

23. 바튜시카

성인 남성을 친근하고 다정하게 부르는 말.

24. 예르마크

시베리아를 정복하여 영웅인 된 카자크 수령 예르마크 티모페예비치(1532~1585)를 가리킨다.

25. 이반 그로즈니

'이반 뇌제'라고도 불리는 러시아 황제 이반 4세(1530~1584). '그로즈니'는 잔인한, 포악한 이라는 뜻이다.

26. 바위 허리띠

우랄산맥을 가리켜 '러시아 땅의 바위 허리띠'라고 한다.

27. 무에 든 꿀

둥그런 무의 속을 파내 꿀을 담아 하룻밤 둔 후 배어 나온 즙을 먹는 것으로 기침, 감기에 효능이 있다고 알려진 민간요법이다.

28. 당신은 이반 프로코피예비치 젤토푸즈를 아십니까? (중략) 아 그 맨날 치마를 뒤집어 입고 다니는 여자 말입니다.

이 단락은 니콜라이 고골의 중편 『이반 이바노비치와 이반 니키포로비치가 다툰 이야기Повесть о том, как поссорился Иван Иванович с Иваном Никифоровичем』를 패러디하여 지은 것이다. 곳곳에 말장난이 섞여 있어서 러시아어 원문은 우스운 느낌이 든다. 하나만 예를 들면 '젤토푸즈'는 '배가 노랗다'라는 뜻으로, 그렇게 생긴 뱀을 연상시키는 성이다. 그래서 발을 물었다는 말이 나온다.

29. 폴 드 콕

Paul de Kock(1793~1871). 프랑스 작가로 다작과 통속 연애 소설로 유명했다. 당시의 러시아의 보수적 비평가들은 그의 작품들을 경박하고 추잡한 것으로 여겼고, 그의 이름은 보잘것없는 글을 쓰는 작가의 대명사로 오랫동안 지칭되었다.

30. 『벨킨 이야기』

러시아 작가 알렉산드르 푸시킨(1799~1837)의 소설집으로 정식 표제는 『고(故) 이반 페트로비치 벨킨의 중편들』이다. 총 다섯 편의 이야기로 구성되어 있으며 1831년에 발행되었다.

31. 『역참지기』

알렉산드르 푸시킨의 소설집 『벨킨 이야기』에 실린 다섯 편 중 하나. 역참지기 인 삼손 브린에게는 빼어난 외모와 발랄한 성격의 딸 두냐가 있다. 어느 날 두 냐는 역에 들렀던 경기병과 함께 도시로 떠나버린다. 삼손 브린은 경기병과 딸 을 찾아 도시로 갔지만 그들에게 내쫓기어 자신의 역으로 돌아오고, 딸에 대한 걱정과 그리움으로 술녹에 빠져서 홀로 외로이 죽게 되는 내용이다.

32. 펀치

과일즙에 설탕, 양주 따위를 섞은 음료.

33. 루시

러시아를 높여 이르는 말. 또는 동슬라브 지역과 그곳에 형성되었던 중세 국가 들을 가리키는 말.

34. 『외투』

러시아 작가 니콜라이 고골(1809~1852)의 중편으로 1843년에 발표됐다. 가난한 만년 9등 문관인 아카키 아카키예비치 바시마치킨은 관청에서 정서하는 일을 한다. 동료들은 볼품없는 외모와 소심한 성격의 그를 놀려대지만 그는 자신의 일을 열심히 할 뿐이다. 하나밖에 없는 외투가 너무 닳고 낡아서 더 이상 수선 도 불가능해지자 그는 지출을 최대한 줄이고 어렵게 돈을 모아 새 외투를 마련 한다. 하지만 새 외투를 입고 출근한 첫날 밤 강도에게 외투를 빼앗기고, 외투 를 찾으려 애를 쓰며 높은 사람에게도 찾아가 보지만 호된 꾸지람만 듣고 돌아 온다. 결국 그는 외투를 찾지 못한 채 앓아누워 죽게 된다는 내용이 담긴 작품 이다.

35. 그 사람 머리에 종잇조각을 뿌리는 장면

「외투」에서 주인공의 동료들이 주인공을 희롱하는 모습으로, 눈이 내린다면서 그의 머리에 잘게 찢은 종잇조각을 뿌린다.

36. 소테-파피요트

생선이나 고기를 기름종이에 싸서 조리한 것.

37. 14급 관리

최하위 관리. 제정 러시아의 관등제는 1722년 표트르 1세에 의해 1~14급으로 재편되어 1917년까지 존재했다.

38. 크라바트
목에 둘러 매듭으로 모양을 내는 천.

39. 마니시카
셔츠에 이어 붙이거나 어깨 위에 걸치는 가슴판.

40. 농가에선 모임이 시작되고
농촌의 젊은이들이 가을과 겨울에 집집마다 차례대로 모여서 함께 소일거리를 하거나 오락을 즐기는 모임.

41. 사젠
옛 길이 단위로 약 2.13미터.

42. 바보 이바누시카
바보 이반. 러시아, 벨라루스, 우크라이나 등의 여러 민화에 주인공으로 등장하는 인물. 바보라서 제대로 할 줄 아는 게 하나도 없지만 아이러니하게도 늘 행운이 뒤따라서 결국엔 승자가 된다.

43. 샤르만카
손잡이를 돌리면 자동으로 음악이 연주되는 이동식 소형 오르간.

44. 그리스도를 위해
예수 그리스도의 가르침을 상기시키는 말로, 구걸을 하거나 무엇을 간절히 부탁할 때 사용되는 표현이다.

45. 케루빔
천사 계급 중에 상급에 속하는 천사.

---

1. 가난하고 가여웠던 도스토옙스키

표도르 도스토옙스키는 1821년 모스크바 빈민 병원의 별채에서 태어났다. 아버지는 그 병원의 의사였고 그의 가족들은 병원의 별채에 세 들어 살았다. 그가 일곱 살이던 해에 아버지가 8급 관리로 진급하면서 그의 집안은 비로소 귀족의 신분을 얻게 된다. 극히 내성적이고 사교성 없던 그는 어린 시절엔 학교에서 바보로 불렸고, 육군공병학교에 진학한 후에도 천치라는 별명이 따라붙었다고 한다. 그는 뇌전증을 앓아서 자주 발작을 일으켰고 그 때문에 시시때때로 흥분감, 초조함, 공포감 등을 느끼며 살아야 했다.

도스토옙스키의 삶을 들여다보면 그야말로 파란만장하다. 집안은 늘 경제적으로 어려웠고, 15세에 사랑하는 어머니가 세상을 떠나고 17세에는 아버지가 농노들에게 살해당했다. 24세에 『가난한 사람들』을 발표하며 성공적으로 등단했지만, 이후 페트라솁스키 모임(페트라솁스키를 주축으로 혁명적 사상을 논의하고 전제정치와 농노제를 비판하던 모임)에 가담한 혐의로 체포되어 시베리아 유형 4년, 이후 의무 병역을 하다가 10년 만에 자유인이 되었다. 문단에 복귀한 후 유럽 여행을 떠났다가 룰렛 게임에 빠지고, 이후에도 여행만 떠났다 하면 도박의 유혹을 뿌리치지 못해 가진 걸 전부 날리고 엄청난 빚을 지게 된다. 그러던 중에 아내와 형이 같은 해에 세상을 떠나고, 형의 빚까지 떠안고 친척들까지 부양해야 하는 형편에 처한다. 궁지에 몰린 그는 자신에게 매우 불리한 출판계약을 맺었고 계약 이행을 위해 속기사를 고용해 26일 만에 『노름꾼』이라는 작품을 극적으로 완성했다. 이때 만난 속기사 안나 스니트키나와 사랑에 빠져 재혼을 하고, 채권자들을 피해 4년간 유럽에서 지내다 돌아오기도 했다.

도스토옙스키의 작품들은 이렇게 파란만장한 삶의 여정에서 태어났다. 그가 경험한 모든 것들, 여러 곳에서 만난 다양한 사람들, 사회에서 일어나는 사건들이 전부 그의 작품에 녹아들었다. 가장 널리 알려진 작품은 『죄와 벌』『카라마조프가의 형제들』이며 이 두 작품을 포함 『백치』『악령』『미성년』을 일컬어 〈도스토옙스키의 위대한 5서〉, 흔히 〈도스토옙스키 5대 장편〉이라고 한다. 이 외에도 『백야』『죽음의 집의 기록』『천대받고 모욕당한 사람들』『지하로부터의 수기』『노름꾼』 등이 있다.

2. 데뷔작 『가난한 사람들』

도스토옙스키가 세상 밖으로 나오게 된 첫날밤의 일화를 소개하고자 한다. 1845년 5월의 어느 날, 도스토옙스키는 수차례의 수정과 옮겨 쓰기 끝에 원고를 완성했다. 그리고 같은 집에세 들어 살고 있던, 이미 작가로 활동 중이던 친구 그리고로비치(1822~1900)에게 읽어준다. 친구의 작품을 알아본 그리고로비치는 작가이자 출판인인 니콜라이 네크라소프(1821~1878)를 찾아가 『가난한 사람들』을 읽어주기 시작했다. 네크라소프는 처음엔 열 페이지 정도만 들어보려 했으나 이내 빠져들어서 그다음 열 페이지를, 또 그다음 열 페이지를 요청했고, 그렇게 그들은 밤새 작품을 읽었다. 그리고 마지막 부치지 못한 편지에서 두 사람은 울음을 터뜨리고 만다. 네크라소프는 감격에 겨운 나머지 당장 이 작품을 쓴 사람을 만나야 한다며 그리고로비치를 부추겨서 도스토옙스키를 찾아왔다. 새벽 4시였다. 깨어 있던 도스토옙스키는 친구와 함께 온 낯선 이를 어리둥절하게 쳐다봤고, 나이 스물 서넛의 세 젊은이는 곧 눈물을 글썽이며 얼싸안았다. 이후 네크라소프는 유명한 평론가인 비사리온 벨린스키(1811~1848)에게 "새로운 고골이 나타났습니다!"라며 도스토옙스키의 원고를 건넸으나 벨린스키는 "요새는 고골이 우후죽순처럼 생겨나네요"라며 시큰둥했다고 한다. 하지만 며칠 후, 원고를 읽은 벨린스키는 도스토옙스키를 불러서 이렇게 말한다. "당신은 자신이 대체 뭘 쓴 건지 이해나 하고 있어요? 아니, 이해할 리 없어요. 당신에겐 진실을 보는 재능이 주어졌어요. 자신의 재능을 소중히 여기고, 충실하고 위대한 작가가 되세요!"

이듬해 1월에 『가난한 사람들』이 발표되기도 전에 도스토옙스키는 이미 소문만으로 문학계의 유명인이 돼버렸다. 그리고 벨린스키의 격려와 축복대로 전 세계가 사랑하는 위대한 작가가 되었다.

『가난한 사람들』은 47세의 하급관리 마카르 제부시킨과 17세의 고아 아가씨 바르바라 도브로숄로바가 주고받은 54통의 편지로 구성돼 있다. 이 작품을 온전히 이해하기 위해서는 니콜라이 고골의 단편 「외투」의 내용을 알고 있어야 한다. 역주에 줄거리를 요약해두긴 했지만 작품 전체를 직접 읽어볼 것을 권한다. 제부시킨은 바르바라가 빌려준 「외투」를 읽게 되는데, 주인공인 아카키 아카키예비치와 그의 불행을 자신에 대한 이야기로 받아들이고는 모욕감을 느끼고, 분노하고, 절망한다. 『가난한 사람들』과 「외투」의 주인공은 외형적으로는 매우 닮아있다. 하지만 외투에서는 주인공의 모습과 형편이 제3자의 눈으로 묘사되며 그의 내면세계에 대한 내용이 없는 반면, 가난한 사람들에서는 주인공들의 삶과 문제들, 생각과 감정과 심리 상태가 그들에 의해 직접 이야기된다. 도스토옙스키는 가진 것 없고, 억눌리고, 사회적으로 하찮게 여겨지는 사람들이 자신의 이야기를 직접 하도록 한 것이다. 그래서 이 작품을 읽은 당시의 평론가들은 도스토옙스키에게 "새로운 고골"이라는 수식어를 달아주었고, 고골을 뛰어넘었다고 칭찬했다.

『가난한 사람들』의 두 주인공 마카르와 바르바라는 바로 이 웃집에 살면서도 편지를 주고받으며 서로의 속 깊은 이야기를 털어놓는다. 마카르는 오랫동안 직장에서 무시당하고 놀림받아서 그것에 익숙해져버렸고, 자신은 배운 것 없고 능력도 없으니 그저 순종적인 태도로 조용히 사는 게 마땅하다고 생각해왔다. 하지만 먼 친척 아가씨 바르바라를 알게 되면서 마치 잠에서 깨어난 듯하고 일상에 활력을 얻는다. 그녀에게 새 거처를 마련해주고 그 자신은 이웃집의 가장 저렴한 방으로 옮겨온다. 넉넉치 않은 형편이지만 최선을 다해 그녀를 보살피려는 마음에 돈을 다 써버리고, 제복을 팔고, 월급을 가불받기까지 한다. 바르바라는 자신의 진실한 친구이자 후원자인 마카르에게 한없이 감사하면서도 그가 자신 때문에 곤두박질치는 것을 보며 몹시 괴로워한다. 열심히 돈을 벌고 싶어도 건강이 허락하지 않고, 페테르부르크에서 당한 끔찍한 일들을 떠올리며 앞으로도 자신의 불행이 끝나지 않을 거라고 예견한다. 경제적 빈곤, 사람들의 조롱과 따가운 시선으로 하루하루 절박하게 살아가는 두 사람은 마카르의 상사가 베푼 은혜로 위기를 면하게 된다. 하지만 조금이나마 문제가 해결될 기미가 보이는 순간 그들의 진짜 불행이 시작된다. 사랑하는 사람과의 이별이다. 미래를 낙관하지 못하는 바르바라는 "불행하고 가난한 사람들은 서로에게서 떨어져야 한다"는 자신의 말을 실행에 옮기며 떠나버린다. 안타깝게도 자신을 불행하게 만든 과거의 사람에게로. 그러나 가난만 해결될 뿐 이후의 삶에서도 행복은 전혀 예상되지 않는다. 바르바라와 마카르는 끝까지 가엾고 불쌍한 사람들로 남는다.

『가난한 사람들』은 사랑할 대상을 만난 설레는 봄의 편지로 시작해 그 대상을 잃고 비통해하는 깊은 가을, 차마 끝맺지 못하는 편지로 마무리된다. 마카르와 바르바라의 사랑은 남녀 간의 사랑이었을까? 마카르 자신은 오로지 부성애로써 바르바라를 대하는 것이라 했고, 우리에게 비치는 모습도 대부분은 전형적인 '딸 바보'의 모습이다. 한편 초반의 편지에서 풍기는 분위기로 보아 문득문득 그녀를 여성으로 바라봤을 가능성도 있다. 어쨌든 그의 사랑이 정말 순수하고 열정적이었다는 것에 주목할 필요가 있을 것이다. 바르바라를 보살피는 것에서 삶의 의미와 기쁨을 발견한 그는 자신의 형편을 따지지 않고 무조건, 준다. '기브 앤 테이크'를 예외 없는 합리로 여기고 내일에 대한 걱정으로 오늘을 채우는 우리가 보기엔 매우 어리석은 사랑이다. 그러나 분명, 아무나 할 수 있는 사랑은 아니다. 마카르라는 인물에 대해 생각하다가 유명한 시가 떠올랐다.

> 연탄재 함부로 발로 차지 마라
> 너는
> 누구에게 한 번이라도 뜨거운 사람이었느냐
> ─안도현 「너에게 묻는다」

작품 제목에 쓰인 бедный(벤느이)라는 단어는 경제적으로 가난하다는 뜻 외에 '불행한, 재앙을 당한, 불쌍한'이라는 뜻이 있다. 작품에는 가난하고 가련한 여러 사람들이 등장한다. 몸이 닳도록 일하는 하숙집 하녀 테레자, 아침 일찍부터 빨래일과 바느질을 하는 노파 페도라, 약한 몸에도 일자리를 구하려고 분주히 돌아다니다가 결국 병에 걸려 죽어버린 대학생 포크롭스키, 삶이 괴로워 술독에 빠져 지내고 아들마저 떠나보낸 노인 포크롭스키, 거리에서 음악을 들려주는 것으로 생계를 유지하는 샤르만카 악사, 쪽지를 내밀며 '그리스도를 위해 한 푼 달라고 구걸하는 소년, 억울한 일로 오랫동안 법정에서 다투다가 끝내 승소했지만 갑자기 세상을 떠난 고르시코프와 그의 가족들… 이들이 느끼는 외로움, 수치심, 위축감, 두려움, 분노심 등의 부정적인 감정들은 대부분 가난에서 비롯된 것임이 보인다. 가난―누구든 피하려 하고 어떻게든 벗어나려 애쓰는, 너무나 어려운 문제이다.

3. 주인공들의 이름

이름에 담긴 뜻을 알아 두면 좋을 것 같아 소개한다.

마카르 알렉세예비치 제부시킨

Макар Алексеевич Девушкин

'마카르'라는 이름은 '은총을 입은, 행복한'이라는 좋은 뜻을 가졌음에도 여러 속담과 민담에서 불행하고 가난한, 운이 없는 사람으로 자주 등장한다. 성 '제부시킨'은 '아가씨'라는 뜻의 '제부시카'에서 비롯되었다. 긍정적으로 보면 그의 성격과 기질이 부드럽고 다정하지만, 부정적으로 보면 대범하지 못하고 유약한 면이 있음을 나타낸다. 중간의 '알렉세예비치'는 부칭으로, 그의 아버지의 이름이 '알렉세이'임을 뜻한다.

바르바라 알렉세예브나 도브로숄로바
Варвара Алексеевна Добросёлова

'바르바라'는 '다른 땅에서 온, 남의 나라의'라는 뜻을, '도브로숄로바'는 '좋은 마을, 너그러운 시골'이라는 뜻을 담고 있다. 시골에서 행복하게 살다가 도시로 와서 불행한 이방인이 되었고, 항상 과거를 추억하며 자신이 있어야 할 곳은 도시가 아닌 시골이라고 생각하는 그녀를 잘 나타내고 있다. '알렉세예브나'는 부칭으로, 그녀의 아버지의 이름이 '알렉세이'임을 뜻한다.

비코프 Быков

'비코프'라는 성은 '황소'라는 단어로 만들어진 것이다. '제부시킨'과는 외적으로나 내적으로나 완전히 반대되는 모습을 드러낸다.

4. '아기씨'를 위한 변명

독자들은 작품에 쓰인 다양한 부름말과 셀 수 없이 등장하는 '아기씨'라는 말 때문에 읽기에 불편함을 느꼈을 것이다. 그것은 러시아 독자들도 마찬가지다. 『가난한 사람들』이 발표됐을 때 모두가 이 작품에 찬사를 보낸 것은 아니었다. 일부 혹평가들은 마카르 제부시킨의 지나치게 유연한 말투(단어의 지소형을 자주 사용함으로써 나타나는 특징이다)와 장황한 문장, 반복되는 말들을 지적했다. 제부시킨은 친척 아가씨를 '바르바라', '바렌카'라는 이름으로만 부르는 게 아니라 귀한 사람, 친근한 사람, 비둘기, 천사, 친구, 별 등으로 다양하게 부르고 있다. 러시아어에는 애칭과 부름말이 잘 발달돼 있는데 아무리 그렇더라도 이렇게 빈번히 사용하는 것은, 더군다나 남자로서는 절대 일반적인 일이 아니다.

번역하면서 가장 난감했던 것은 첫 페이지부터 등장해서 마지막 페이지의 마지막 문장에 이르기까지 작품 전반에 걸쳐 무려 241번이나 사용된 маточка(마토치카)라는 말이다. 이 단어에 딱 들어맞는 우리말을 찾을 수 없었기 때문이다. 그래서 1차로 번역을 마칠 때까지 이 단어만 원문으로 남겨 놓았었다. 단어의 뜻은 다음과 같다.

маточка

- (지방어에서) мать(어머니)의 지소형.
- матка(자궁, 여왕벌. 여왕개미 등 몇몇 동물의 암컷)의 지소형.
- 나이 많은 여자를 공경심과 친근함을 담아 부르는 말.
- 여자, 아가씨, 소녀를 다정히 부르는 말.

이 작품에서의 뜻은 당연히 '여자, 아가씨, 소녀를 다정히 부르는 말'이다. 현재는 이런 용도로는 사용되지 않는 단어이며 문학작품에나 등장한다. 고민 끝에 별 수 없이 '아가씨'라고 옮겼지만 러시아 독자들의 반응 때문에 마음에 걸렸다. 어릴 땐 그저 답답하게만 느꼈던 작품인데 다시 읽으니 너무나 감동적이고 훌륭하다고 칭찬하는 독자조차도 이 단어를 두고서는 '짜증난다'고 했기 때문이다. 지나치게 반복돼서, 지나치게 다정해서, 지나치게 예스러워서, 또는 '어머니, 자궁, 암컷'이라는 말이 연상되어서 일수도 있다. 그래서 한국의 독자들이 읽을 때도 좀 더 예스럽고, 좀 더 어색한 느낌을 주는 말로 옮기고 싶었다.

아기씨

- 여자아이나 시집갈 나이의 처녀 또는 갓 시집온 색시를 높여 이르던 말.
- 손아래 시누이를 이르거나 부르는 말.
- 궁중에서, 어린 왕자나 왕녀·왕손을 높여 이르던 말.
- 무속에서, 여신이나 부신의 호칭 다음에 붙여 그 신을 높여 이르는 말.
- 현대 국어 '아가씨'의 옛말인 '아기씨'는 15세기 문헌에서부터 나온다. '아기씨'는 '아기'에 접미사 '-씨'가 결합된 것인

데 '-씨'를 통해 존대의 의미를 나타내고 있다.

수개월동안 이 단어를 어떻게 해야 하나 막막했는데 최종적으로 '아기씨'로 결정한 순간 얼마나 후련했는지 모른다. 주먹을 불끈 쥐며 맘속으로 외쳤다. '됐어! 넌 번역가로서 최선을 다했어! 이보다 더 좋을 순 없다!' 그러니 자꾸만 나오는 이 단어 때문에 읽기에 불편함을 느낀 독자가 있다면『가난한 사람들』을 번역하느라 흰 머리카락이 열 개나 늘어간 것 같은 가엾은 역자를 탓하지 말고 도스토옙스키 선생님을 탓하시길….

5. ㅂ. ㄷ. 과 ㅁ. ㅈ. 에 대해

편지의 끝에 이름의 첫 글자만 쓰인 곳이 꽤 있는데 처음엔 습관적으로 로마자로 옮겼었다.

В. Д. 는 V. D. 로,

М. Д. 는 M. D. 로.

그런데 제부시킨의 'ㅈ'발음과 알파벳 D가 직관적으로 맞지 않아 보여서 한글 자모로 쓰면 어떨까 하여 바꾼 것이다. 다른 인명과 지명의 이니셜도 어색하지만 한글 자모로 바꿨다. 원문에서 실제로 로마자가 쓰인 곳은 그대로 남겼다. 외국어의 인명과 지명에 쓰인 이니셜을 어떻게 옮겨야 한다는 규정이 없다면,

앞으로 내가 번역하는 글에서는 이렇게 한글 자모로 옮겨도 괜찮을 것 같다.

6. 추천곡

오페라를 좋아하셨다는 도스토옙스키 선생님께 자신 있게 권할 수 있는 노래. 헤어진 마카르와 바르바라가 부르는 21세기 한국의 노래.

편지를 씁니다 – 윤상

P. S.

도스토옙스키의 작품을 직접 번역하게 되어 감격스럽고, 탄생 200주년을 맞아 이 책을 출간해주신 새움출판사에 감사드린다. 『가난한 사람들』의 첫 독자 두 명이 흐느꼈듯이 오늘의 독자도 그러한 감동을 느끼길 바라며, 어떠한 형편에 처하든 사랑하는 사람들과 함께하는 행복이 우리 모두에게 있기를 진심으로 바란다.

도스토옙스키 연보

1821. 11월 11일 모스크바의 마린스키 빈민 병원 별채에서 의사인 아버지 미하일 안드레예비치와 상인 집안 출신인 어머니 마리야 표도로브나의 4남 3녀 중 둘째로 출생.

1827. 아버지가 8급 관리가 되어 세습 귀족의 자격을 얻음.

1831. 아버지가 모스크바로부터 약 150킬로미터 떨어진 툴라주(州)의 다로보예 마을 구입. 이후 도스토옙스키 일가는 여름마다 다로보예 영지에서 지냄.

1833. 아버지가 다로보예 이웃 마을인 체르모시냐 구입.

1834. 형 미하일과 함께 모스크바의 유명 교육기관인 체르마크 사립기숙학교에 입학.

1837. 2월에 어머니 사망. 9월에 아버지가 병원에서 퇴직 후 시골 영지로 이주.

1838. 페테르부르크 육군공병학교에 입학.

1839. 6월에 아버지가 영지의 농노들에게 살해됨.

1840. 육군 부사관 임관.

1842. 육군 소위로 임관.

1843. 공병학교 졸업 후 페테르부르크 공병단에서 제도사로 근무.

1844. 1월에 도스토옙스키가 번역한 프랑스 작가 발자크의 소설 『외제니 그랑데』가 출간됨. 중위로 진급 후 퇴역함.

1845. 5월에 첫 작품 『가난한 사람들』의 집필을 마침. 평론가 비사리온 벨린스키와 작가·출판인 니콜라이 네크라소프의 극찬을 받음.

1846. 1월에 『가난한 사람들』이 네크라소프가 발행하는 《페테르부르크 문집》에 발표됨. 2월에 중편 『분신』이 발표됐으나 혹평을 받음. 10월에 단편

「프로하르친 씨」 발표. 혁명가·작가인 알렉산드르 게르첸을 만남.

1847. 단편 「아홉 통의 편지로 된 소설」, 「여주인」 발표. 수필 「페테르부르크 연대기」 연재. 프랑스 사회주의자 샤를 푸리에의 저작을 논하고 러시아의 전제정치와 농노제를 비판하는 모임인 미하일 페트라솁스키의 <금요모임>에 참석하기 시작함.

1848. 단편 「정직한 도둑」, 「남의 아내」, 「질투하는 남편」, 「크리스마스트리와 결혼식」 중편 『약한 마음』, 『네토치카 네즈바노바』, 『백야』 발표. 작가 니콜라이 고골을 만남.

1849. 페트라솁스키 모임으로 인해 체포되어 8개월간 페트로파블롭스크 요새의 형무소에 수감. 이 기간에 단편 「작은 영웅」 집필. 11월에 사형 선고받음.

1850. 1월 3일 사형 집행 직전 황제의 특사로 형 집행이 중단되고 징역 4년과 군 복무로 감형, 귀족 신분도 박탈됨. 1월 23일에 유형지인 시베리아 옴스크에 도착.

1854. 형기만료로 출옥 후 세미팔라틴스크(카자흐스탄) 부대에 배치되어 사병으로 복무 시작.

1855. 부사관으로 진급.

1856. 소위보로 진급.

1857. 미망인이 된 마리야 이사예바와 혼인. 도스토옙스키의 세습 귀족 신분과 출판권이 회복됨. 단편 「작은 영웅」 발표.

1859. 소위로 진급된 후 건강 문제로 퇴역을 허락받음. 중편 『아저씨의 꿈』 발표. 페테르부르크로 귀환 허가를 받아 12월에 아내와 의붓아들과 함께 페테르부르크로 이주.

1860. 최초로 도스토옙스키 작품집 2권 발행.

1861. 형 미하일과 잡지 《시간》 창간. 중편 『죽음의 집의 기록』, 『천대받고 모욕당한 사람들』 발표.

1862. 6~8월 첫 유럽 여행. 7월에 영국에서 러시아의 혁명가·작가인 알렉산드르 게르첸과 혁명가 미하일 바쿠닌을 만남.

1863. 5월에 잡지 《시간》 폐간. 8~10월 유럽 여행. 독일에서 도박 게임을 함. 11월에 아내와 함께 모스크바로 이주.

1864. 잡지 《시대》 창간. 중편 『지하로부터의 수기』 발표. 4월에 아내 마리야 사망. 7월에 형 미하일 사망.

1865. 단편 「악어」 발표. 6월에 잡지 《시대》 폐간. 형 미하일 사망으로 인해 심각한 재정난 발생. 7~10월 해외 거주. 독일에서 도박 게임을 함.

1866. 1~12월 장편 『죄와 벌』을 《러시아 통보》에 연재. 10월에 속기사인 안나 스니트키나를 고용하여 장편 『노름꾼』을 26일 만에 완성함.

1867. 2월에 안나 스니트키나와 재혼. 4월에 채권자들을 피해 러시아를 떠나고 이후 4년간 유럽에 거주.

1868. 1~12월 장편 『백치』를 《러시아 통보》에 연재. 스위스 제네바에서 맏딸 소피야가 출생했으나 3개월 만에 사망.

1869. 독일 드레스덴에서 딸 류보비 출생.

1870. 중편 『영원한 남편』 발표.

1871. 1월에 장편 『악령』을 《러시아 통보》에 연재 시작. 7월에 러시아 페테르부르크로 돌아옴. 아들 표도르 출생.

1872. 가족들과 처음으로 스타라야 루사에서 여름을 보냄. 12월에 정치·문학 주간지 《시민》의 편집장이 됨.

1873. 1월부터 《시민》지에 「작가의 일기」란을 신설하여 다양한 주제의 기사를 게재하기 시작.

1874. 3월에 《시민》지 편집장직 사임. 6~8월 독일 바트엠스에서 요양. 장편 『미성년』 집필.

1875. 장편 『미성년』을 《조국의 기록》에 연재. 8월에 아들 알렉세이 출생.

1876. 1월부터 월간지 《작가의 일기》를 독립적으로 발행하기 시작. 7~8월 바트엠스에서 요양. 단편 「그리스도의 성탄 트리에 초대된 아이」 「온순한 여자」 등 발표.

1877. 1~12월 《작가의 일기》 발행. 봄에 스타라야 루사에 별장 구매. 러시아 과학 아카데미 러시아어문학부 회원으로 선출됨. 단편 「우스운 인간의 꿈」 발표.

1878. 5월에 아들 알렉세이 사망. 6월에 옵티나 푸스틴 수도원을 방문하여 암브로시 장로를 만남.

1879. 1월에 『카라마조프가의 형제들』을 《러시아통보》에 연재 시작. 7월에 런

던에서 개최된 국제문학협회 명예위원으로 선출됨. 7~9월 바트엠스에서 요양.

1880. 6월 모스크바에서 개최된 알렉산드르 푸시킨 동상 제막식에서 푸시킨에 대한 연설로 큰 환호를 받음. 《작가의 일기》 8월호에 연설문 수록. 11월에 『카라마조프가의 형제들』 완결.

1881. 2월 9일 사망. 페테르부르크 알렉산드르 넵스키 수도원의 티흐빈 묘지에 안장됨.